Royal Kiss more

宰相閣下の溺愛に雇われ妻は気づかない

マチバリ

宰相閣下の溺愛に雇われ妻は気づかない

Royal Kiss more

プロローグ

大聖堂のステンドグラスから差し込む光は七色に彩られており、まるで別世界のように室内を輝かせている。

参列者はいない静かな結婚式だというのに、この場を包む空気はやけに温かくて落ちつかない。

糸の一本まで真っ白なドレスに身を包んだアニエスは、大聖堂の中央に敷かれた赤い絨毯《じゅうたん》の上をゆっくりと歩いていた。

目の前に立つ初老の司祭は穏やかな顔で新たに夫婦となる男女を見つめている。

繊細に織られたベール越しに見える慈愛に満ちた司祭の視線に、アニエスは申し訳なくなり目を伏せる。

（神様、申し訳ありません）

今さらだと思いながらも、神の御前《みまえ》に立ったことにより秘めていた罪悪感に押しつぶされそうだった。

助けを求めるように、アニエスは隣に立つ人物へと視線を向ける。

だがその人はアニエスには目もくれず、まっすぐに前を見ていた。

「ドミニク・ヘンケルス。あなたはこのアニエス・フレーリッヒを生涯の妻とし、いかなる時も愛し慈《いつく》しむことを誓いますか」

「はい、誓います」

司祭の言葉にドミニクは淀《よど》みなく答え静かに頷《うなず》く。

まっすぐに神の像を見上げるアイスグレーの瞳には一遍の迷いも滲《にじ》んでいないように感じられ、ドミニクの決意がどれほどまでに強いのかをアニエスは思い知らされた気分になった。

（ええい。もう決めたことよアニエス。ここまで来たんだからもう後戻りはできないわ）

ドミニクの決意にあてられ、アニエスは怯《ひる》みかけていた気持ちを必死に奮い立たせる。

「アニエス・フレーリッヒ。あなたはドミニク・ヘンケルスを生涯の夫とし、いかなる時も愛し支えると誓いますか」

「……はい、誓います！」

花嫁の宣誓にしてはいささか元気の良すぎる返事に司祭は一瞬だけ目を見開くが、小さな咳《せき》払《ばら》いひとつで表情をすぐに改める。

「それでは誓いのくちづけを」

（くちづけ……!?）

叫びたいのを必死にこらえ、アニエスはゆっくりと体の向きを変えた。

すでにアニエスと向き合う体勢になっていたドミニクが、手袋をはめた手でそっと薄いベールを持ち上げた。真正面から見つめたその顔は、息を呑むほどに美しい。

いつもは無造作《むぞうさ》に下ろされている髪が整えられており、彼の顔立ちを際だたせていた。

アニエスの良く知る宰相《さいしょう》としての姿ではなく、花婿《はなむこ》に相応《ふさわ》しいきっちりとした正装をしたドミニクは、まるで精悍《せいかん》な雰囲気に包まれていて、アニエスは思わず彼に見惚《みと》れてしまう。

「アニエス」

名前を呼ぶ声の柔らかさに、何故《なぜ》か泣きたくなった。

潤んだ瞳を隠すために瞼《まぶた》をきつく閉じて顎《あご》を上げれば、それを待っていたかのように柔らかく温かい感触が唇に重なる。

優しく触れるだけの、誓いのキス。

アニエスはこれが自分にとって初めてのキスであることに気がつき、妙な感動を覚えた。

相手がドミニクであることも、夫婦となる誓いのキスであることも、何もかも夢でも見ているかのように現実感がない。

離れていくドミニクの体温に、名残惜しいなどと考えてしまっていることを誤魔化すように呼吸を整え、ゆっくりと目を開ける。

真正面から見つめあったドミニクは、驚くほどに優しい顔でアニエスを見ていた。

本当に愛を誓った結婚であるかのように錯覚《さっかく》してしまうその表情に、心臓が痛いほどに高鳴っていく。

「この二人を夫婦として認める」

司祭の静かな言葉をアニエスはどこか遠くに聞いていた。

一章　突然の求婚

大陸の南に位置するレストラダム国は、元はカロット帝国と呼ばれる巨大な国の一領地でしかなかった。

強大な軍事力を誇っていたカロット帝国の政治は極端な血統主義の貴族たちによる偏ったものので、国民たちは圧政に長く苦しみ続けていた。厳しい法律や重税。横暴で残虐な帝国貴族の気まぐれで命を落とした国民は少なくない。

我慢の限界に達した国民や一部の貴族が内乱を起こし、帝国があっけなく崩壊したのは数十年前。

当時レストラダムを治めていた領主は中央で政権を握っていた名だたる帝国貴族とは結びつきのない穏健派《おんけんは》だったことが幸いし、内乱の際に国民たちからその刃《やいば》を向けられることはなく、参戦することもなかった。

首都からあまりに離れていたこともあり、帝国の厳しい取り締まりの影響が薄かったのも大きかったのだろう。

内乱の後、帝国の基盤を引き継ぎ生まれた新国家に与《くみ》する道もあったが、レストラダムは独立することを選んだ。領民たちの総意から穏やかで人望のあった領主が国王となり、レストラダムは国としての産声《うぶごえ》を上げたのだった。

他国では帝国への拭いきれない遺恨から帝国貴族の残党狩りなどという血なまぐさい話もあったが、レストラダムはそういった話題とは縁遠いまま平和な時代を享受していた。


「アニエス、アニエスはどこ!?」

穏やかな昼下がり。

フレーリッヒ家の小さな屋敷で領主代行のスレアが慌てた声を上げ、歩き回っている。

榛色《はしばみ》の髪には白いものが混じっていて目元にはうっすらと皺《しわ》が浮かんでいるものの、愛らしい顔立ちのスレアはともすれば少女のようにも見える可憐な雰囲気をまとっていた。

「どうしたの、お母様。そんなに慌てて」

どこか間延びした声で返事をしながら、アニエスは軽い足取りで階段を下りてくる。

探していた相手が返事をしてくれたことに一瞬表情を緩めたスレアだったが、顔を上げてその姿を認めるとすぐに眉を思い切り吊り上げた。

「アニエス! 貴女はまたそんな恰好《かっこう》をして!」

男性用の白いシャツと乗馬用のズボンという軽装に加え、化粧はおろか栗色の長い髪を無造作に結んだだけで髪飾りのひとつもつけていないという貴族令嬢らしからぬ姿をしたアニエスに、スレアは深いため息を零《こぼ》した。

当のアニエスはそんな母親の態度に慣れたもので、軽く肩をすくめるだけだ。

「今から教会に行って子どもたちと遊ぶつもりだったの。この方が動きやすいんだからいいじゃない」

一見すれば野暮《やぼ》ったく見えそうなものだが母親似の明るい緑の瞳が印象的な愛らしい顔立ちにその服装はよく似合っていたし、背筋をまっすぐに伸ばした機敏な動きのおかげで逆に洗練されているようにも見えてしまう。

悪びれる様子のない娘の態度に、スレアは複雑そうな表情を浮かべ肩を落とした。

「動きやすいじゃありません！　子どもたちと関わるのはよいことだけど、一緒に遊ぶだなんて……貴女はもう騎士ではないのよ。いい加減、淑女《しゅくじょ》としての振る舞いを身につけてちょうだい」

泣きそうに声を震わせるスレアに、アニエスはまた始まったと小さく首を振った。

アニエスは二十四年前にフレーリッヒ男爵《だんしゃく》家の長女として生を受けた、れっきとした貴族令嬢だ。

国境付近にある小さな領地を治めるフレーリッヒ家は、穏やかでつつましい暮らしを貫いているおかげで領民たちの信頼も厚い。

使用人を雇う余裕はないため、両親は朝から晩まで貴族とは思えないほど真面目に働いており、アニエスはそんな両親に代わり二人の弟の面倒をよく見ていた。

そのせいか貴族令嬢らしさの薄い少女時代を過ごしていた。

弟たちと一緒に木に登り川で泳ぎ、領民たちの農作業も喜んで手伝う活発で明るい存在として、周囲から愛されていた。

母親だけは娘の将来を案じて「もっとおしとやかにしなさい」とよく注意していたが、アニエスは自分を曲げることなくのびのびと成長する日々。

王都に住まう貴族のような華やかさはなかったが、家族や領民たちと身を寄せあう暮らしは幸せそのものだった。

だが、アニエスが十三歳になったある春、その幸せは突然壊れてしまう。

領民と共に雨上がりの畑の様子を見に行った領主である父が突然胸を押さえて倒れ、そのまま身罷《みまか》ってしまったのだ。

勤勉な父がなんとかやりくりしていた領地運営はあっという間に火の車。

支援を求めようにも、レストラダムの国庫とてそこまで裕福ではない。ほんのささやかな見舞金が届いただけでも幸運だった。

本来ならば没落してもおかしくなかったフレーリッヒ家だったが、状況を哀れんだ当時の宰相が動いてくれ、領主の妻であったスレアが領主代行を務める許可が下りた。

加えて、嫡男が跡を継ぐまでは国に納める税金の減額も許されたこともあり、フレーリッヒ家は没落の道を免れることになる。

その恩義に報いるため、それからフレーリッヒ家の一同は貴族らしからぬ生活を選び、なんとか領民たちを飢えさせないようにと必死だった。

アニエスは貴族令嬢として着飾ることも学ぶこともできなかったが、それを苦とも思わなかった。

大切な家族や領民たちが笑顔でいることが一番だと理解していたから。

だが父の死から三年が経ち、跡継ぎのウェルフが十四歳を迎えた春。翌年に入学を控えた貴族学校への進学費用を賄《まかな》えない可能性に気がついたフレーリッヒ家の一同は文字通り頭を抱えた。

王都にある貴族学校は各家の跡継ぎとなる子息や令嬢が通う学校だ。十五歳から十六歳のうちに入学し、貴族としてのイロハや領地経営を学ぶ場所。領主になるためには入学が必須というわけではなかったが、領主としての知識や技術だけではなく貴族との交流を身につけていないことは貴族社会では致命的だ。

もしウェルフが入学できなければ、フレーリッヒ家は本当に没落してしまうかもしれないという危機的状況だった。

「我が家にもっと余裕があれば、お前を騎士などにせずにすんだのに……」

「お母様。その話はもういいのよ。ウェルフだって無事に貴族学校を卒業できたんだし」

「……でも、お前が行き遅れてしまったじゃない」

今にも泣きそうに瞳を潤ませ俯《うつむ》くスレアの顔には後悔の色が滲んでおり、アニエスはどうやって宥《なだ》めるべきかと必死に言葉を選ぶ。

「私のことは気にしないでいいと言ったじゃない。そもそも、騎士にならなくたって新しいドレスひとつ仕立てられない貧乏令嬢を妻に欲しがる貴族なんていなかったわ。どのみち、行き遅れる運命だったのよ。むしろ騎士になれてよかったと本当に思っているわ」

満面の笑みを浮かべるアニエスに、スレアは深いため息を零したのだった。

当時十六歳だったアニエスが選んだ道は、単身で王都の騎士学校に入り騎士になるというものだった。

レストラダムは歴史の浅い小国であるが故に、まだまだ人材が不足していた。

そのため、かつては家に仕《つか》えることが最善とされていた女性たちもこぞって働きに出て、政治や軍事に関わっている。

スレアが領主代行を認められたのも、その背景が大きく影響していた。

何より、今の国王には王女がひとりしかいない。

いずれは女王が治めることになるこの国では女性も立派な担い手の一員として認知されており、騎士とて男女の壁なく雇用が行われていた。

王都にある王立騎士学校に入ることができれば、寄宿舎で生活の面倒を見てもらえるうえに訓練生として給金までもらえる。それを可能な限り仕送りすれば家族の生活も楽になるし、弟の貴族学校入学の準備だってできる。

当然家族は反対したが、アニエスはそれを押し切り鞄ひとつ抱えて王都に向かった。

そして難関と噂される王立騎士学校の試験に合格しただけではなく、なんと首席で卒業してしまったのだ。

さらにその実力と勤勉さ、何よりまっすぐな性格が認められ、十九歳の若さで近衛《このえ》騎士に就任し王女の専属にまで上り詰めた才媛《さいえん》、だった。

「何度も言うけれど、貴女はもう騎士ではないのよ。もうそんな恰好はやめて、ドレスを着てちょうだい。化粧だって覚えて髪だってもっときれいに結うべきよ。もっと女性としての楽しみを覚えてほしいの」

「……今さらよ。貧乏貴族のうえに行き遅れ、それも近衛をクビになった元騎士なんて女と結婚したがるような男なんていないわよ。まだまだ我が家も落ちつかないのに、私だけそんな楽しんだりできないわよ」

そう。今のアニエスは騎士ではない。

数ヶ月前に近衛騎士の職を辞した身だ。

今は王都を離れ、実家であるフレーリッヒ家の領地に戻ってきていた。

弟のウェルフは貴族学校を昨年無事に卒業し、領主としての仕事を覚え始めているし、下の弟も貴族学校に入学したばかり。

アニエスがこれまで蓄えた財産も少なからずあるので、以前より楽な生活はできていたが、まだまだ安定しているとは言い難い状況だ。

それにアニエスには今さら若い娘のように着飾ったり、社交の場で結婚相手を探すつもりは全くなかった。

どうせならば領民たちの暮らしを支えるため、王都の生活で身につけた知識を生かし領地の子どもたちの教師として生きていこうと考えていたくらいだ。

「そんなわけにはいかないわ。貴女には苦労をした分、ちゃんと幸せになってほしいの!」

「お母様……?」

どこか決意と喜色に満ちたスレアの表情に、アニエスは嫌な予感がして思わず身を引く。

だがそれよりも先にスレアはアニエスの両腕を掴んで捕らえてしまった。

「喜びなさい! 縁談の話が来たの! それも王都に住まいのある伯爵《はくしゃく》家からよ」

「えええ!!」

目をまん丸にしてアニエスが叫ぶが、スレアは頬を紅潮させて今にも躍り出しそうなほどに喜んでいる。

スレアにしてみれば、可愛い娘が年頃だというのに男社会の中で騎士として働いてきたことが不憫《ふびん》でならないのだろう。

騎士学校に入学できた時も、首席で卒業した時も、近衛騎士に就任した時も、スレアはアニエスに「早く領地に帰って結婚しなさい」と手紙を送ってきていたのだ。

「私に縁談って……しかも伯爵家ですって？　どこの物好きよ！」

「こら！　せっかく貴女を望んでくれている人に対してそんな物言いをしないの。きっと王都で働く貴女を見初《みそ》めたのね、ヘンケルス伯爵様は」

「……え……お母様、今なんて言ったの？　聞き間違えではなければヘンケルス伯爵と」

「そうよ。貴女に縁談の申し込みをしてきたのはヘンケルス伯爵家のご当主、ドミニク様よ」

スレアは手に持っていた手紙をアニエスにもよく見えるように広げる。

それは国が発行する正式な求婚状で、間違いなく本物であることが近衛騎士をしていたアニエスにはすぐにわかった。

そしてそこに書かれている求婚者が、いったい誰であるかも。

「嘘でしょう!?」

それは近衛騎士時代に嫌というほど顔を合わせた上司であり、ある意味では天敵であった男性の名前。

同姓同名であればと一瞬願ったが、嫌味なほどに整った署名の筆跡や、刻印された家紋を見間違えるわけがない。

「あの宰相閣下《かっか》が私に求婚ですって⁉」

悲鳴じみたアニエスの叫びが屋敷中に響き渡った。

＊＊＊

王都に向かう馬車の中。

アニエスは、どうしてこんなことになったのだと頭を抱えていた。

許されるなら今すぐ馬車を飛び降りて領地に帰りたかったが、そんなことをすれば母は嘆き悲しむどころか、目を吊り上げてアニエスを叱り飛ばすに違いない。

今の姿も、アニエスを落ち込ませている大きな原因だ。

求婚状と共に届いたのは、美しいドレスと靴、そして装飾品の数々。断りたいからすべて返してほしいというアニエスの訴えは当然却下され、抵抗も虚しくすべてを身に着けさせられた状態で配送……もとい求婚相手との顔合わせをするため王都に向かう最中だった。

「……いったいどういうつもりなのかしら」

求婚状に書かれていた人物の顔を思い出し、アニエスは顔をしかめる。

ドミニク・ヘンケルス。ヘンケルス伯爵家の当主にして、三十一歳という若さでこの国の宰相を務める天才。

小国であるレストラダムが、日々勢いを増す国際情勢の中で取りこまれたり利用されたりせずにすんでいるのは、ドミニクの手腕あってこそだと誰もが認めている。

アニエスも近衛騎士として王城にいた頃はドミニクの優秀さを間近で見ていた。

大胆かつ冷静で、地位で人を見ない平等な判断。国王の信頼も厚く、他国へのけん制も隙がない。

信頼に足る人物だとは思っている。だが。

「あの冷徹な男が私と結婚したいだなんて、絶対裏があるに決まっているわ！」

優秀すぎる人間というのは、他人への要求も高いのだということをアニエスは出世するたびに学んでいた。

特に、王城という政治の中枢《ちゅうすう》では優しく自分を導いてくれる人ばかりではない。できて当然。上の要求に自分を合わせることこそ正義、というような人物は少なくない。

「無茶ぶりばかりして、私を嫌っていたくせに求婚ですって？　ありえないわよ……」

ドミニクはその最たる例で、過密な警護スケジュールや事細かな要求をしてくることで有名だった。

腹立たしいことにそれは理不尽と呼べないギリギリのラインで、無茶をすればなんとかなることが多いだけに、むやみに反抗するわけにいかない。

だが明らかに厳しい案件に関してドミニクに直談判したことも少なくなく、どう考えてもよく思われている気がしないのだ。

「ああもう……嫌な予感しかしない」

深いため息を零しながら、アニエスはドミニクと初めて顔を合わせた日のことを思い出していた。


「今日からここが諸君の戦場となる。一瞬たりとも気を抜くことなく、国のために努めるように！」

「はっ！」

上官の言葉にアニエスを含む新任近衛騎士たちが背筋を伸ばす。

近衛としての初登城の日。城内にある訓練場に集められた彼らは、近衛としての心得を切々と説かれている最中だった。

長い話にうんざりとした表情を浮かべる者もいる中、アニエスは目を輝かせ上官たちの話に聞き入っている。

(近衛騎士になれるなんて。信じられない)

新米の部類に入るアニエスが近衛に任命されたのは本当に幸運な巡り合わせだった。

王女の傍《そば》に女性騎士を欲していた近衛騎士団から良い人材がいないかと相談されたのがアニエスの師だったのだ。師は職務に実直で責任感の強いアニエスを是非にと推薦してくれた。その恩義に報いるためにも、近衛騎士の名に恥じぬ働きをしなければと心を高ぶらせる。

「随分と熱心だな」

（……？）

上官の言葉を遮《さえぎ》った低い声にアニエスは目を瞬く。

視線だけを動かし主《あるじ》を探せば、いつからそこにいたのか黒いローブをまとった長身の男性が上官の背後に立っていた。

アニエスは思わず息を呑む。

（すごい美丈夫《びじょうふ》ね）

闇夜を思わせる黒い髪に、切れ長のアイスグレーの瞳。感情を読み取ることができないほどに整った顔立ち。服装のせいで体格まではわからないが、騎士だらけのこの場にいても違和感がないどころか、上官でさえも圧倒するような存在感を放っている。

いったい誰だろうと観察していると、そのアイスグレーの瞳がアニエスに向けられた、ような気がした。

「……！」

只者《ただもの》ではない。本能的にそう感じる。

「宰相閣下ではありませんか。突然どうされました」

上官の言葉に、アニエスはその男性が若き宰相ドミニク・ヘンケルスであることを理解した。

氷の宰相。なるほど二つ名の通りだと感心しながらその姿を目で追ってしまう。

「今日が新任近衛たちの初登城だと聞いて顔ぶれを確かめに来た」

「なるほど。閣下は本当に仕事熱心ですな」

「早いうちに顔を覚えておかなければ不便だからな」

再びドミニクの視線がこちらに向く。

正確にはアニエスたち全体を見渡しているのだろうが、どうにも先ほどから視線がぶつかるような気がして落ちつかない。

「諸君！　こちらは宰相ヘンケルス殿だ。諸君に直接指示を出すことも多い。しっかりとお仕えするのだぞ」

「はっ！」

上官の言葉に合わせ、アニエスたちは一斉にドミニクに対し敬礼をする。

だが一人だけタイミングをずらしてしまい、あたふたとした無様な動きになってしまった者がいた。最前列の端に立っていたこともあり、悪目立ちしてしまった同僚の姿にアニエスは背筋を凍らせる。

近衛は騎士としての腕前以上に、その立ち居振る舞いにも優美さを要求される。敬礼をミスするなど許されない。

「……随分と気が緩んでいる者もいたものだ」

地を這うような冷ややかな声が場の空気を凍らせたのがわかった。

「初日とはいえ、近衛に任じられたからには常に完璧を目指すのが務めだと思っていたのだがな」

何故か上官ではなくドミニクが冷徹な言葉と視線を同僚に投げつけていた。

「閣下、指導が行き届かず申し訳ありません」

「まったくだ」

上官と宰相に同時に睨《にら》まれた哀れな同僚は、今にも倒れそうなほどに真っ青になっている。

（冷たい言い方ね）

たしかに無様な敬礼になってしまったことは失態だが、そこまで言うことだろうか。ここは訓練場だし、突然やってきたのはドミニクの方だ。もやもやとした気持ちを抱えながら、アニエスは非難めいた視線を向けた。

「っ！」

まるでそれを予知していたかのように、ドミニクもまたアニエスを見ていた。

気のせいなどではない。間違いなく自分を見ている。

どうしてという驚きと、目をそらしたら負けだという反骨精神からアニエスはじっとその瞳を受け止めた。

「……近衛に任じられたからと言って浮かれているようではこの先が思いやられる。近衛としてこの国を守り支えていく覚悟があるのならば、努力を怠ってはならない。肝に銘じておけ」

そこまで言い切ると、ドミニクはもうここには用はないとばかりに踵《きびす》を返し去っていく。

後に残されたアニエスたちは当然のごとく上官から「たるんでいる！」と叱責《しっせき》をされ、訓練場を走らされた。

せっかくの真新しい隊服が初日から汗臭くなってしまったことを、実はいまだに恨んでいる。

(信念は立派だけど……なんかヤな奴！)

それがアニエスがドミニクに最初に抱いた感情だった。

＊＊＊

「ああもう……」

暗澹《あんたん》たる気持ちになりながら、アニエスは背もたれに体を預け窓の外に視線を向けた。

数ヶ月ぶりの王都は、田舎であるフレーリッヒ領とは違い相変わらず賑やかだ。

騎士になるためにやってきた時は何もかもが新鮮で、随分はしゃいでしまったという若さに溢れる記憶が蘇って、少しだけくすぐったい。

騎士学校を卒業後しばらくの間、王都の警備兵として働いていたこともあり、王都は第二の故郷と呼べるほどにアニエスに馴染み深いものだった。

レストラダムは平和で治安のよい国ではあるが、王都の歓楽街ともなれば夜中には酒絡みの荒事も少なくなかった。若い騎士の主な役回りはそんな荒事をおさめることで、アニエスもよく駆り出されていた。

夜通し飲んで潰れてしまった酔っ払いを見つけて介抱したり、喧嘩《けんか》の仲裁《ちゅうさい》をしたりと忙しかった。

近衛騎士になってからも、日々の暮らしはこの王都だった。

きっと一生をここで過ごすのだと信じていたのに。

まさか、あんなことで離れるなんて想像もしていなかった。

何もかもままならないと思いながらアニエスが地団太を踏みたい気持ちにかられていると、不意に馬車が止まった。

窓の外を見れば、御者《ぎょしゃ》が馬車の扉を開けようと近づいてくるのが見える。

「着いたのね」

逃げ損ねてしまった。

扉を開けた御者に手を引かれ馬車の外へと出れば、目の前に見上げるほどに大きく豪華な屋敷がそびえたっていた。

門扉《もんぴ》に刻印された家紋は求婚状に書かれていたヘンケルス伯爵家のものと寸分《すんぶん》違わない。

ここが目的地であることを突き付けられ、アニエスは思い切り肩を落とした。

なんとか気持ちを切り替え屋敷に入れば、遠くからようこそと執事やメイドたちが出迎えてくれる。

大きな玄関ホールはどこか殺風景だったが、手入れが行き届いており居心地は悪くない。

執事に案内されながら歩く廊下も同様で、伯爵家が質素堅実な生活を送っているのがよくわかった。

廊下の突き当たり、質のいい装飾が施された扉の前で立ち止まった執事がリズミカルなノック音を立てる。

「アニエス様をお連れしました」

「入れ」

部屋の中から聞こえる低い声に、アニエスは背筋を伸ばす。

ゆっくりと扉を開いた執事に促され入室したそこはとても広く、大きな窓から差し込む日の光で明るかったが、やはりどこか殺風景だ。

だが、その中央に立つ人物の存在感がここをまるで城の広間のごとく華やかに彩っている。

「久しぶりだなフレーリッヒ、いやアニエス殿」

相変わらず恐ろしいほどに美しいドミニクの姿を真正面から見てしまったアニエスは、眩《まぶ》しさをこらえるように目を細めた。

「ご無沙汰しております、宰相閣下」

思わず騎士の敬礼をしそうになるのを我慢して、アニエスはスレアに叩き込まれた淑女の礼をする。

少々ぎこちなかったがなんとか形になったと安心しながら顔を上げれば、何故かドミニクが手で口元を押さえてこちらを見ている。涼しげな目元がわずかに見開かれている気がして、アニエスはどうしたことかと首を傾げたくなった。

「あの……？」

もしかして何か間違えたのだろうかとアニエスが声をかければ、ドミニクははっとしたように咳払いをして視線をそらしてしまった。

とりあえず座ろうと促され、向かい合わせになる形で長椅子に腰を下ろす。ふかふかの座り心地は空恐ろしいほどで、アニエスの逃げ出したい気持ちは加速するばかりだ。

「遠いところ、わざわざ足を運んでもらってすまなかった。本来ならば俺が迎えに行くべきだったのだが、どうしても王都を離れるわけにはいかなくてな」

「仕方ないですよ。宰相閣下はお忙しい身ですから」

「……アニエス殿、その宰相閣下というのはやめてくれないか。ここは城ではないし、我々はもう上司と部下ではない」

「はあ……？」

たしかに上司と部下という関係ではないが、爵位や地位を考えれば立場は明らかにドミニクが上だ。それにずっと宰相閣下と呼び続けていたのに、今さら何と呼べばよいのか。

「では、ヘンケルス様、とお呼びすればよいでしょうか……？」

「……ふむ。まあ今はそれでいいだろう」

今はって何よ、と言いかけるのをアニエスはぐっとこらえる。

真正面にあるドミニクの顔は相変わらず腹立たしいほどに整っており、見慣れているはずのアニエスですら、ずっと見ていると落ちつかない気持ちになってくる。

これまでは騎士と宰相という関係性から、ある程度の距離を持った接触しかなかった。こんな風に座った状況で顔を見合わせるのは初めてなので緊張しているだけだと何度も自分に言い聞かせ、アニエスはドミニクに気付かれないように呼吸を整えた。

「ではヘンケルス様。近衛をクビになり田舎に逃げ帰った私に、何故あんな戯《たわむ》れを？」

「戯れとは？」

「……求婚状のことです。悪ふざけにもほどがあります」

「心外だな。俺は悪ふざけをしたつもりはない」

「あなたが私に求婚するなんてことが悪ふざけでなければなんだというのですか！」

思わず出た大きな声にしまった、と一瞬思ったがここまで来ると止められない。

淑女らしく振る舞いなさいと散々スレアに言われていたが、我慢の限界だった。着慣れないドレスも、突然求婚してきたドミニクの態度も何もかも気にくわない。

「伯爵であり宰相でもあるあなたが、こんな行き遅れの田舎貴族に求婚するなんてどういうつもりですか？　しかも私に。自分が笑いものになりたいのか、私を笑いものにしたいのかどちらかとしか考えられないわ」

「……君は相変わらず本当に正直にものを言うな」

アニエスの言葉に、ドミニクがふわりと微笑《ほほえ》む。

いつも冷徹な表情を崩すことのないドミニクが突然浮かべた微笑に、怒りで震えていたアニエスは驚きで口を開けたまま固まってしまう。

（わ、笑った……！）

ドミニクは笑わない宰相として有名だった。あまりに冷徹な手腕と美しい外見から「氷の宰相」と呼ばれているドミニクの微笑み。

それはアニエスの想像を軽く超えてくるほどに美しく、見てはならないものを見てしまったような気持ちにさせるほどの威力があった。

「どうした？」

「ど、どうもしません！」

アニエスは慌ててドミニクから視線をそらす。

もっと言ってやりたいことがあったはずなのに、心臓が妙に高鳴っているし顔は熱いしで毒気を抜かれてしまった気分だった。

「俺が君に求婚するのがそんなに信じられないか」

「……当然です」

「そうか……」

どこか気落ちしたようなドミニクの声に恐る恐る視線を戻せば、きれいな眉が少しだけ下がって見えた。

その表情に「もしかして本当に私を気に入って求婚してきたの？」という期待のような気持ちが湧き上がるが、そんなわけがないと慌てて首を振ってその気持ちを吹き飛ばす。

(絶対に嘘よ。これまで気に入られているなんて感じたこともないし)

一度でも良い意味での交流があった相手ならば少しは期待しただろう。

だが、ドミニクとアニエスの間にあったのは明確な上下関係だ。むしろアニエスはドミニクに「無理なものは無理だ！」と意見していくばかりで、煙たがられているだろうくらいに思っていたのに。

「……やはり君は鋭いな。たしかに、君に求婚したのには理由がある」

「……!!」

ドミニクの表情が引き締まる。それは彼が政治家として人前に立つ時に見せる厳しいもので、アニエスは思わず背筋を伸ばした。

「実は、王女殿下が随分と心を痛めているんだ」

「クリスティアネ様が!?」

アニエスは思わず腰を浮かせる。

心から敬愛し、かつては一生仕えると決めていた主の名前に胸が苦しくなった。

あんなことさえなければ、今でも傍にいられたはずなのにという悔しさがこみ上げてくる。

知らず険しい表情になっていたのだろう、ドミニクもどこか苦々しい顔で頷いてくる。

「クリスティアネ様の身に何が……!?」

「君が辞めるきっかけになったあの事件が尾を引いている。このままでは、王女殿下が危険なのだ」

「そんな！」

我慢できずにアニエスは弾かれたように立ち上がった。

「あの事件はもうカタがついたはずです！」

事件とは、数ヶ月前に行われた王女クリスティアネ主催のお茶会で起きたものだ。

国内の貴族を集め交流を図るお茶会は本来ならば王妃の役目だ。だが王妃はクリスティアネが五歳の時に病気で逝去してしまっている。王妃を深く愛していた国王が再婚することはなかったのでクリスティアネがその役割を代行していた。

とはいえ、クリスティアネはまだ十七歳を迎えたばかり。レストラダムでは十八歳でデビュタントを果たすまでは成人として扱われないので、行事の主催など本来ならありえない話だ。

あくまでもクリスティアネは代行の主催者で、関わる行事の事実上の主催者は国王や宰相であるドミニクというのが建前であった。

しかしその日程に突然、国王とドミニクに予定が入ってしまった。国王は外国への視察。ドミニクは隣国で開催された貴族の祝辞。どちらも急遽《きゅうきょ》であったうえに断れない内容だった。

冷静に考えれば、お茶会は中止すべきだったのだろう。

だが、すでに招待状を配り終え準備もほとんど終わっていたことや、参加者が見知った者ばかりなので問題が起きようもないという考えの元で会は決行されることになった。

今思えばそれが間違いだった。

「侵入者だ!!」

誰かの悲鳴が響いた時には、その人物はすでに会場の中に入り込んでいた。

クリスティアネの挨拶も終わり、皆が談笑している真っ最中だった。

「貴族どもはみんな死ねぇ!!」

叫ぶその男の服装は貴族風ではあったが、乱れた髪形にこけた頬《ほお》や濁った瞳から招待された存在でないことは誰の目にも明らかだった。目は血走っており、尋常《じんじょう》な状態ではない。

何より、その手には鈍く光る短剣が握られている。悲鳴を上げ逃げ惑う参加者たちを追いかけながら、男は短剣を振り回していた。

「姫様を安全な場所へ!!」

近衛騎士隊の隊長であるウルリッヒがそう叫ぶのと同時に、剣を抜いて侵入者の方に躊躇《ためら》いなく向かって行く。

侵入者の男は、突然目の前に現れたたくましい騎士に気がつくと、さっきまでの威勢はどこに消えたのか、途端に怯えを滲ませ身体をがくがくと震わせ始めた。

これならすぐにことがおさまると安堵の空気が周りに流れ、混乱が静まっていくのをアニエスは肌で感じる。

「アニエス、ウルリッヒは大丈夫でしょうか」

「安心してください。この国で隊長が敵わない相手などいませんよ」

不安に表情を歪《ゆが》ませるクリスティアネを宥めるように、アニエスは優しい声をかけた。

艶《つや》やかでまっすぐな金の髪と宝石のように美しい青い瞳、その瞳と同じ色のドレスを着たクリスティアネは、怯えを滲ませた表情をしていても、この会場にいるどんな淑女よりも気高《けだか》い美しさに包まれている。

十七歳という若さでありながら、唯一の王位継承者としての誇りと責任を背負う彼女を、アニエスは心から敬愛し自分のすべてをかけて守ると決めていた。

この騒ぎも大したことにはならないだろうが、わずかな危険を避けるためにもこの場からクリスティアネを避難させなければと考えながら、アニエスは会場を見回す。

「っ……!?」

その視界の端に、短剣を握った不審な人物がウルリッヒに少しずつ近づいていることにアニエスは気がついてしまった。

今まさにウルリッヒと相対している男とは全く違い、見た目は完璧な貴族の装いをした男。招待客に自然に紛れていたし、その手に握っている短剣も高座にいるアニエスでなければ気がつかないように隠されている。

むしろよく気がついたと自分を称えたくなるほどの巧妙さだった。

（あっちは囮《おとり》か……！）

アニエスは侵入者と睨みあっているウルリッヒに視線を向けた。

ウルリッヒは目の前の男を無傷で手早く拘束することに神経を向けており、背後からじりじりと近づくもう一人に気がついていない。

「お前たち、姫様を！　他にも侵入者がいる！」

「アニエス！」

クリスティアネの悲鳴じみた声を背中に受けながら、アニエスは床を蹴るようにしてウルリッヒの方に駆け出す。

それともう一人の男が短剣を構えて走り出すのは、ほぼ同時だった。

「キャァァッァ!!」

貴婦人の悲鳴と、食器やグラスが砕け散る音が会場に響き渡る。

アニエスは全身を使って男にぶつかり、いくつかのテーブルとその上に用意されていた食事と引き換えに攻撃を防いだ。男と共に床に転がりながらも、アニエスはその腕をひねりあげ短剣を奪い取る。

「アニエス!」

ウルリッヒの声に顔を上げれば、彼はすでにもう一人の侵入者を取り押さえていた。

他に怪しい人物がいないかとあたりを見回すが、どうやらこの二人だけのようで、今になって慌てた様子の警備兵たちが会場に入ってくるのが見えた。

「うぐうう」

アニエスが取り押さえた男が苦しげに呻《うめ》く。もし気がつかなければ、間違いなくウルリッヒは背中から切りつけられていただろう。

誰も怪我をしなくて良かったとアニエスは安堵の息を零す。

だがせっかくのクリスティアネのお茶会が台無しだ、とこみ上げた怒りに任せて男の腕を、強くひねりあげたのだった。

これで騒ぎはおさまった、はずだった。

本来ならば血を流さず場をおさめた手腕を褒められてもいいはずの近衛騎士にもたらされた

のは、セーガース公爵家からの激しい苦情であった。

セーガース公爵家はレストラダム建国時に尽力した家であり、国内での権力は王家に次いで強い。以前は高官を何人も輩出する名家ではあったが、現在の当主は金と権力を振りかざす俗物で、評判はあまりよくない。犯罪に手を染めているという噂もあり、王家を守る近衛騎士たちからも煙たがられている存在だ。

苦情の内容はお茶会に参加していた公爵家の末娘が事件のショックで寝込んでしまったことへの責任追及だった。このままでは今後の社交に差しさわりがあるので、近衛は何かしらの誠意を見せるべきだという、あからさまな脅迫。

集められた騎士団の詰め所でその話を聞かされたアニエスは、顔を真っ赤にして怒りをあらわにした。

「そんなの無茶苦茶です！　そもそも、侵入を許したのは警備側です。近衛の務めはあくまで姫様の警護だけのはず。責任を取れだなんて……！」

「……だとしても、あのお茶会の主催と責任者は姫様なのだ。つまり警備体制に関しての責任は我が近衛騎士団にある」

「なっ！」

俯くウルリッヒの表情は暗い。

恐らくは今この場でアニエスに報告するまでに散々議論を済ませた後なのだろう。

「本来ならば陛下か宰相閣下が采配を振るべき場面だが、お二人とも国内にはいない。姫様がどちらかの帰国までこの件の判断について待ってもらうように公爵家にとりなしてくれているが、期待は薄いだろう。公爵家はすぐにでも何かしらの対処をしなければ訴えを起こすとまで言っている」

「馬鹿な！　そんな騒ぎを起こせば姫様の名に傷がつきます。何故、そのような横暴が許されるのですか！」

いくら公爵家といえども、そんな無茶な要求が許されるはずがない。

しかし王も宰相も不在の今、公爵家が貴族院に補償を求める訴えを申し出ればどう転ぶかなど未知数だ。権力に怯えた貴族院が訴えに反応し、騒ぎが審議の場に持ち出されれば国の記録に残ってしまう。

なんの非もないクリスティアネの経歴に泥を塗ることになるだろう。

「今すぐ陛下……いえ、宰相閣下にお戻りいただくべきです！」

「すでに使いは出した。だが、間に合うかどうか……」

「だいたい、誠意を見せろなどと……私たちに何をしろというのですか？　まさか見舞金を出せとでも？」

「……金で解決できるならそうしている」

「では、何を……」

「俺に、近衛を辞めるか公爵家に婿入りしろと言ってきた」

「なっ……!!」

アニエスは言葉を失う。

公爵家の末娘が以前からウルリッヒに懸想《けそう》していたのは有名だった。求婚状が届いたのも一度や二度ではない。

ウルリッヒはそれを断り続けていた。結婚すれば、近衛としての務めがおろそかになるからと。

だが彼が公爵家の求婚を受けないのは、それだけではないことをアニエスは知っていた。

「そんな要求が本気で通るとでもっ……!?」

「誰かが何かしらの形で責任を取らない限りは納得しないだろう」

「……隊長……まさか、辞めないですよね？」

「………………」

黙り込んだウルリッヒにアニエスは唇を噛む。

明らかにこれはウルリッヒを陥れるために公爵家が仕組んだ罠だ。

だが、証拠がない以上、下手に口にすれば不敬罪に問われかねない。

悔しいが相手は公爵家。近衛騎士の身分で逆らえる相手ではない。

捕らえた侵入者たちは何も話す様子はない。恐らく力尽くでも語らないだろう。

「……」

アニエスの脳裏に浮かんだのは、一生を捧げると誓った大切なクリスティァネの顔。

迷いは一瞬だった。いつだって自分にできる最善の道を選ぶことが、アニエスにとっての誇りだったから。

「私が責任を取ります」

「なっ……!! お前、何を……!?」

「隊長は近衛騎士全体の責任者ですが、姫様の筆頭近衛は私です。もし責任を取るのならば私の方が相応しいでしょう。それに、私がもう一人の侵入者を取り押さえた時の騒動が一番目立っていましたし衝撃的だったはず。騒ぎを起こした張本人が辞めると言えば、公爵家だって何も言えないはずです」

「アニエス、本気で言っているのか!? お前が騎士を辞めるなどと知ったら姫様がどれだけ悲しむと……? それに……」

「隊長が辞めることになる方が姫様はよっぽど悲しみますよ」

ウルリッヒはアニエスの言葉に目を見開き、黙り込む。

その態度がすべての答えだとアニエスは苦笑いを浮かべた。

「私の代わりはすぐに見つかります。部下も育ってきていますし、女性の近衛も増えてきました。でも姫様にとって隊長の代わりはいません。どうか、これからも姫様を支えてあげてください」

「お前……」

「それにいい機会だったんですよ。領地の母からいい加減に戻って来いと催促が激しくて。私もいい年です。近衛を引退して、結婚相手でも探しますよ」

「アニエス……」

打ちのめされたような表情のウルリッヒを見ないように、アニエスは視線を下げる。

本当は辞めたくなどない。結婚したいなんて考えはない。

だが、この騒動の責任を取る形でウルリッヒが職を辞したり公爵家に婿入りしようものなら、アニエスが何よりも大切に思っているクリスティアネの心が持たないかもしれない。

「隊長、どうか姫様を頼みます」

アニエスの決意が揺らがないことを知ったのだろう、ウルリッヒは顔を歪めながら「すまない……」と掠《かす》れた声を絞り出した。

それからの話は早かった。

今すぐ責任を取れと詰め寄ってくる公爵家に対し、アニエスは自分が全責任を取って職を辞すると宣言したのだ。

公爵家側はそれでは足りないと不満を訴えたが、残りの補償は金銭で賄うとクリスティアネが貴族院を通じて通達したことで黙らざるをえなくなった。

あの騒動に巻き込まれたのは公爵家だけではない。他の貴族にも一律の見舞金を支払うと王女であるクリスティアネが提案し、貴族を取りまとめる貴族院がそれを承認したのだ。公爵家だけが過分な要求をすれば、他の貴族たちから何を言われるかわかったものではない。

公爵家はしぶしぶながらもアニエスの辞職と見舞金で手を打つことを了承したのだった。

近衛騎士としての日々を終わらせることになった苦い出来事を思い出し、アニエスは唇を噛む。

別れを惜しむ仲間やクリスティアネから遠く離れ、領地で家族との静かな日々を過ごすのだと覚悟したあの日の想いはまだ鮮烈だ。

それなのに幸せであってほしいと願ったクリスティアネが危機に陥っているなど、夢にだって思わなかった。

「危険とはどういうことですか？　私を、私を今すぐクリスティアネ様のところに」

「落ちつけ、フレーリッヒ！」

「!!」

近衛騎士時代と同じように家名で呼ばれ、アニエスは動きを止めた。

「今の君は城に上がることはできない。近衛でもなく、城に行く理由もない貴族令嬢でしかない君が、どうやって王女殿下の傍に行くと？」

「そ、それは……」

ドミニクの言葉にアニエスは唇を噛んだ。

ドレスを着て髪を結い、化粧をしたアニエスは騎士ではなくただの無力な娘でしかない。立場ある貴族なら話し相手として王女に面会できるかもしれないが、フレーリッヒ家のような弱小田舎貴族にそんな力はない。しかもアニエスは近衛騎士をクビになった立場だ。たとえ城に行ったとしても門前払いをくらうだけだろう。

「それでも、クリスティアネ様が危ないと聞いてじっとしていられません！　どんな手段を使っても城に行きます！」

「だから、落ちつけと言っている。君は有能なのに、王女殿下のこととなると短絡的になるのが欠点だな」

「なっ！」

「だから俺が不在の間にクビになったりするのだ」

低く怒りの滲んだドミニクの声に、アニエスは思わず息を呑む。

アイスグレーの瞳が鋭く睨みつけていて、アニエスはようやくドミニクが、自分が近衛でなくなったことを怒っているのだと気がついた。

「それは……」

「あの場で、君がすべてを被って職を辞したことで事件がおさまったと思っているのなら大間違いだ。せめて俺が戻ってくるまで、君は待つべきだったんだ」

苛立ちの滲んだ言葉にアニエスは何も言えず、しおしおと再び座り込む。

(仕方ないじゃない。あの時はあれが最善だと思ったんだから)

もごもごと口の中で言い訳を呟《つぶや》いてみるが、ドミニクに伝える勇気はなかった。

論破されるのは目に見えている。

「何度も言うが、今の君は城に行けないし王女殿下に面会もできない。いくら君が会いたいと守りたいと言ったところで君にそんな権限はない」

「う……」

何度も言わなくてもいいではないかと打ちのめされた気分になって、アニエスはどんどん俯く。

自分の浅慮《せんりょ》が大切なクリスティアネに負担をかけているという事実に泣きそうだった。

それにトドメを刺すようにドミニクの深いため息が聞こえてきた。

てっきりさらなる追い打ちをかけてくるかとアニエスは身をすくませるが、ドミニクは何も言わないどころか、ゆっくりと立ち上がるとアニエスの傍に近寄ってくる。

そして静かに床に膝をつくと、きつく握りしめていたアニエスの手に大きな手を重ねてきた。

自分とは違うたくましい男性の手に、アニエスは小さく腕を跳ねさせる。

ドミニクの手は柔らかく滑らかな感触がして、アニエスは初めて恥ずかしいと感じた。

かつては騎士として鍛えていたアニエスの手は、世の貴族女性とは別物だ。剣を握るための手だ。傷跡だってある。

騎士を辞め訓練しなくなったとはいえ、領地でも少しでも家族や領民たちの役に立てるように忙しく過ごしていたから、あの頃とほとんど変わっていない。

「ヘンケルス様……？」

居たたまれなくなってドミニクの手から逃げようとするが、何故か強く握られてしまった。いくら鍛えていてもアニエスは女でドミニクは男だ。すっぽりと握りしめられてしまえば、簡単には振り払えない。

間近で見つめてくるドミニクの表情は読めない。美しいその顔にアニエスは自分の頬が痛いほどに熱くなっていくのを感じ、つばを飲み込んだ。

「だが、宰相の妻ともなれば話は別だ。ヘンケルス伯爵夫人であれば王女殿下の相談相手として城に上がることができる」

「え？」

「アニエス・フレーリッヒ、俺と結婚しよう。俺の妻として雇われてくれ」

まるで愛を囁《ささや》くような甘い声で告げられた言葉に、アニエスは瞳を零れ落ちそうなほどに見開いたのだった。

どんな手段を使っても城に行くとは言ったが、まさかそのために結婚しろと言われるとは想像もしていなかった。

アニエスの手をしっかりと握る、ドミニクの男らしい手から伝わってくる温もりに心臓が痛いほどに脈打つ。

「結婚って……クリスティアネ様のために私と結婚すると？　本気ですか？」

「別に王女殿下のためだけではない。俺にも色々と事情があるんだ」

「事情って……と、とにかく手を離してください。話を聞きますから」

いい加減、距離が近くて落ちつかないとアニエスが手をよじれば、ドミニクがどこか名残惜しそうにゆっくりと手を離した。

そのまま元の席に戻るのかと思いきや、何故かアニエスの横に腰掛け距離を詰めてくる。

(ち、近い……！)

ドミニクの顔がすぐ傍にあり、アニエスは混乱でどうにかなりそうだった。

かつても美しい人だとは思っていたが、ここまで近くで見るのは初めてで落ちつかない。

少しでも離れたくて腰を浮かせ肘掛けの方へ逃げてみるが、何故か同じ分だけドミニクが近寄ってきて追いつめられてしまう。

「何故隣に？」

「この方が話しやすいだろう？　別に今すぐ取って食おうというわけではないんだ。そう怖がるな」

「怖がってなんていません！」

「ならこのままでも構わないな」

「……！」

しまった、と思うが遅かった。

ドミニクはアニエスの横にぴったりと座ったまま話を始めてしまう。

「まずはあの事件の後事を説明しよう。君が抜けた穴は他の近衛たちが必死に埋めてくれているし、警備そのものには問題は起きていない」

「そうでしたか……」

あんな別れ方をしてしまったことはずっと気がかりだった。

変に連絡を取れば、自分の決意も揺らぎそうだったしクリスティアネやウルリッヒに迷惑がかかりそうでアニエスは手紙すら出していなかったのだ。

問題なく過ごしてくれていたら嬉しいが、ドミニクの言葉を信じるならばそうではないのだろう。

「俺と陛下が帰国した時にはすでに見舞金の支払いも終わっており、寝込んでいると言われていた公爵家の令嬢も元気を取り戻したそうだ」

「流石《さすが》は公爵家、図太いですね」

「まったくだ。侵入者たちも何も吐かないままで、事件の真相はいまだにわかっていないのも腹立たしい。見舞金に関しては、王女殿下の個人資産からではなく国費からの支払いに差し替えさせた。殿下しかいないにもかかわらず、集まりの許可を出したこちらにも責任があるからな」

「それは……お気遣いいただきありがとうございます」

今のアニエスが礼を言う必要はないのだろうが、ドミニクの配慮がただ嬉しかったのだ。

「君に礼を言われる理由はない。むしろ、俺は君に怒っている。何故、すべての責任を被るような真似をした？」

「……あの場ではそうするのが一番だと考えたからです」

「君が辞めることで、泣く人間がいるとは思わなかったのか」

「クリスティアネ様には隊長……ウルリッヒ殿が必要です。ヘンケルス様もご存じのはずでしょう？」

ドミニクが美しい目を細め、何かを考え込むような表情になる。

王女が近衛騎士隊長であるウルリッヒを想っていることを知る者は少ない。だが、傍に仕えていればわかることだ。ウルリッヒもまた王女を憎からず大切に思っていることを、部下であったアニエスはずっと感じていた。二人を引き離すことはできない。

「私はあの日の選択を後悔してはいません」

まっすぐにドミニクを見つめるアニエスの瞳には迷いがない。

ドミニクはその視線を受け、何かを諦めるようなため息を零す。

「……………まったく、君の忠義には恐れ入る」

「それがとりえですから」

「少なくとも俺が帰ってくるまで待っていれば、辞めずに済んだとは思わないのか」

「たしかになんとかなったでしょうね……でも、宰相閣下にご迷惑をおかけするのは違うと思ったので」

あれは王女殿下のお茶会だった。近衛である自分がもっとうまく立ち回っていれば、あんなことにはならなかったのかもしれない。

いくら頼りになる相手とはいえ、不在の時に起きた事件のしりぬぐいをさせていい存在ではないことをアニエスは理解していた。

「…………そうか」

「あの事件がまだ尾を引いているとはどういうことですか？　警備に関しては問題ないと」

「ああ。新しい近衛も入り人員は不足していない。だが、今回の件で王女殿下の結婚を急ぐべきだという声が増えたんだ」

「はぁ！」

想像もしていなかった話に、アニエスは目を剝《む》く。

「クリスティアネ様はまだ十七歳ですよ!?」

かつてレストラダムが属していたカロット帝国では女性は十四歳になれば結婚することができた。そのため政略的な目論見から年若い結婚が横行し、結果として幼すぎる出産で命を落とす娘も少なくなかった。おぞましい歴史と決別するという意思を示すため、レストラダムは建国時に『結婚は男女共に十八歳を迎えてから』という法律を作ったのだった。

「何より十八歳を迎えてから婚約者を決めるのが王族のしきたりのはずです。早い婚約は争いの種だからと」

「本来の手順でいえばそうだ。だが後継者が王女しかいないのは歴然とした事実。故に十八歳になったらすぐに結婚し子どもを作ってはどうかという提案が貴族院から出された」

頭痛をこらえるように頭を押さえるドミニクの表情は暗い。

貴族院は十八歳で婚約ではなく、十八歳になったらすぐに結婚するべきだと主張しているらしい。

クリスティアネはあと数ヶ月で誕生日を迎える。

今すぐにでも婚約者を決定し、その準備を進めるべきだと。ありえないほどの強硬なその主張の裏に隠れる思惑にアニエスはすぐに思い至った。

「まさか」

「ああ。公爵家だ。しかも相手には自分の息子を推薦してきている。今はなんとか抑えているが、他の有力な候補がいなければ婚約を押し切られる可能性がある」

「ありえません！　それに、クリスティアネ様には隊長が……」

「そのウルリッヒに内々に相談したが、あいつは殿下との婚約を望んではいないと言い切った」

今度こそアニエスは瞳が零れるのではないかと思うほどに大きく目を見開いた。

ウルリッヒは近衛騎士隊長という立場ではあるが、実家は由緒ある伯爵家。王女と結婚し王配になるのに公爵家に比べれば立場は弱いかもしれないが、問題になるほどではない。

何よりレストラダムでは政略結婚よりも恋愛結婚が推奨されている。それは王族とて同じで、亡くなった王妃も子爵家のご令嬢だ。

「隊長は……何故」

「わからぬ。聞いても答えないからな。そのせいで、殿下は随分と気落ちしている。君に会いたいと泣いているそうだ」

「クリスティアネ様……」

美しく優しいクリスティアネの姿を思い出し胸が痛くなる。

初めて会ったのはアニエスが十九歳でクリスティアネが十二歳の時だった。

まだ幼い少女であるにもかかわらず、王族である誇りを内側から溢れさせたクリスティアネの気高さに、アニエスは生涯をかけて守ると誓ったのだ。主従であったが、時には友人のように話すこともあった。弟ばかりの自分にとって、クリスティアネは大切な妹のような存在だったのに。

「ウルリッヒの考えも俺にはわからないが、君ならば聞けるだろう」

「……だから私に城に戻れと」

「そうだ。そのためには俺と結婚し、宰相の妻として王女の相談相手となるのが一番いい。責任を取り近衛を辞めた君を、問題なく城に戻す方法が他にはない」

なるほど、と頷きながらもアニエスは聞かずにはいられなかった。

「でも、そのためだけに私と結婚だなんてヘンケルス様にはご迷惑なのでは……」

城に戻るためにはドミニクが口にした計画は最良だろう。宰相の妻に登城を禁じるなど無理がある。公爵家とて口を出すのは難しい。

「迷惑ではない。むしろ渡りに船だ」

にやりとドミニクが口元を楽しげに歪めた。

「俺がこのヘンケルス伯爵家の当主を継いだ経緯は知っているか？」

「……その時は王都にいなかったので詳しいことは知りませんが、お父上が急逝なさったためにあなたが跡を継いだということは存じています」

ドミニクが早くに父親を亡くし、若くしてヘンケルス家の当主になったという話は有名だった。

その経緯を知った時、アニエスはドミニクも自分と同じように苦労したのだなと妙な親近感を覚えたのを思い出す。

「そうだ。俺は二十二歳でヘンケルス家の当主となった。通常ならば結婚して子どもを儲け地盤を固めてから跡を継ぐのが普通だが、俺にそんな暇はなかった。それに俺には幼い弟がいたから、何かあっても弟が跡を継げばいいとさえ考えていたんだ」

「弟さんが？」

「ああ」

知らなかった事実に、アニエスはますます自分とドミニクの境遇を重ねる。

「だが、六年前その弟も母と一緒に事故で死んだ」

「……！」

「本来ならばその時に結婚して子どもを作る努力をすべきだったのだろうが、俺は宰相に任じられたばかりだった。忙しさにかまけていたら、いつの間にかこの年だ。いい加減、結婚しろと陛下にもせっつかれてな」

「なるほど」

宰相としてのドミニクの生活は多忙を極める。ほとんど城に詰めているし、執務室で難しい書類とにらめっこをしたまま朝を迎えることも珍しくはなかった。護衛役の騎士たちが、自分たちが休む間さえないと愚痴を零していたのを思い出す。

「このままでは適当なご令嬢をあてがわれて無理矢理に結婚、という話にもなりかねない。娘を宰相の妻にしたいという野心家は多いからな。最近ではやたらと煩《うるさ》い小娘たちに構われて頭が痛いくらいだ」

「小娘って……」

アニエスは令嬢に囲まれているドミニクの姿を想像し、苦笑を浮かべた。

彼女たちの勇気を称えたい気さえする。誰に対しても表情を変えることなく、仕事以外ではほとんど口を利《き》かない氷の宰相に見初めてもらいたいなんて。

(でも……たしかに夫とするならば、すごい好条件のお方よね)

肩書きや家名は申し分ないし、他に家族はいない。しかもこの美貌だ。少々冷たくされても構わないと思う女性は少なくないのかもしれない。

ちらりと横目で確認したドミニクの横顔は本当に美しく、彼に何の気もないはずのアニエスですら胸が高鳴るほどなのだから。

「ご令嬢方が気に入らないのですか？」

「……下手に地位のある貴族と縁付けば国内の政治バランスを崩しかねない。政治に口を出したがる家の娘ではだめだ」

「ああ、たしかに。ヘンケルス様が便宜を図るとは思えませんが、あわよくばと考えている貴族は多いでしょうね」

「それに俺の妻ともなれば、外交にも役立ってもらわなければ困る。王女殿下は成人していない以上、外交の場には俺が出向く機会はまだ少なくない。妻の同伴を求める集まりも多い中で、異国に行くことを厭《いと》わない強さも必要だ」

ドミニクの言葉にアニエスは大きく頷く。

周辺諸国は小国ばかりでお互いの過不足を補うためにと国同士の交流は盛んだ。ある程度の集まりともなれば、妻やパートナー同伴で参加するのが慣例になる。

レストラダムは平和な国ではあったが、外交を行っている国の中にはまだ国内の状況が不安定な場所も多い。王族であれば護衛として近衛騎士がついているが、たかが宰相の妻に専属護衛をつけるほど余裕があるわけではないことはアニエスにもよくわかる。

つまりドミニクが必要としているのは、外交に口を出さない家柄と、護衛を必要としないほどに強さがある女性。

そんな都合のいいご令嬢がこの世にいるのだろうか。

「君は権力に関わりのない家の娘だし、いざという時、自分で自分の身を守ることができる強さがある」

「……私!?」

ドミニクの言葉にアニエスは思い切り目を剥いた。

自分が宰相の妻にという選択肢がそもそも頭にないから思い浮かばなかったが、たしかに条件にはぴったりとあてはまるだろう。

だが、あくまで理屈で私を選んだんですか!?」

「そ、そんな理屈で私を選んだんですか!?」

「大事なことだ。何より、俺の妻になる者には王家と深い関わりを持ってもらう必要がある。口が堅く、王家の人間とも親しくできなければならない。その点、君はもともと王女殿下の近衛だ。条件としてここまで好都合な女性が他にいると?」

「わ、私以外にも女の近衛騎士は多くいましたが……」

「普通の貴族令嬢であれば、幼い頃からの婚約者がいるのが当然だということを知らないのか」

「うぐう……」

理論で詰められれば、反論の余地はどんどんなくなる。

むしろ自分が断れない理由をあげられてアニエスは追いつめられていくばかりだ。

「つまり俺の相手として君以上に相応しい女性はいないんだよ、アニエス」

ドミニクが一層距離を詰めてくる。油断すれば息がかかってしまいそうなほどの距離感に、アニエスは全身のばねを使って身体をそらす。

この時ばかりは鍛えていた自分の身体に感謝したくなった。騎士として身体を鍛えていなかったら、柔軟性が足りなくて倒れ込むなりドミニクにぶつかるなりしていただろう。

「っ……！　ヘンケルス様にとって私が相応しくても、私には荷が重すぎます！」

騎士として王家に命を捧げる誓いはできても、宰相の妻になるという決断をそう簡単にはできない。

「私は田舎貴族の娘です。しかもつい最近まで近衛騎士という立場でした。貴族の妻としての振る舞いができるとは思えません」

「その点は心配するな。最高の教師をつけてやろう。君ならばすぐに身につけることができるさ……それとも、淑女教育なんて無理だとでも？」

無理、という言葉にアニエスは目を見開く。

騎士になるための訓練時代「お前には無理だ」と教官に言われるたびに「無理ではありません！」と言い返して乗り越えたのだ。

「無理なわけないでしょう！　やってやれないことはないです！」

反射的に叫んだ後で、あ、とアニエスは顔色を変えるが時すでに遅し。

ドミニクが満足そうに頷きながら微笑んでいる。

「ならば何も問題ないな」

「……も、問題あります！　我が家は貧乏なんです。私の嫁入り準備にお金を回す余裕なんてありません」

「だが君は結婚をすると言って領地に戻ったはずだ。君の母君も、貴族院に結婚相手を探してほしいとの手紙を出してきていた」

「うぐっ……それは母が勝手に！　それに弟はまだ若く、私が領地を離れればまた家族の暮らしが困窮する可能性があります。傍にいたいんです」

結婚資金がないというのは事実ではあったが、アニエスが騎士として貯めたお金があるのでかつてほど苦しいわけではない。

だが、まだ傍にいたいという気持ちは本当だ。騎士を辞めてしまったことは不本意だったが、家族の傍にいられるという安堵感もたしかにあったのだ。

求婚を断るために口にした自分の言葉で、アニエスはようやくずっと抱えていた、相反する二つの感情を理解してしまい、さらなる混乱に陥る。

「若いというが君の弟はすでに成人し領地運営に関わっているはずだ。下の弟も無事に貴族学校に入学したと聞くが？」

「なっ！　何故それを!!」

次から次に退路を断たれていく戦況に、アニエスは目を白黒させながら必死に立ち向かう。

「我が家には父がいません。母一人では弟を支えることに限度があります！」

「……ふむ」

アニエス会心の一撃に、ドミニクが目を細めて何かを考え込むような表情を浮かべた。

もしかしてこれで納得してくれるかも、と安心しかけるが、どうやらその期待は泡と消えてしまったらしい。

「ならば我が家から人材を出そう。妻の生家を支援するのは当然の流れだ。資金援助をしてもいい。ああ、当然結婚の準備は俺がする。君はその体ひとつで嫁いで来てくれればいいんだ」

「な、な……！」

「家族に会えなくなるようなことはしないと約束しよう。君が望むならいつだって領地に顔を出しても構わない。それに俺には面倒な家族もいない。先ほど話したが母は亡くなっているし、嫁いで来ればすぐに君が我が家の女主人だ。役目さえ全うしてくれるなら自由な生活も保証しよう」

「……!!」

アニエスは叫ばないようにするので精いっぱいだった。

婚姻で繋がった家同士が支援をするのは珍しくない話ではあるが、ドミニクの提案は破格すぎる。

結婚してしまえばなかなか実家に帰れないのが普通なのに、それさえも自由にしていいと言われてしまった。加えて、嫁姑問題とも無縁。

こんな好条件を出されて断れるはずがない。

ドミニクはこれで決まりとばかりに微笑んでいる。

「忘れているかもしれないが、この結婚には君が最も望むメリットがあるだろう？　俺の妻になれば堂々と登城できる」

「あ……」

混乱で目の前が真っ暗になりそうだったところから一転し、クリスティアネの顔がアニエスの目の前に思い浮かぶ。

優しく気高い敬愛すべき王女殿下。

「王女殿下は君を必要としているんだアニエス。俺との結婚はそのための取り引きだと思ってくれて構わない。お互いの利益が一致しているんだ。悪い話ではない」

この結婚がいかに自分にとって有利なものであるかは理解できた。

もう二度と会えないと思っていた王女殿下に会うことができ、実家の手助けまでしてもらえる。

宰相の妻という任は重すぎるが、ドミニクは信頼に足る男だしパートナーと思えば悪くないのかもしれない。

「…………わかりました」

アニエスは背筋を伸ばし、まっすぐにドミニクを見つめた。

感情の読めないアイスグレーの瞳がわずかに見開かれ、同じくまっすぐにアニエスを見ている。

「ヘンケルス様と結婚します」

口にしてしまうと、ずんと体が重くなった。

愛や恋に期待は持っていなかったし、この先結婚なんてできないと思っていた自分にもたらされたまさかの展開。

ある意味では雇用契約のようなこの結婚は、アニエスにとって新たな生きる道なのかもしれないと決意めいた気持ちが湧き上がる。

「そうか……」

ドミニクはアニエスの言葉を受け、美しい顔を一瞬だけ険しくさせた。

自分から求婚しておきながら、まるで後悔しているようなその表情に、アニエスは胸が一瞬だけ痛むのを感じた。

きっと、ドミニクにとってもつらい決断だったのだろう。自分のような田舎貴族の行き遅れを妻に迎えるのは本当は不本意なのかもしれない。

だが、自分の立場と王女殿下のことを考えて選んでくれたのだと、アニエスはドミニクの忠義と責任感に心から尊敬の念を抱いた。

「ヘンケルス様を後悔させないように、私頑張りますね」

「ドミニクだ」

「え」

「夫になる男を家名で呼ぶ者がどこにいる。今日からはドミニクと呼ぶように」

言われてみればその通りだとアニエスは頷いて、ひとつだけ咳払いをすると居住まいを正して再びドミニクを見上げた。

「ドミニク様、至らないかもしれませんがどうぞよろしくお願いします！」

「……ああ」

結婚相手に向けるものとは思えないほど元気の良いアニエスの挨拶に、ドミニクは眩しそうに目を細めて頷いたのだった。

＊＊＊

身ひとつでくればいいとは言われたが、実家に帰る必要さえないというのはどういうことなのかとアニエスは短いため息を零す。

ドミニクとの再会を果たしたその日のうちから、アニエスはヘンケルス家の屋敷に彼の婚約者として滞在していた。まるでそうなることが最初からわかっていたかのように完璧に整えられた部屋に案内された時は、流石に苦笑いを禁じ得なかった。

ここ数日でようやく半分ほど読み進めた厚い書物を手に取り、アニエスはもう一度ため息を零した。

淑女としての立ち居振る舞いだけではなく、宰相の妻として国内外の歴史を覚えるためにと用意してもらっていたものだ。

「……」

アニエスを慮《おもんぱか》ってわかりやすい本ばかりを届けてくれたのだろうが、今の気持ちではいくら文字を目でなぞっても内容は全く頭に入ってこない。

頭に思い浮かぶのは数刻前、ドミニクと交わしたやりとりだ。

求婚を受け入れたその日のうちに、ドミニクはあっという間に手続きを済ませてしまい、晴れて二人は正式な婚約者同士となった。

平民ならまだしも、貴族同士の結婚は婚約から挙式まで短くとも三ヶ月は準備期間を持つのが慣例。

さっさと結婚してしまって構わないとアニエスは思っていたが、あまりに早い結婚だとあらぬことを疑われるから待つしかないというドミニクの言葉に、その通りだと素直に頷き従うことにした。

「この結婚がお互いの利益のためだなんて知られたら困りますものね」

「……そうだな」

どこか歯切れの悪いドミニクの返事に首を傾《かし》げつつも、アニエスは本当にこれから彼と結婚するのだという現実をどこか他人事のように受け入れていた。

フレーリッヒ領のスレアに『求婚を受け入れた』との手紙を書いたら、すぐに返事が届いた。てっきり準備のために戻って来いと書いてあることを期待したものの、スレアからの手紙には『そのまま挙式まで戻って来ないこと。結婚証明書を持ってこなければ家に入れない』と母親とは思えない文面が書いてあった。

そうは言われてもアニエスが領地から持ってこられたのは必要最低限の荷物だけだ。大した服や服飾品はないが、領地にはかつて近衛騎士だった頃に使っていた剣と制服がある。いずれクリスティアネに再び会えるのならば、近衛の制服姿が無理だとしても、あの剣をどうにかして傍に置いておきたかった。流石に長剣は無理でも、小刀ならばドレスに仕込ませることができる。

貴族の妻になる身でありながら帯剣したいというのは荒唐無稽《こうとうむけい》かもしれなかったが、近衛騎士であったことはアニエスにとって誇り。

婚約についての話をするために訪れていたドミニクの執務室で、アニエスは我慢できずにその願いを口にしていた。

「帯剣に関しては許可できない」

しかし当然ながらアニエスの願いは却下された。

当たり前と言えば当たり前の結果にアニエスはがくりと項垂《うなだ》れる。

「だが、この屋敷に置いておくならば問題ないだろう。君が戻れないのなら、使いを出して持って来させよう」

「いいんですか？」

「俺は騎士としての君を知っているからな。君があの姿にどれだけ誇りを持っていたかは知っているつもりだ。ドレスに剣を仕込まないと約束してくれるなら構わない」

「ありがとうございます!!」

てっきりすべて反対されるとばかり思っていたアニエスは両手を上げて喜んだ。

しかも、荷物を取りに行ってくるついでに領地にいる家族や領民のために色々と届けてくれると約束してくれて、アニエスはドミニクの気遣いに感激し、思わず彼の手を握りしめていた。

「ドミニク様って冷たいお方だとばかり思っていたんですけど、本当は優しい方だったんですね！」

アニエスが知るドミニクは情に流されるタイプではない。

宰相として采配を振るドミニクは、その冷徹さから「氷の宰相」と呼ばれている。だが、むやみに非道だったり横暴なわけではない。筋の立たないことは絶対にしない代わりに理由もなく人に優しくすることもないので、冷たい人間だと周囲には思われているだけだ。

「……君が俺をどう思っているのか知らないが、妻となる女性の願いを聞かないほど狭量《きょうりょう》なつもりはない」

「妻……」

自分から握っていたはずの手を握り返され、アニエスは頬を赤くする。

何の考えもなく近づいて手に触れてしまったが、よく考えればこれは失礼な行為ではないのかとあわあわしていると、ドミニクの手は緩むどころか強まり、アニエスを引き寄せてきた。

「始まりはなんであれ、俺たちは結婚し夫婦となるんだ。遠慮せずに甘えてくれて構わない」

信じられないほどに甘い微笑を浮かべたドミニクに顔を寄せられ、アニエスはひっと短い悲鳴を上げた。

ただでさえ整っているドミニクの端正な顔が、笑みによって威力を増していく光景は視界への暴力に等しい。

近づいてくる体温に、アニエスは思わず目を閉じる。耳たぶのあたりをドミニクの吐息がくすぐった感触に背中がぞくぞくと震えた。

「俺たちが不仲だと周囲に思われては面倒だ。俺たちは離れ離れになったことでようやくお互いを意識して恋仲になった、という設定なのだからな」

この結婚はお互いの利益のために結ばれた契約のようなものだが、それが外に漏れれば問題視されることは間違いないだろう。

別に後ろ暗いものがあるわけではないが、何が弱みになるかなどわからないのが貴族社会だ。

だから話し合いの結果、二人の結婚のきっかけは『近衛を辞めて領地に帰ったアニエスへの想いに気がついたドミニクが熱烈な求婚をした』という設定にしたのだ。

その設定はドミニクが考えたもので、アニエスは恥ずかしいとごねていたが他に筋が通る設定があるかと聞かれて答えられなかった。

ドミニクが実はアニエスのことを想っていたという設定に無理があるのではないかと言いたかったが、他に案がない以上、受け入れるしかない。

アニエスがドミニクのことが好きで結婚を迫った方が自然のような気がするが、その場合アニエスに悪感情が集まる可能性もある。何より。

「君が俺にベタ惚れ、という態度をとれるとは思わないのでね」

「ぐ……」

意地の悪い笑みを浮かべたドミニクに、アニエスは唇を噛む。

「君の近衛時代、俺たちはお世辞にも仲がいいとは言えなかったからな。周囲からはむしろ君は俺を嫌っているようにすら見えていただろう」

「別に嫌いだなんて。たしかにちょっと厳しいとは思っていましたけど、ドミニク様は職務に忠実な立派な方です。尊敬しています」

「尊敬、か」

ドミニクの目がわずかに細まる。

いまだに近すぎる体勢であることが恥ずかしいが、ドミニクはどうやらアニエスを離す気はないらしく、腕の力は緩まない。

いい加減に離れてほしいと、アニエスはやんわりとドミニクの胸を押してみるがびくともしない。

この距離感は色々とおかしいのではないかとアニエスは冷や汗を滲ませる。

「だからこそ、いなくなった君の大切さに気がついた俺が求婚したという流れこそが自然だ。それに……」

腕を握っていたドミニクの手が離れ、アニエスの背中を撫でるように引き寄せる。

予想していなかったその動きに、アニエスは抵抗する間もなくドミニクの胸に顔を押しつけるような体勢になっていた。

宰相という立場にあるはずなのに、その身体は驚くほどに鍛え上げられていて、アニエスの身体はすっぽりと抱き込まれてしまう。

騎士として鍛えていた時期もあり、女性としては小柄ではないはずだが、ドミニクの腕の中におさまった自分は小さな乙女になったように思えて、アニエスは耳元が熱くなるのを感じた。

「俺は、君に愛していると伝えることに躊躇いはないからな」

「ドミニク様!!」

ドミニクの囁きに、アニエスは思わず叫んで顔を上げた。

冗談がすぎると文句を言ってやるつもりだったが、見上げる形になったドミニクの顔はアニエスが想像していた表情とはまったく違っていた。

てっきり、からかいを帯びた意地の悪い笑みを浮かべているとばかり思っていたのに。

「アニエス」

ドミニクの顔はこれまで見たことがないほどに真剣な表情をしていて、アニエスは用意していた言葉を飲み込んでしまう。

どこか熱を孕《はら》んだ瞳から注がれる視線は力強く、抱きしめてくる腕の力は壊れ物を扱うように優しいものなのに、決して逃げ出せそうな雰囲気ではない。

「俺は……」

ドミニクの顔がゆっくりとアニエスに近づいてくる。顔をそらすのは簡単なはずなのに、身体が痺《しび》れてびくともしない。

あとほんの少しで唇が触れ合う、その時だった。

「旦那様、お客様です」

規則正しいリズムのノックと共に聞こえた執事の声にドミニクが動きを止める。

早く返事をしてほしいのに何故か酷く難しい顔をしたまま、アニエスを見つめていた。

「旦那様？」

執事の再びの呼びかけにドミニクは小さく舌打ちすると、ようやく腕を広げてアニエスを解放してくれた。

温かな腕の中から解放されると、一瞬だけ寒く感じてしまう。

乱暴な足取りで歩いて行ったドミニクが自ら扉を開けると、すぐそこに立っていた年嵩《としかさ》の執事が驚いたような表情を浮かべていた。

執事は室内にいるアニエスに気がついたらしく瞬きを何度かしたが、流石は伯爵家の執事。すぐに感情の読み取れない顔になって深々と頭を下げた。

「失礼いたしました。アニエス様がいらっしゃったのですね」

「いいから用件を言え。客とはいったい誰だ」

「はい、セーガース公爵家からの使者です」

ドミニクが眉間に皺を寄せたのが背中越しにもわかる。

アニエスも聞き覚えのあるその名前に眉を吊り上げた。

セーガース公爵家。王女殿下を悩ませる、二人にとっての共通の敵がわざわざここにやってきたという事実に、緊張が走った。

「客間に通しておけ。すぐに行く」

「かしこまりました」

扉が閉まり、執事の足音が聞こえなくなるとアニエスはすぐにドミニクの元に駆け寄った。

「今、公爵家と」

「ああ。君は顔を合わせない方がいいだろう。部屋に戻っていなさい」

隠れていろと言わんばかりの言葉にアニエスはわずかな苛立ちを感じるが、ドミニクがそう言うのはそれだけの理由があることも理解できたので、素直に頷く。

執事は、客は公爵家からの使者と言っていたが、その使者がアニエスの顔を知っている可能性は否定できない。

「私とドミニク様の婚約を知って来たんでしょうか」

もしそうならば結婚を邪魔するつもりなのかもしれないとアニエスは身構える。

あの事件で責任を取り辞めた近衛騎士をドミニクが妻に迎えようとしていると知れば、自分たちが疑われていると考えるに違いない。

「君との婚約はまだ王家しか知らないことだ。それに、いくら公爵家といえども俺の結婚に口出しする理由はない。大方、先日打ち切った公共資金に関する苦情でも届けに来たのだろう。忌々《いまいま》しい」

吐き捨てるようなドミニクの言葉には、隠すつもりもない苛立ちが滲んでいた。

セーガース公爵家はまるで自分たちも王族の一員だと言わんばかりに権力を振りかざし、事あるごとに国政に食い込んでは利益を欲している厄介な連中だ。

ドミニクは国民たちの生活を支えることを第一にした政策を主導しているが、公爵家はそれに逆らうように貴族の利益を優先させる政策ばかりを提案してくる。犬猿の仲なのだ。

「とにかく。今はまだ連中に君の存在が知られるのは避けたい。結婚を台無しにされるのはごめんだ」

「ええ。クリスティアネ様のためですもの！　自分の役目は承知しております！」

アニエスはドレス姿のまま、ぴしりと騎士の敬礼をした。

「私はこっそり部屋に戻っておきますね。我儘《わがまま》を聞いていただきありがとうございました！」

「アニエス……！」

ドミニクが何か言いかけるが、アニエスはまるでそれを振り切るように執務室を飛び出す。

すれ違ったメイドたちがドレスで全力疾走する姿にぎょっとしていたのがわかったが、足を止めることはできなかった。


（キスされるかと思った）

先ほどの出来事を思い出し、アニエスは読んでいた本を勢いよく閉じる。

ほんの数センチだった。執事が来なければ、きっとあのままキスをしていたに違いない。

指先で唇を撫で熱っぽい吐息を零す。

挨拶で交わす頬へのキスしかアニエスは経験したことがない。唇同士なんて未知の世界だ。

自分にははるか縁遠いものだとばかり思っていた。

「……わけがわからないわ」

私たちはお互いの利益と、王女のために結婚をするのではないのだろうか。

今日のような接触は初めてではない。

婚約者になって以来、ドミニクは先ほどのような態度で事あるごとにアニエスに触れてくるのだ。

引き寄せたり顔を近づけたりしてくるし、告白めいたことを口にする。

てっきり周囲に二人が想い合って結婚したと思わせるための演技の一環だとアニエスは素直にそれを受け入れていたが、誰もいない時でも同じように接してくるドミニクが理解できない。

彼が自分に見せる表情や向けられる視線、そして触れてくる腕の温もりは落ちつかない気持ちにさせる。

「はぁぁぁ」

深いため息を零し、アニエスは机にうつぶせた。

まだ再会できない王女のことや、訪ねてきている公爵家のこと、領地の家族のことなど考えるべきことはたくさんある。

だが、今のアニエスの心をしめるのはドミニクのことばかり。

「私、いったいどうしちゃったんだろう……」

年若い娘のような自分の気弱な声に、アニエスはきゅっと唇を引き結ぶことしかできない。

ドミニクとアニエスは宰相と近衛騎士という関係でしかなかった。

近衛騎士を辞めなければ、こんなことにはならなかったのに。

「ドミニク様の妻、か」

運が良ければ、物好きな男性と結婚するかもしれないという想像をしなかったわけではない。

しかし、騒動の責任を取る形で近衛騎士を辞めたわけありかつ、貧乏な田舎貴族である自分を受け入れるような奇特な存在はまずいないと、すぐにその想像は塗りつぶした。

それがまさか、奇特どころか、この国で最も価値のある男性と縁付くなんて。

「やると決めた以上は全力で。それが私だったじゃない。何をうじうじしているのよアニエス！」

アニエスは自らにそう言い聞かせると、両の拳を握りしめる。

家族と領民のために騎士になると決めた時も、クリスティアネのために騎士を辞めると決めた時も迷わなかった。それが最善だと信じていた。

そしてこの結婚も、きっと一番いい選択に違いない。

「ドミニク様には申し訳ないけど、すごくありがたいお話なのよね、うん」

思えばドミニクにも理由はあるとはいえ、あまりにアニエスに有利な婚約であり結婚だ。

きっとドミニクは本当にクリスティアネを案じてくれているのだろう。そう考えれば、ドミニクの変な態度も自分を本当の妻だと周囲に認識させるための準備に違いないと思えてきた。戸惑ってしまうのは自分の中にまだ迷いがあるからだとアニエスは結論付けて、これからはドミニクの態度に動揺せずにしっかり応えなければと気持ちを引き締める。

「一日も早くクリスティアネ様にお会いできるように頑張らなくては」

今の自分にできることはそれだけだと、アニエスは閉じた本を再び開いた。

それからの数週間は平和な口々極まりないものだった。

あの日訪ねてきた公爵家の使者は、ドミニクが言っていた通り、打ち切られた公共資金に対する苦情を伝えにきただけで、アニエスのことには一切触れなかったそうだ。

アニエスは与えられた書物や家庭教師たちに教えを乞いながら、貴婦人としての振る舞いを身につけ始めていた。近衛騎士として王城に勤めていた下地があったおかげで、マナーの類を学ぶのにそこまでの苦労はなかった。

屋敷の使用人たちはアニエスを主の妻として扱い、ろくな手入れをしていなかった髪や体を磨き上げてくれている。

今のアニエスを見て、かつて彼女が剣を握っていた騎士だったなどと思う者はいないだろう。

だが、ある問題がアニエスの前に立ち塞《ふさ》がる。

「アニエス様、もう少し力を抜いてください」

「申し訳ありません……」

困り果てたダンス講師の様子に、アニエスも同じく困り果てた顔をする。

ドミニクの妻となり社交をするようになれば、夜会でダンスを踊る機会も増える。

アニエスは近衛騎士として王女やその友人たちの仮初《かりそ》めのパートナーとなったことはあっても、リードされる側としてダンスをした経験は皆無だった。

「筋は大変よろしいですし、ステップも軽やかです。ですが、あまりにも力みすぎです。ダンスは決闘ではないのですよ」

講師のじっとりとした視線にアニエスは視線をそらす。

控えてくれているメイドたちも講師の言葉に同意しているのか大きく頷いており、ますます居たたまれない。

どうしても騎士時代の癖が抜けないのか相手を気遣う動きになってしまい男性パートに完全に身を任せることができないうえに、着慣れていないドレスで踊るのは想像以上に困難だった。

これまでただ可愛らしいだけだと思っていた令嬢たちへの尊敬と感心の念を抱きながら、アニエスは自分の不甲斐なさに落ち込んでいく。

「随分と苦労しているようだな」

突然聞こえた声に振り返れば、仕事着のドミニクが扉にもたれかかるように立ってアニエスたちを見ていた。

普段ならば城で執務に当たっている時間のはずなのに何故と動揺しながらも、アニエスは彼の傍へと駆け寄る。

「ドミニク様いつからここに!?　お仕事はどうされたのですか？」

「少し前からいたぞ。時間ができたので君の顔を見に戻ったんだ。ダンスが不得手《ふえて》とは知らなかった」

どこか楽しそうなドミニクの声と表情に、アニエスは唇を尖《とが》らせる。

せっかくドミニクに宰相の妻として完璧な姿を見せるために不在の時間を狙って練習していたのに、それを見られてしまっただけではなく無様な姿を晒《さら》してしまった。

「慣れていないだけです……私の練習なんて見ても面白くはないでしょう？」

「いいや。なかなか新鮮な姿で見ごたえがあった。帰って来た甲斐があったというものだ」

「面白がらないでください！」

可愛げがないと思いつつも、つい意地を張ったような口ぶりになってしまう。

ドミニクがこうやって優しい態度をとるのは、周囲に自分との関係を認識させるためだとわかっているのに。

「すまない。君にも苦手なことがあるのだと思うと可愛らしくてな……しかし、機嫌を損ねたなら謝ろう。お詫びに俺が練習に付き合うので許してもらえないだろうか」

「えっ」

許可を出すより先に、ドミニクの手がアニエスの腰を抱き引き寄せた。

優しく握られた手に戸惑っている間に、部屋の中央へと連れ出され踊り出されてはついていくほかなく、アニエスはドミニクのリードに合わせて足を動かし始めた。

ぴったりと体を寄せ、講師の手拍子に合わせてステップを踏んでいけば、さっきまでのぎこちない動きが嘘のように体が動いていく。

「なんだ、うまいではないか」

「……ドミニク様がお上手なんですよ」

「それはよかった」

腰を強く抱き寄せられターンすると、ふわりとスカートが広がるのがわかった。

当然のことなのに、今の自分はドレスを着た一人の女としてドミニクと踊っているのだとわかって、アニエスは急に恥ずかしくなる。

「そう、身体の力を抜いて俺に任せてくれればいい」

耳元に囁きかける優しい声と背中を支える大きな手。

まるで愛し合う恋人同士のように密着した状況に、混乱しながらもアニエスはなんとか一曲分のステップを踊りあげることができた。

「すばらしい動きでしたよアニエス様！」

感激しきった講師の声とメイドたちの拍手に、アニエスは気恥ずかしさから頬を染めつつ、いまだに自分を抱き寄せたままのドミニクを見上げた。

優しい瞳とわずかに口元に浮かんだ微笑みに思わず息を呑む。

「君は筋がいい。要は慣れだ、これからも時々練習に付き合おう」

「そんな……お忙しいのに……ご迷惑では」

「愛しい婚約者と踊ることが迷惑になるものか」

「っ……！」

また！　とアニエスは恥ずかしくなるが、優しい眼差しで見つめてくる周囲に気がつき口をつぐむ。

最近のドミニクは本当に別人のようにアニエスに対して優しく甘い態度をとるのだ。演技だとわかっていても、落ちつかないほど。

「しかし残念ながら時間切れだ。そろそろ戻らなければ。では、また夜に」

名残を惜しむように離れ際にアニエスを優しく抱き寄せてから、ドミニクはすぐに部屋を出ていく。

まるで一瞬の夢を見ていたような出来事に、残されたアニエスはその背中をぼんやりと見送った。

「おつかれさまでした、アニエス様」

「え、ええ。ありがとう……」

労《いた》わるように声をかけてくれるメイドに、アニエスはぼんやりとした返事をする。

抱きしめられた温もりとたくましい腕の感触がまだ残っているようで落ちつかない。

「しかし、本当にドミニク様はアニエス様に夢中ですね。あんな顔初めて見ましたよ」

「……そうなの？」

「そうですよ！　これまではお仕事が忙しくてほとんど屋敷に戻って来られなかったのに、アニエス様がいらしてからは必ずご帰宅されますし、こうやって昼間でもお帰りになって……私たちもとても嬉しいです」

メイドたちの表情は明るい。顔を見合わせ、屋敷の雰囲気が明るくなったと喜んでいる。

「本当にまるで人が変わられたみたいに雰囲気もお優しくなって、愛の力はすごいですね」

「あ、愛の力……」

二人が劇的な恋愛をして婚約したと思っているメイドたちの純粋な言葉に、アニエスは顔を赤くした。

否定できずまごまごしていると、彼女たちはそれを照れと受け取ったらしく温かな眼差しを向けてくる。

居たたまれない空気にアニエスは強張《こわば》った笑みを浮かべながらも、本当に嬉しそうな彼女たちの雰囲気に、胸の中が温かな気持ちになるのを感じていた。

屋敷に滞在を始めて数日のうちは生活に馴染むのに必死だったこともあり、この家の内情に目を向ける余裕がなかった。

だが慣れてくると、ドミニクの生活が伯爵とは思えないほどに質素で静かなものであることにアニエスは気がつく。

調度品は最低限だし庭に花は少ない。使用人は寡黙な人ばかりで、屋敷の中はいつもしんとしている。まるで色を失くしているような雰囲気は異質だった。

宰相という立場にありながらドミニクの私生活が華やかさとは無縁だということに驚きを隠せず、アニエスは彼に長く仕えている執事に、ずっとこうなのかと尋ねていた。

「以前は親戚筋にあたる方が訪ねてこられることもありましたが、いつの頃からか旦那様が距離を置かれるようになったのです」

「距離を？」

「若くしてこの家を継がれた旦那様を、自分に都合の良いように操ろうとされる方は少なくありませんでした。きっと、そういう方々に嫌気がさしていたのでしょうね。お仕事が忙しくなってからは、屋敷で過ごされることも少なく、いつの間にかこのような雰囲気が当然でした」

「そう……」

「それに奥様……旦那様のお母様が亡くなった後、旦那様は使われていた装飾品などを全部倉庫に片付けてしまわれたのです。色々な思いがあるのでしょう」

どこか哀愁《あいしゅう》の滲む執事の声に、アニエスはドミニクがこれまで歩んできた人生の片鱗《へんりん》を感じて胸を痛める。

そして、彼について自分が知っていることと言えば、宰相としての仕事ぶりと、人伝いに聞いた父親の死と、彼がわずかに語った母親と弟の死だけ。

何故あの時、もっと話を聞かなかったのかという後悔がこみ上げた。

いくらお互いの利益のためとはいえ、夫婦になるのだ。もっとお互いのことを知るべきだし、歩み寄るべきだったのに。

「しかし、アニエス様が我が家に来られてからの旦那様は本当にお幸せそうで……素晴らしい方と出会われたのだと使用人一同、本当に嬉しく思っております」

「まあ……」

執事の表情はまるで子どもを案ずる親のように見えた。きっとドミニクのことを本当に心配していたのだろう。

アニエスは、彼をはじめとした使用人たちのことを騙している罪悪感に襲われる。みんなは二人が愛し合って結婚すると信じている。仕える主が、幸せな結婚をすると。

その実態がお互いの利益のための結婚でしかないことを知ったら、どう思うのだろうか。アニエスを軽蔑《けいべつ》し、ドミニクに失望するかもしれない。

（……でも、別に結婚をするのは嘘じゃない）

　これが嘘の結婚であれば、後ろめたく思えたかもしれない。

　だが、たとえ愛はなくともドミニクとアニエスは本当の夫婦になり、お互いを支えるパートナーになるのだ。

「あなたたちの期待を裏切らないように頑張るわね」

　ドミニクや彼らに恥じぬ妻であり女主人にならなければという使命感にかられたアニエスの行動は早かった。

　庭師に命じ庭に季節の花を植え、新しい調度品を購入して室内を飾り付け、屋敷の中に色を増やした。使用人たちの仕事ぶりを評価し、どんな些細《ささい》なことでも感謝を伝えた。不在がちなドミニクに代わり、少しでもこの屋敷を過ごしやすく明るい場所にしたかったのだ。

　そんなアニエスの努力はすぐに実を結び、使用人たちから向けられる眼差しに強い信頼が混じるようになった。それは喜ばしいことだったが、使用人たちからの誠意を感じるたびに、アニエスはもっとドミニクのことを知らなければという焦燥《しょうそう》感を覚えるようにもなっていた。

　ドミニクはアニエスのことを気遣ってか食事時や先ほどのように顔を見せに帰ってきてくれてはいたが、夜には仕事をしに城に戻ることも多く、二人でゆっくりと喋《しゃべ》る時間はなかなかとれていない。

　表向きは結婚式とその後にまとまった休暇をとるため忙しい、ということになっているが事実とは異なることをアニエスだけは知っている。

無事に結婚式を済ませた後に、アニエスを王女の相談役に据えるためあらゆる手を尽くしてくれているのだろう。

「……でも、このままじゃいけないわよね」

ドミニクが自分のために何かをしてくれているのならば、自分もドミニクの人生に少しでも役に立てるようになりたい。

愛ある夫婦ではなくとも、信頼し合える家族になりたいとアニエスは考えた。

「ドミニク様とお話をしなくては」

その夜、ドミニクが帰宅したとの知らせを受け、アニエスは寝台から抜け出した。時刻はすでに夜中。ドミニクは休養をとるために帰宅したのだろう。

その時間を奪ってしまうのは申し訳なかったが、話をする時間を作ってほしいとどうしても直接伝えたかったのだ。

人前で下手なことを口にすれば、二人の関係がバレてしまうかもしれないし、手紙だと証拠が残る。故に、メイドにどんなに夜が遅くなってもドミニクが帰宅したら起こしてほしいとお願いしていたのだった。

「ドミニク様、アニエスです」

ドミニクの部屋の扉をノックして声をかけると、室内からやけに慌てたような音が聞こえた。

何があったのかとアニエスは部屋のドアに手をかけるが、内側から施錠されているらしくびくともしなかった。

「ドミニク様……？」

心配になってもう一度呼びかけると、鍵の開く音がして扉が開いた。

顔を出したのは、いつもと変わらぬ感情の読めない表情をしたドミニクだ。

少し髪が乱れているので、もしかしたらもう眠るところだったのかもしれない。服もいつものかっちりとしたものではなく、ゆったりとしたものになっていた。

「どうした、こんな時間に」

「すみません……ちょっとお話があって。部屋に入ってもよろしいでしょうか」

「……」

何故か黙り込んだドミニクは一瞬躊躇したような表情を浮かべつつも、無言のままにドアを大きく開いてアニエスを部屋に招き入れてくれた。

ドミニクの私室は、やはり最低限の家具しかなく私物も極端に少ない印象だった。

夜中だというのに少しだけ窓が開いており、部屋の空気がやけに冷たく感じる。

寝衣《しんい》にガウンを羽織っただけだったアニエスは、身体を震わせ自分の両腕を温めるように軽くさすった。

「ああ、すまない。少し換気をしていたんだ。閉めよう」

ドミニクはアニエスが寒がっていることに気がつき、窓を閉めてくれた。

そして、自分が羽織っていた上着をアニエスの肩にそっとかける。

「風邪を引いてはいけない」

「ありがとうございます……」

まだドミニクの温もりが残る上着の心地よい重さに、アニエスはどきりとして視線を泳がせる。まるでドミニクに抱きしめられているかのように錯覚するほど彼の匂いが強くて、よく考えなくてもこんな時間に男性の部屋を訪れるのははしたないことだったのではないかと、今さらながらに落ちつかない気持ちになる。

とはいえ、二人は婚約者だしいずれは夫婦となる関係。夜に部屋を行き来したって、何の問題もないはずだとアニエスは自分に言い聞かせた。

部屋には椅子が一脚しかないため、アニエスが椅子を使い、ドミニクはベッドに腰を下ろす。

微妙な距離で向かい合うと、アニエスは意を決して口を開いた。

「実はドミニク様とお話がしたくて来たんです」

「話？」

ドミニクの眉が苛立ったように寄り、深い皺が刻まれる。

疲れの滲む目元が鋭くなったことに、アニエスは怯みそうだった。

不意に、近衛騎士時代の記憶がアニエスの脳裏に鮮やかに蘇った。

＊＊＊

「宰相閣下、いくらなんでもこの行程には無理があります」

近衛騎士の制服に身を包んだアニエスが執務室に乗り込み叫んでも、ドミニクは視線すら向けなかった。考え事をしているのか、その眉間には深く皺が刻まれており表情は氷のように鋭い。

机の上に置かれた書類をものすごいスピードで処理しながら「無理でもやるのが仕事だ」と冷徹な声で言い放ち、訴えの中身すら聞こうとしない。

むしろ、アニエスが意見しに来ることを事前にわかっていたかのような態度だった。

アニエスは額に青筋を浮かべ、奥歯をギリギリと噛み締める。

「無理なものは無理です。姫様はまだたったの十二歳なのですよ？　こんな行程で無理をすればお体に障《さわ》ります」

「年齢は関係ない。姫様にも公務を担っていただかなくては、我が国は立ちゆかないのだ。何より、姫様には事前に許可を得ている内容だ。一介《いっかい》の近衛がどんな権限があって私に意見をするのか聞かせてもらおうか」

「ぐっ……！」

隙のない口調にアニエスは思わず唇を噛み締める。

先ほどアニエスに渡されたのは、翌日のクリスティアネのスケジュールだった。

ドミニクが言うようにこの国の王族は、国王陛下とクリスティアネ王女殿下の二人だけ。小国とはいえ、王族に参加を求める式典は少なくなく、それらすべてに顔を出してこそレストラダムが結束していく、というのが陛下やドミニクたち高官の主張だ。

故に、まだ成人していないクリスティアネも挨拶だけという形で様々な公務に参加することを余儀なくされていた。

明日のクリスティアネは、食事も移動中に済ませなければならないほどに余裕のない行程を組まれていた。

他の近衛騎士たちも苦い表情をしていたが、憎らしいほどに「ギリギリなんとかなる」内容だったので受け入れるしかないと悟っていた。

だがクリスティアネに心酔しているアニエスは当然ながら納得できず、こんなのありえないとばかりに執務室に乗り込んできていたのだった。

「せめて、ひとつだけでもずらしてください。王立学園の視察は、明日でなくても問題ないはずです。馬車内での食事は負担が多すぎます」

「近衛騎士たちは基本的に移動中に食事をしていると聞くが？」

「それは私たちが慣れているからです。動く馬車の中での食事は揺れで舌を噛む恐れもありますし、食事が合わず体調を崩した時の対処ができません」

「……」

訴えの正当性を理解したのか、ようやくドミニクが顔を上げた。

美しい顔にまっすぐ見据えられて、アニエスは一瞬だけ息を詰める。

「なるほど。たしかにそれに関する配慮が欠けていたのは認めよう」

「では！」

「しかし、すでに決定された予定を変更するのは今からでは無理だ。王家から正式な通知として先触《さきぶ》れを出している。急な中止は様々な憶測を呼ぶ」

「つ……でも」

「最後まで聞け。時間の変更程度ならば特に問題なく対応できる」

言うが早いかドミニクがクリスティアネの予定を書き出し、各挨拶回りの時間を少しずつ変更していく。まるで魔法のように調整されていくスケジュールの合間に、短くはあるが食事をとることができる時間が生み出された。

「訪問先には俺から手紙を書いておこう。君の役目はこの時間内に問題なく食べることができる食事内容を手配することだ」

「ありがとうございます、宰相閣下！」

言いたいことはまだまだあったが、意見が通ったことがただ嬉しくてアニエスは満面の笑みを浮かべドミニクに感謝を告げた。

まさかそんな返事をされるとは思っていなかったのか、ドミニクの瞳が一瞬だけ丸くなった気がする。だが、すぐに視線は再び机の上の書類に戻されたので気のせいだったのかもしれない。

「お忙しいところ失礼しました！　あ、今後も同様の配慮願います！」

「……覚えておこう」

返事をしたドミニクがどんな顔をしていたのか、アニエスは確かめもしなかったが、口調からして怒っているようではなかったのでそのまま退室をした。

だがその後、アニエスが願った予定変更の調整にドミニクがかなりの手間をかけてくれていたことを知り、とても驚いた。

ただでさえ多忙な宰相閣下になんてことをさせたのだと当時の上官に苦言を呈され、アニエスはそのことを初めて知ったのだった。

慌てて頭を下げに行ったら、苦い顔で「今さらだ」と返されて憤慨させられた。

遠慮など不要と判断したアニエスは、それからも不満があればこの時のようにドミニクがいる場所に乗り込んでは直接抗議を繰り返したのだった。

***

当時の自分がどれほど血気盛んだったかを思い出しアニエスは頭を抱えたくなった。

明らかな無作法だったにもかかわらずドミニクに対応してもらえたのは職務という建前があってこそ。

（若かったなぁ、私）

今のように完全なプライベートの時間に押しかけるのは、無作法を通り越して無礼だと怒られて当然の行いだと気がつく。

でも、どうしても早めに話をしておきたくて我慢ができなかった。

何事も後回しにしていいことはない。早期発見報告相談。それは騎士時代にアニエスが叩き込まれた鉄則。

「私たちの関係のことなのですが……」

「……まさか、やめたいなどというのではないだろうな。もしかして誰かに何か言われたのか。それとも待遇に不満が？」

「まさか！」

そんなわけはないとアニエスは大きく首を振った。

「ドミニク様には本当に感謝していますし、お屋敷の方々にもとても良くしてもらっていますよ！」

「……では、いったいなんだ」

「私、もう少しドミニク様のことが知りたくて……」

言葉が尻すぼみになっていくのは、自分が恥ずかしいことを口にしていることにアニエスが気がついたからだ。ドミニクの顔を見ていられなくなって視線を落とす。

夜中に男性の部屋を訪れ、その人を知りたいと言うなんて、まるで告白のようではないかと。そんなつもりはなかったのに、何故か急に意識してしまった。

「君が……俺を知りたいと……？」

ドミニクの声もまた、か細く震えている気がしてアニエスは顔を上げる。

てっきり怒っているか呆れていると思っていたのに、ドミニクは片手で口元を押さえて顔を伏せていた。

もしかして気分を害したのかとアニエスは青ざめる。

「べ、別に変な意味ではないのです！　私はあまりにあなた自身のことを知りません。使用人たちにあなたとのことを聞かれてもうまく答えられなくて……！」

まるで言い訳のように、アニエスは早口でまくしたてた。

「私たちは夫婦となるのです。これからはお互いを信頼し支え合う関係になる以上、やはり相互理解は必要不可欠であるかと考えます」

興奮しすぎたせいか、口調が騎士時代に戻っている。

下心などないと理解してもらおうと必死なせいで、アニエスの頬は興奮でうっすらと朱に染まっていた。

「相互理解か……なるほどな」

やけに大きく、はぁ、と息を零したドミニクは伏せていた顔を上げた。

その表情はいつもの冷静なものとも、人前でアニエスに優しく接する時のものとも違っている。

切れ長の瞳が何かを決意したかのように鋭く輝き猛禽《もうきん》めいて見えて、何故かアニエスはこの場から逃げ出さなければいけないような気がしてしまう。

「それで、わざわざこんな時間に男の部屋を訪ねてきたと。そんな姿で」

咎《とが》めるような言葉使いにアニエスは、う、と短く呻いた。無作法なのは承知のうえだったが、あえて説明されるとたしかに怒られて当然の行動だ。

「申し訳ありません……閣下はお忙しいので、人目を避けて話すのならばこうするしか方法が思いつかなくて……」

「閣下はやめろ。今の俺たちは対等な関係だ」

「すみません……」

怒られてばかりだとアニエスは情けなさに俯く。

失望されてしまっただろうかと、何故か泣きたくなってきた。

「……別に怒っているわけではないんだ。ああ……もうこれは八つ当たりだな……」

ベッドが軋《きし》む音がしてアニエスが顔を上げれば、ドミニクが立ち上がりすぐ傍まで近づいてきていた。

咄嗟《とっさ》に腰を浮かしかけるが、大きな手で制される。椅子に座ったままのアニエスを見下ろすほどに近づいたドミニクは、まるで子どもをあやすように大きな手でアニエスの頭を撫でた。

その優しい手つきにアニエスは緑色の瞳を大きく見開く。

「ドミニク様……？」

「俺とどんな話がしたいんだ？　大して面白い話などできないぞ」

「……私と話をしてくれるんですか？」

「言ったはずだ。俺は妻となる女性の願いを聞かないほど狭量な男ではない」

先ほどまでの鋭い雰囲気は今のドミニクにはもうない。

むしろ、昼間一緒に踊った時と同じような優しい空気をまとう表情に、アニエスは安堵から体の力を抜く。

ドミニクはやはり優しい人なのだという喜びに、胸の奥がじんわりと温かくなった。

「別に難しい話を聞きたいわけじゃないんです。ドミニク様がこれまでどんな風に生きてこられたのかとか、ご家族のこととか。私はもっとドミニク様を知りたいんです。これから一緒に生きていくんですから」

「アニエス……君は……」

「もちろん、今すぐじゃなくてもかまいません。少しずつでもいいので、どうかドミニク様のことを教えてください」

本当ならば、この結婚の話が出た時にすべきだったことなのだ。あまりに突然すぎて余裕がなかったのもあるが、目先の条件と勢いですべてを決めてしまった。

だが、今からでも遅くなどないはずだと、アニエスは微笑みを浮かべてドミニクを見上げた。

「……ああ。そうだな……だが、本当につまらない話しかないぞ。俺は君が思っているほど上等な人生を歩んでいるわけではない」

「それは私も一緒です。というか、ドミニク様は私の事情をご存じですよね？　なのに私はドミニク様のことを仕事の面以外ではほとんど知りません。これって対等じゃないと思うんですよね」

「なるほどな」

アニエスの言葉にドミニクは敵《かな》わないな、と言いながら肩をすくめる。

「わかった。君が俺を投げ出さないと約束してくれるなら、喜んで話をしようじゃないか」

「私がドミニク様を投げ出す？　まさか！　私はあなたを尊敬しているんですよ」

「尊敬、か」

そう。アニエスはドミニクを尊敬していた。

宰相としての采配や仕事に対する真摯さと情熱は、間違いなく本物だ。傍で見てきたアニエスはそれを知っている。彼ほど国を思い、真面目に働いていた人はいない。

王女のためにアニエスを妻に迎えるほどに、王家を想う忠義心もある。

一緒に暮らすようになってからも、自分の地位に奢《おご》らず堅実に生きている姿も好感が持てた。使用人たちの人となりを見れば、彼がどれほど善良な人間であるかは考えなくてもわかる。

アニエスへの態度も、横暴さの欠片《かけら》もなく優しく、誠実だ。

こんな素晴らしい人が他にどこにいるだろうか。

「いいだろう。だが、流石に今日は遅い。時間を作るから、その時に聞きたいことを何でも聞いてくれ」

「ありがとうございます！」

嬉しさの勢いのままアニエスは立ち上がって頭を下げたのだった。

ドミニクはそんなアニエスに困ったように眉を寄せながら、その肩に手を置く。

「……だが、夜はなしだ。それに服はちゃんと着てくること」

「はい！　わかりました！」

「もし次に同じことをしたら、どうなっても知らないからな」

「はい？」

その言葉の意味がわからずアニエスが首を傾げるのと、ドミニクの顔が近づいてくるのはほぼ同時だった。

額を掠めるように触れた柔らかな唇の感触と、視界を埋めるドミニクの顔にアニエスは時間だけではなく心臓が止まった気がした。

何をされたのか理解できずに呆然とドミニクの顔を見上げるアニエスに、彼は艶っぽい笑みを向けた。その美しさにアニエスの心臓が悲鳴を上げるように激しく脈打つ。

「……上着は明日返してくれればいい。お休みアニエス、良い夢を」

はくはくと魚のように口を開閉させることしかできなくなったアニエスを、ドミニクは優しくも有無を言わさぬ動きで部屋の外へと促す。

音を立てて閉まった扉を背にしたまま、アニエスは薄暗い廊下に立ち尽くす。

（え、えええ……？）

額を押さえればまだ先ほどの柔らかい感触が残っている気がして、アニエスは顔が焼けるほどに熱くなっていくのを感じその場に座り込まないようにするので精いっぱいだった。

二章　甘すぎる結婚生活

鏡に映る自分の姿にアニエスは不思議な気分になっていた。

婚約期間の間に磨き抜かれた肌は玉のように輝いており、手入れされた艶やかな髪は美しくゆったりと結いあげられていた。その上、しっかりと化粧をほどこされた顔は別人とまではいかないが、見慣れた顔とは違っていた。

身を包む豪華なウエディングドレスは、婚約が決まってすぐにドミニクがデザイナーを呼びつけて仕立てたものだ。こんな高価なものを身に着けていいのかという恐れ多さに、アニエスは逃げ出したい気分だった。

「別に誰かをお招きするわけではないのに、こんなに豪華な装い不相応だわ……」

「あら、女性にとって結婚式は一生に一度の大切な儀式ですよ奥様。旦那様の愛ですわよね」

「愛……」

我がことのように誇らしげなメイドの言葉に、アニエスは曖昧に笑うほかなかった。

二人の結婚式は騒ぎにならないようにと、聖堂で司祭と二人だけしか参加しないことが決まった。

ドミニクは家族を呼べないことを申し訳なさそうにしていたが、元からアニエスはそのつもりがなかったので平気だった。

　この結婚の真実を隠したまま家族に祝ってもらうのは申し訳なかったし、何より全員を王都に呼び寄せて式に参加させるのにかかる費用を用意するのはフレーリッヒ家の財政状況を考えれば到底無理な話だ。むしろドミニク側に参加者がいないことを理由にできてよかったと思ったほどだ。

　静かな式になってしまう代わりに、最高の品を揃えると提案された時も気にしなくていいとアニエスはやんわり断った。

　だが、ドミニクはウエディングドレスだけではなく花嫁のための装飾品もしっかり準備していたのだ。しかもアニエスが断れないようにするためか、それらが届けられたのは式の当日という用意周到さ。

　金額を聞くのが恐ろしいほどの品々を前にしてアニエスは白目を剥きかけたが、今さら逃げるわけにはいかずメイドたちのなすがままに飾り付けられる。

「とってもお似合いですよアニエス様」

「ありがとう……」

　お礼を言いながらも自分の変化を受け止めきれず、どうしても硬い顔になってしまう。

　この屋敷に来るまでは身だしなみなど必要最低限だったのに、メイドたちの手腕により、どこに出しても恥ずかしくない身体に作り替えられてしまった気分だ。

騎士だった頃の面影はもうどこにもない。だが、不思議と悲しいとは思わなかった。

（……少しはドミニク様の横に立っても大丈夫になったかしら）

今のアニエスが思い浮かべるのは、ドミニクと並んで歩く自分の姿。

あの美丈夫とこれから夫婦として並べて扱われると考えると、居たたまれない気分だった。

それは決してドミニクの妻になることが嫌なのではなく、自分と結婚することでドミニクの価値を下げないかという不安からくる気持ち。

あの日、話をしたいと訴えたアニエスの願いをドミニクは本当に叶えてくれていた。

忙しい合間を縫って短いながらも二人の時間を頻繁に作ってくれた。当然、夜の寝室ではなく昼間の休憩時間だったり朝方のほんの短い時間だったり。

無理を言ってしまったのではなかったかとアニエスは不安になったが、ドミニクはそんな様子は微塵《みじん》も見せない。

会話は他愛のない内容がほとんどではあったが、これまでドミニクの仕事ぶりしか知らなかったアニエスにとって、一人の人間としてのドミニクを知れる時間は楽しいばかりだった。

これまで知らなかった経歴や、好きな食べ物や読書の趣味など交わす会話は様々だ。ちょっとした共通点を知るだけでも心が躍るほどに嬉しくなる。

そんなドミニクが己の家族について口にしたのは、珍しく彼が早く帰宅し夕暮れの庭園でお茶をしている時が最初だった。

「父が死んだ時、俺はまだ二十二歳の若造だった。陛下が力を貸してくださらなければどうなっていたか」

「陛下が？」

「父と陛下は旧知の仲だったこともあり、遺された俺のことを随分と気にかけてくれていた」

「……そう、なんですね」

「この家を守るために俺は必死だったよ」

過去を懐かしむかのようにドミニクが目を細めた。

「若くして家督を継いだ俺を、貴族社会の狸どもは随分と下に見ていた。うまくすれば我が家を乗っ取れると考えたのか、自分の愛人を俺の妻に据えようとした輩《やから》もいたくらいだ」

「ひえっ」

貴婦人らしからぬ声を上げてしまったアニエスに、ドミニクが苦笑いを浮かべる。

「そういう連中に付け込まれないように必死で肩肘を張って。随分と敵を作った時期もある。だが陛下に言われたんだ。歯向かうばかりが貴族の戦いではないと」

ドミニクの表情と言葉には、国王陛下への深い信頼と尊敬が滲んでいた。

「人をうまく使うことを覚えたのはその頃だ。宰相としての俺を作ったのは間違いなく陛下だよ」

普段、人前で陛下と話す時は冷たすぎる印象なのが嘘のような穏やかな表情に、ドミニクの本心を見た気がしてアニエスは胸の奥が温かくなっていく思いだった。

「苦労されたんですね……その上、お母様たちまで亡くなられて……」

「……」

母親のことをアニエスが口にした途端、ドミニクの表情が険しくなる。その変化はアニエスが息を呑むほどだ。

宰相として容赦のない決断を下す時に見せるものか、それ以上の鋭さを含んだ顔。

「ドミニク様……？」

「……俺が教えなくてもいずれは耳に入る可能性があるから先に話しておこう。俺の母は愛人と出かけた先で事故死した」

「……それ、は」

想像もしていなかった告白に、アニエスもまた表情を硬くする。

ドミニクはその時のことを思い出しているのか、どこか遠い視線で空を見上げた。

「父が死んでほんの数年だというのに、若い愛人に入れあげた母は遊びほうけていた。家のことをすべて俺に押しつけておいて、幼い弟まで道連れにして死んだんだ。当時は随分と周囲から色々言われたよ。陛下がとりなしてくれなければ、宰相としての地位すら危うかったかもしれない」

吐き捨てるようなその言葉に滲む苦々しさは、アニエスの心まで締め付ける痛々しさを孕んでいた。

アニエスの父が亡くなった後、母は家族を支えるためにずっと必死だった。

アニエスは自分から進んで手伝っていたが、母は決して子どもに負担をかけないように振舞っていたのをアニエスは知っている。愛されていたと感じられた。だからこそ、家族のために騎士になることを躊躇わなかった。

だがもし、母が早々に父を忘れ、役目を放棄し自由に振る舞っていたらどうだっただろうか。

悲しかっただろうし、酷く傷ついただろう。

その上、もしも大切な弟たちを亡くしていたら平静ではいられなかったに違いない。

ドミニクはそんな苦境の中でも、国を守るために役目を全うし、今もなお国のために生きている。

「ドミニク様……」

アニエスはテーブルに置かれていたドミニクの手にそっと手を伸ばして、優しく包むように重ねた。

大きく頼もしいと感じていたその手は冷えきっており、わずかに震えているように感じる。

「話してくださって、ありがとうございます」

口にしたい話題ではなかっただろうに、アニエスが望んだからと話をしてくれたことが嬉しかった。

この人の期待に応えられるように精いっぱい頑張りたいと思う気持ちを込めて、触れる手に力を込める。

「私、感動しました。これからは私もドミニク様の味方です。もちろん、クリスティアネ様をお守りするのが最優先ですけど、ドミニク様に恥をかかせないように頑張りますね‼」

「そうか……」

ドミニクが困ったように眉を寄せて微笑む。

その顔はこの先に待ち受けている苦難を嘆いているようでもあったが、アニエスはだからこそ自分が頑張らねばと気持ちを引き締めた。

本当にドミニクとの結婚は自分には過ぎた縁だと思う。クリスティアネのことさえなければ、ドミニクはもっと時間をかけて、彼にとって価値ある女性と出会い、結婚できたかもしれないのに。

（……？）

不意に浮かんだその考えに胸の奥がチクリと痛むのを感じてアニエスは首を傾げる。

自分がドミニクに相応しくないのは重々承知しているはずなのに、自分以外がドミニクの横に並んでいる姿を想像すると何故か胸が苦しい。

「どうした？」

「い、いえ、何も……」

名前の見つからない気持ちを誤魔化すように、アニエスは首を振りながら笑顔を作ったのだった。

そんな時間を繰り返していれば、婚約期間など本当にあっという間だった。

ドミニクとの距離はずっと近いものになり、本当に想い合って婚約していると周囲は信じきっている。

使用人たちも暗い過去に心を閉ざしていた主が、好きな相手と婚約して元気になったと喜んでいる。

（これで、いいのよね……）

だが、周りが二人の関係を祝福すれば祝福するほどアニエスは言葉にできない痛みを感じることが増えた。

周囲を騙している罪悪感や、ドミニクの人生を自分のせいで縛ってしまったのではないかという負い目。

ドミニクは自分が結婚相手にちょうどいいと言ってくれたが、本気で探せば彼が望む条件の令嬢が見つからないわけではなかったはずだと気付いてしまった。

貴族や国内外について学べば学ぶほど、年頃でもっと条件の良い相手がいたことを知ってしまう。

クリスティアネがアニエスに会いたいと願わなければ、この結婚話はそもそも起こりえなかったことなのだ、と。

だが、もうすべて決まってしまった。

今さら自分が嫌だと言えばドミニクにもっと迷惑をかけてしまう。

国のため、王家のために結婚までしてくれる彼の期待に応えることこそがアニエスにできる最大の協力だ。

「よし！」

おおよそ、花嫁が口にするとは思えないほどの凛々しい掛け声を上げアニエスは鏡の中の自分を見つめた。

周囲のメイドたちは驚きの表情を浮かべていたが、アニエスは構わず立ち上がり拳を突き上げる。

「結婚式、頑張るわよ!!」

「アニエス様、かっこいい！」

「きゃーすてき！」

メイドたちはアニエスの奮起を、結婚への喜びと判断したのか拍手を送ってくれる。

照れくさい気持ちになりながらもアニエスははにかんだ笑みを浮かべ、聖堂へと向かったのだった。

＊＊＊

つつがなく誓いの儀式を済ませたのち、二人揃って結婚証明書にサインをしたことでドミニクとアニエスは本当の夫婦となった。

アニエスは重厚なドレスから、真っ白な寝衣に着替えさせられている。ひらひらとした薄い布をリボンひとつで留めているだけの頼りなげなその仕立ては、ただでさえ不安を抱えているアニエスの気持ちをさらに落ちつかなくさせる。

夫婦となったからには、これまでのように別の部屋ではなく夫婦の寝室で過ごさなければならない。

特に今日は初夜だ。これを終わらせておかなければ、何かがあった時に夫婦でないと追及されかねない。

「キス……してしまった……」

「うう……」

アニエスは広すぎるとしか思えないベッドに腰掛け、真っ赤になった顔を両手で覆う。

避けて通れないことと頭では理解していたが、いざ本番が来ると叫び出したいほどに恥ずかしかった。

先ほど、聖堂でドミニクと誓いのキスをしてしまったのも大きな理由だ。

親愛のキスや額へのキスは何度か交わしたことがあるが、唇を人と合わせたのは初めての経験で、アニエスはその情報の多さを受け止められないでいる。

その上、今からそれ以上のことをするのだ。

「どうすればいいのか……みんなはドミニク様に任せておけばいいと言ったけど……」

閨《ねや》についての知識は、アニエスには皆無だ。

母親からは年頃になれば教えてあげると言われていたが、その前にアニエスは王都へと出てしまい機会を逃がしていた。

騎士学校に入学し身を寄せた寄宿舎の同期の大半は男性。ともすれば逆にそういう知識が身につきそうな環境だったにもかかわらず、田舎から家族のために騎士になる道を選んだアニエスを気遣ってくれた彼らは、そういった情報がアニエスに届かないように努力してくれていた。

当時は仲間たちの気遣いに感謝したものだったが、今になれば少しくらい聞きかじっておけばよかったなどと考えてしまう。

もじもじとベッドの上で膝を抱え丸まっていると、控えめなノックの音が聞こえた。

慌てて立ち上がってベッドから降り、はい、と声を出せば扉がゆっくりと開く。

「ドミニク様……」

ゆっくりとした足取りで寝室に入ってきたドミニクは、アニエスと同じようなシンプルな寝衣を身に着けていた。

結婚式で着ていた正装も素敵だったのにと妙に名残惜しい気持ちになった。

「今日はお疲れさまでした！　大変でしたよね！」

恥ずかしさを誤魔化すようにアニエスは早口でまくしたて、わざとらしいほどに明るい声ではしゃいでみせる。

二人きりで寝室にいるという状況に酷く落ちつかない気分になる。

以前、ドミニクと話をしたいと寝室に押しかけてしまったのが嘘のようだ。

これから起きることを知っているからだろうか。

「ドミニク様？」

話しかけても返事がないドミニクにアニエスはそっと近づく。

すぐ傍で見上げるドミニクは、無言のままアニエスをじっと見つめていた。

「アニエス」

ドミニクの腕がアニエスの身体を絡めるようにして抱きしめる。

広くたくましい感触に包まれた驚きに、アニエスはううえと色気のない狼狽《うろた》えきった声を上げる。

「……やっと、……れた」

「え？」

ドミニクが何かを呟いたが、痛いほどに抱きしめられているアニエスにはよく聞こえず身をよじる。

無理矢理に顔を上げてみれば、ドミニクがアニエスを見下ろしていた。

「アニエス」

名前を呼ぶ声がやけに甘く低くて、心臓が跳ねる。

身体を固定していた腕が動いて、片腕が腰を抱き、もう片方の手はアニエスの頬を柔らかく撫でる。

大きな手が顎を上に向けさせる動きに、アニエスはドミニクが何をしようとしているのかを察し身を固くするが、逃げる間もなく近づいてきた唇がアニエスの呼吸を奪った。

「っ……!?」

唇ごと食べられるようなキスは誓いのくちづけとは別物で、アニエスはどうしてこんな急にと混乱のままに瞬きを繰り返す。

その合間にもドミニクは何度も角度を変えてキスを繰り返す。唇が潰れるほどに強いものや、撫でるような優しい動きに翻弄《ほんろう》され、アニエスはただ必死にそれを受け入れていた。唇を吸い上げるようにして引っ張られると、思わず小さな悲鳴が零れる。

そのせいで開いた唇の隙間を縫うようにドミニクの舌がアニエスの口内に入り込んできた。

「んぅんんっ！」

口の中を蹂躙《じゅうりん》するような激しい舌の動き。歯列をなぞり上顎を舐《な》め回し、戸惑いから奥へと逃げるアニエスの舌を追いかける。

「んんんっぅ」

いつの間にか頭の後ろに回っていたドミニクの片手が、逃げようとするアニエスの頭を押さえるようにしてキスを深める。

チュチュとわざとらしく音を立てて何度か唇を吸われた後、ようやくアニエスの唇は解放されるが、激しいキスの名残で瞳は蕩《とろ》けていた。腰を抱くドミニクの腕がなければ、床に座り込んでしまっていたかもしれない。

膝が震え、身体に力が入らず、アニエスはドミニクの胸元にしがみつくようにして己の身体を支えていた。

「きゃっ！」

そんなアニエスの身体をドミニクは無言のままに抱き上げた。突然宙に浮いたつま先にアニエスが慌てている間に、ドミニクはベッドまでたどり着いてしまう。

まるでおとぎ話のお姫様のようにゆっくりとシーツの上に降ろされると、途端に心細くなってアニエスは身を縮こまらせた。

さっきは広すぎると思っていたベッドは大人の男女二人にはちょうど良い広さになるのだと、アニエスは混乱する頭の片隅で考える。

「あの、ドミニク、さま？」

「ドミニクだ」

「え……」

「もう夫婦となった。様付けはやめてくれ」

そう言いながら、ドミニクはゆっくりとアニエスに覆いかぶさった。

シーツに背中を落としながら、アニエスは再びドミニクのキスを受け入れる。

さっきのような性急さはないものの、唇を合わせ吸いあげ舌を絡めるたびに、頭の奥や体が熱を持っていく。自分の体なのに自分のものではないような戸惑いに、アニエスはドミニクの腕を小さく叩いた。

「んぅ……ま、待ってください……！」

「これ以上、何を待つんだ？」

「何をって……」

二人は書類上では本当の夫婦になったが、本来の関係はお互いの利害の一致が始まりだ。ある意味、雇われた妻といえる自分に、何故こんなキスをするのか。ただ結婚の証を立てるだけでいいはずなのに。

「キスは嫌いか？」

「き、嫌いも何も……わかりません」

問われてアニエスは素直に答える。

好きか嫌いかなどわかるはずがない。自分が知っているキスは、ドミニクから与えられたものだけだ。

「他の誰ともしたことなんてありません。夫婦のキスってこんな……んんっ‼」

言い終わる前にドミニクが再びアニエスの唇を奪う。くちゅくちゅと唾液が絡まる音が口の中から頭に響いて、アニエスは恥ずかしさと息苦しさに涙を滲ませた。

角度を変えて何度も唇を奪われ続けると、身体の力がどんどん勝手に抜けていく。

ふにゃふにゃとシーツに沈んでいくような感覚に怖くなって、アニエスはドミニクの肩に手を回してしがみついた。

「……っふ……あっ」

ようやくキスの嵐が終わった時には、アニエスの唇はぽってりと赤く腫《は》れ、顔は林檎《りんご》のように赤く染まっていた。ドミニクの手がしっとりと汗ばんだアニエスの頬を撫で、額に張り付いた髪をかきあげる。

「アニエス、これは夫婦になるための大切なことだ。俺を全部受け入れてくれ」

見下ろしてくるドミニクの瞳があまりに真剣で、アニエスはおずおずと頷く。

するると頭を撫でていたドミニクの手がゆっくり動いて、アニエスの耳をまさぐるように撫でてから首筋に降りていく。

服の上から胸の形を確かめるように動いた手は、そのまま流れるような動きで胸の中央にあるリボンをゆっくりと解いた。

「あ」

しゅるりと音を立てて引き抜かれたリボンがベッドの外に投げ捨てられる。

薄い布でしかなくなった寝衣が自然とはだけて、素肌の胸がドミニクの眼下に晒された。

「やっ」

恥ずかしくなって胸を隠そうとした両手を、ドミニクがまるではりつけにするように両手でシーツに縫い止めてしまう。なんの障害もなくなった胸元をじっくりとドミニクに見られている羞恥《しゅうち》で、アニエスは口をはくはくと開閉させる。何をされているわけではないのに肌が粟立ち、胸の先端がきゅっと痛くなった。

「きれいだ」

熱っぽく呟きながらドミニクがアニエスの胸に顔をうずめた。

小さくはないが大きなわけでもない胸の谷間や膨らみを楽しむように頬を擦り寄せ、鼻先で撫でていく。

「ん、くうぅん」

ドミニクの髪が肌を撫でる感触がくすぐったくて身をよじる。すでに腕の拘束が解かれていたが、アニエスは抵抗らしい抵抗ができないでいた。

大きな手が胸を包むように揉みながら、淡く色づいた先端を撫でた。

しっとりとした掌《てのひら》で転がすように撫でまわされると、甘い痺れが身体を貫く。

その動きに翻弄された先端がだんだんと硬くなっていくのが自分でもわかり、アニエスは恥ずかしさで首をいやいやと振る。

「だめ、そこ、だめです……」

「こんなに硬くなっているのに？」

「あ、摘《つ》まんじゃだめですっ……！」

長い指で硬くなった胸の先端を摘まれると、痛いほどの痺れが走ってアニエスは思わず背中を浮かせる。

形を確かめるように指の先でこすられ押されると、勝手に甘ったるい声が鼻から零れてしまう。

「いっ……っんんぅ……」

「指だと痛いのか？　なら……」

「あっ！」

ぱくりとドミニクがアニエスの胸を口に含む。幼子が乳を吸う時のように先端だけを咥《くわ》えられると、指で弄《いじ》られた時とは違う刺激が胸を貫く。

温かくぬるついた感触が敏感な皮膚を舐め回し、強く吸い上げてくる。

「や、ああっ……」

ドミニクが自分の胸を吸っているという衝撃的な光景がアニエスを混乱に陥れていた。

吸われていない胸も、ドミニクの手が優しく揉みしだくので、どう反応していいのかわからない。

痛い思いをさせないようにという配慮なのか、先端を指先で触れるか触れないかの力加減で撫でまわされると、逆にじれったくて切なさがこみ上げてくる。

「だめ、だめ……」

初夜は夫に身を任せればいいと聞いていたが、こんなことまでされるのが普通なのだろうか。

胸をまさぐられる行為がこんなにも刺激的だなんて知らなかった。

何か言わなければならないはずなのに、頭が真っ白になって何も考えられなくなり、アニエスはか細い声で喘《あえ》ぐばかりになっていく。

白い肌がうっすらと汗ばみ桜色に染まる。

油断するとドミニクの頭を掴みたくなるのをこらえるため、アニエスはシーツを握りしめ与えられる感覚を必死に受け入れようとするが、絶妙なタイミングで先端に歯を立てられたり舌で押し込まれたりするので、勝手に体が跳ねてしまう。

「んっんぅうっ!!」

喘ぐ声がみっともなく思えて必死に唇を噛み締めていると、ようやく胸を味わうのを止めたらしいドミニクが顔を上げて、触れるだけのキスを落としてきた。

唇をノックするように舌で舐め、汗に濡れたアニエスの頬を撫でる。

「傷になる。噛んではいけない」

「あ……」

「噛むなら、俺の指を味わうといい」

「ん、むぅぅ！」

ドミニクの指先が、アニエスの口に挿し込まれる。

指先で舌をまさぐられてしまえば、彼の指を噛まないように顎の力を緩めるしかなくなる。

何も言えずに指先の感触を味わわされている間に、ドミニクは再びアニエスの胸元に顔を寄せ、先ほどとは反対の胸を吸い始める。

「むうぐうっ……!!」

口の中や胸の先端という敏感な部分を同時にいじめられる衝撃に、アニエスはくぐもった悲鳴を上げる。

そうやって散々と胸や体中あちこち味わい尽くされると、息も絶え絶えにアニエスはシーツに沈み込む。

不意に身体を空気が撫でたことで、ドミニクの身体が離れたことに気付く。顔を上げたアニエスが見たのは、彼女の足を肩に担ぐようにして大きく広げさせ、その間に指を這わそうとするドミニクの姿だった。

「な、に……？」

「慣らさなければ君がきついからな」

「え、あ、やっ何っ!?」

ドミニクの指が敏感な割れ目を撫でる。

ぬるりと指が滑る、粗相《そそう》をしてしまった時のような濡れた感触にアニエスはただでさえ赤くなっていた頬をさらに染め上げた。

「だめ、きたな……」

「君の身体で汚いところなどありはしない」

「や、あああっ」

指が何度も割れ目を撫で、つつましく閉じていたあわいを押し広げる。

アニエスは腰を揺らして抗議するが、がっちりと足を抱えられているし、ドミニクの身体が挟まっているせいでどうにもならない。

むしろ腰を揺らしてしまったせいで、ドミニクの指に自分からそこを押しつけるような形になってしまう。

「積極的だな」

「ちが、ちがうのぉ……や、そんなこと、ああっ」

くちゅくちゅと粘度を帯びた水音が響く。

割れ目を指が撫で上げ、かきわけるようにして自分でも触れないほど奥へと進んでいくのがわかる。

上の方にある突起を親指で優しく撫でまわされると、胸を吸われた時の何倍もの衝撃が身体を貫き、アニエスは甲高《かんだか》く叫んで背中をそらせた。

「や、やぁあ……」

頭の中が真っ白になる。目の前に星が飛んで、身体が自分のものでなくなったような感覚。なのにドミニクの指は止まってくれず、敏感な突起や、アニエスの中に入り込んでどんどん追いつめてくる。

腰の奥が熱で蕩けてなくなっていくようだった。

「すごいな……指が食べられているみたいだ」

「あ、ああっ……」

「今何本入っているかわかるか？」

「わかんな、やっやぁあ！」

内側で蠢《うごめ》く長い指が、柔らかな内壁を抉《えぐ》る衝撃にアニエスはぼろぼろと涙を零して首を振った。飛び散った汗と涙がシーツに染みを作る。

数本の指がバラバラに動いて、あちこちを好き勝手に刺激していく。入り口のすぐ上を押し込まれると腰が浮き上がるほどの甘い痺れが身体を貫くのがわかった。

「つんんっ！」

「ここがいいのか？」

「だめですっ、そこ、そこばっかおしちゃだめぇっ」

「ああ、いっぱい押してやろうな」

「ちがっ」

アニエスが嫌だだめだと言えば言うほどにドミニクの責めたては酷くなる。

指で散々に弄《もてあそ》ばれながら、呼吸がままならないほどのキスをされ、何度も身体が痙攣《けいれん》するほどの衝撃を感じた。

ようやく指が引き抜かれた時には、脚を閉じることもできないほどに全身が弛緩《しかん》していた。

「もう大丈夫だな」

「え……」

もう無理だと思っていたのに、ドミニクの口調に終わりを告げる気配はない。むしろどこか荒々しい呼吸に、何かが始まることをアニエスは肌で感じていた。

潤んだ視線を彷徨《さまよ》わせてドミニクの方を見れば、まだ身に着けていた寝衣を乱暴に脱ぎ捨てるところだった。

「っ……！」

本当に宰相なのかと尋ねたくなるようなたくましい身体があらわになる。

広い肩幅に厚みのある胸板、くびれのある腰回りとしっかりと筋肉のついた腹部。しなやかに鍛え上げられた身体は、見惚れてしまうほどに素晴らしい。

だが、下穿《ば》きまで脱ぎ捨てたドミニクの中心にそそり立つモノを見た瞬間、アニエスはさらに動揺する。

それが何に使われるものなのかを本能で理解して、アニエスは脚を閉じて逃げようとベッドをずりあがろうとするが、力の入らない身体ではそれは敵わない。

ドミニクの手がしどけなく投げ出されているアニエスの太腿を、労わるよう優しく撫でながら大きく開かせてくる。

「む、むりです……そんな、おっきいの……」

「しっかり慣らしたから大丈夫なはずだ……だが、最初は痛いと聞く。力を抜け」

「でも、でも……」

頭ではわかっているが、身体が怯えてしまう。

覚悟していたはずなのにどうしても体に力が入ってしまい、アニエスはこんなにも自分が弱い存在だったのかという混乱で涙を滲ませる。

「アニエス、俺を受け入れてくれ……本当の夫婦になってくれるんだろう？」

「あ……」

懇願《こんがん》するような苦しげなドミニクの声に、アニエスははっとする。

そうだ。これは結婚のために必要な行為で、何よりの証明なのだ。

ドミニクが自分のために手を尽くしてくれているのはよくわかった。それに。

「アニエス」

ドミニクの顔もまた、情欲に染まって切羽詰まっていた。

演技などではなく、本気で求めているのだと伝わってくる様子に、アニエスは自分の女としての柔らかい部分が刺激されていくのがわかる。

熱く硬い先端が散々慣らされた入り口に触れ、許しを求めるように浅く押し入ってくる。

「……どうぞ……」

覚悟を決め、アニエスは力を抜いて自分から大きく足を開いた。

ごくりとドミニクの喉が嚥下《えんげ》したのが見えて、胸が満たされていく。

「あ、ああっ」

ゆっくりとだが容赦なくドミニクが腰を進める。

時間をかけて慣らされたおかげで酷い痛みはなかったが、じわじわと身を裂くような鈍痛や違和感はどうしても消えない。

とてつもない存在感と圧迫感に呼吸が乱れ、アニエスははくはくと口を震わせる。

「くぅ……」

「ひんっ!!」

ドミニクが低く唸《うな》った瞬間、何かが破けるような衝撃がアニエスの全身に走った。

ぴったりとくっついたお互いの身体が、根元まで受け入れられたことを伝えてくる。

熱く硬いものが体内に埋まっている。細かく脈打つそれは自分の肉体ではない。今、アニエスの中にドミニクがいる。

「あっ……」

思わず締め付けてしまい、存在感が強くなる。

ドミニクがどこか苦しそうに顔をしかめたので、もしかして痛かったのかとアニエスは慌てた。

「ドミニク、あの……」

「だめだ……ああクソッ」

「きゃ、あああんっ」

ドミニクが大きく腰を揺らし始める。

浅く突いたかと思えば、ぎりぎりまで引き抜いて最奥まで打ち付けるような抽挿《ちゅうそう》。

「あ、やっ、だめ、だめぇ」

破瓜《はか》の衝撃を乗り越えたばかりのアニエスには過ぎた刺激だが、ドミニクは止まる様子がない。熱に浮かされた獣のような表情を浮かべ、腰を動かしながらアニエスに乱暴にくちづける。

アニエスにできることは、振り落とされないようにドミニクの首に手を回しがみつくことだけだ。

「や、あっぁっ」

「く、ああ、だめだっ、もうっ」

「なに、あんっ、ああんんっくうぅっんん!!」

ドミニクの動きが一層激しくなり、アニエスもあっという間に高みに押し上げられる。

最奥の柔らかな部分を先端で深く抉られながら、アニエスは全身を震わせる。同時に、そこに熱い何かがぶちまけられるのがわかった。

「あ、ああんっ」

あまりの衝撃で身体がバラバラになりそうで、アニエスは必死にドミニクにしがみついた。

彼のたくましい腰に足を絡め、背中に爪を立てる。

ドミニクもまた、アニエスの身体を必死に抱きしめ、最後の一滴まで零さないように腰を揺すっていた。

「はぁ……はぁ……」

お互いに荒い呼吸が落ちつくまで抱きしめあって、それからようやく力を抜く。

汗ばんでくっついていた肌が名残を惜しむように剥がれていくと、途端に寒くなった気がする。

「あっ」

ずるり、と体内から大きな質量が抜けていく感触にアニエスは眉を寄せる。

何かが体から漏れ出ていく不愉快な感覚を確かめるため、なんとか上半身を起こして視線を向ければ、赤と白の混じりあった液体がシーツを汚していたのが見えた。

「うわぁ……」

それが破瓜の証明であり、アニエスとドミニクが本当に夫婦になったという証。

先ほどまでの行為で浮かされていた頭が、別の意味でも浮き上がっていく気分だった。

「ドミニク」

これで夫婦ですね、とアニエスがお互いの健闘を称えようとドミニクの方へと顔を向けた。

握手のひとつでもするべきかと考えていたアニエスだったが、向き合ったドミニクの目はまだおさまりがつかない雄の目をしていて、ひう、と情けない声を上げてしまう。

彷徨わせた視線の先では、先ほど吐き出したばかりのドミニクの熱はもうしっかりと立ち上がっている。むしろ、さっきよりも大きいかもしれない。全体をぬるぬるとした体液で濡らしているだけではなく、先端から透明な滴《しずく》が溢れているように見え、アニエスは息を呑む。

「あ、あの……」

「俺たちは新婚だ。たった一度で終わるわけがないだろう？」

「ひえっ！」

死刑宣告にも似たその言葉にアニエスが悲鳴を上げて逃げ出すよりも先に、ドミニクの腕がアニエスの腰を掴んで引き寄せる。

まだ力の入らない身体はろくな抵抗もできず軽々とその腕に抱え上げられ、今度は彼の身体をまたぐようにしてずん、と一気に貫かれた。

「きゃうんっっ!!」

「アニエス……ああ、アニエス……」

「んっんっ、ああっ」

下から揺さぶるように突き上げられ始めると、アニエスはもう何も言えなくなってしまう。

開きっぱなしになっている唇を塞ぐようにしてキスされながら、アニエスはどうしようもない熱に溶かされていくのを感じていた。

＊＊＊

温かな感触に包まれている心地よさのままアニエスが目を開けると、部屋の中はもう随分と明るかった。

「朝……？　っ……!?」

身体を起こそうとするが、何かにがっちりと掴まれていて身動きが取れない。

何事かと顔を動かせば、アニエスはまだ目を閉じているドミニクにしっかりと抱きしめられていることに気がつき、ヒッ！　と短い悲鳴を上げた。

「ドミニク様っ!!」

「……ドミニクと呼べと昨夜あれほど言ったのにもう忘れたのか？」

「!!」

眠っているとばかり思ったドミニクが当然のように喋り出したので、アニエスはもう一度悲鳴を上げて腕の中から逃げ出そうとする。しかし、アニエスを抱きしめるドミニクの腕はびくともしない。

「それとも、もう一度おしおきされたい？」

「……!!」

昨晩、うっかりドミニク様と口にするたびに散々なぶられたことを思い出し、アニエスは頬を赤くする。

まだ体の奥底に残る甘い疼きがもう一度湧き上がりそうになって、慌てて首を振りドミニクの胸板を押し返すように腕をつっぱった。

「ド、ドミニク！　もう大丈夫です！　名前で呼べます!!」

「ふうん？」

ドミニクが目を細めて何かを考えるように小首を傾げる。

寝起きだというのにまったく陰りを見せない美しい顔を直視できずに、アニエスは思わず顔をそらした。

「アニエス……」

だが、それを許さないと言うようにドミニクの手がアニエスの頬を追いかけ、自分の方へと向かせる。

恥ずかしさや居たたまれなさで顔を真っ赤にしているアニエスは、余裕の笑みを浮かべるドミニクを恨めし気に睨んだ。

「ドミニクさ……ドミニクは何を考えているのですか！」

「何を？　とは」

「とぼけないでください。昨日の……その……」

愛のある結婚ではないはずだったのに、あんなに熱烈に求められたことをアニエスはどう処理していいのかわからなかった。

自分も途中からうっかり流されてしまったが、あれはない。

身体全部にドミニクの名残がある。いまだってお互いに何も身に着けずに肌と肌をくっつけあって横になっていることが信じられない。

「昨日は最高だった。ようやく君を名実共に俺の妻にできたんだからな」

「名実共に？」

「ああ。聖堂で誓いを立て結婚証明書にサインをした。初夜まで済ませた以上、俺たちは紛れもない夫婦。誰に何を言われても、たとえ君が今さら嫌だと言っても夫婦である事実は覆せない」

「……！」

その言葉にアニエスはようやく合点がいった。

ドミニクは今回の結婚で起きる可能性のある憂いをすべて取り払うために、アニエスをしっかりと抱いたのだと。

（なるほど……それなら納得だわ。ここまでしっかり証拠を残せば誰も疑わないわよね……）

目が覚めた時は気がつかなかったが、日の高さを考えればもう昼に近い時間だろう。

回数は覚えていないが、随分長い間貪《むさぼ》られた記憶もある。

ここまですれば、メイドたちだって二人の関係を疑うことは絶対にない。

（そっか……）

ほんの少し。本当に少しだけ、あの行為が計略の内であることが寂しいとアニエスは感じていた。

熱っぽく自分を呼ぶ声や全身をくまなく愛撫される感触が、愛ゆえではなく、すべては王家のためであり国のためなのだ。

ドミニクはどこまでも冷静にこの国のことを考えている。きっとそのためにはこうやって女を抱くことを厭わないほどに。

「アニエス？　どうした？」

「い、いえ……なんでもありません。そうですよね、私はドミニクの妻なんですから、こうやって過ごすのは当然で……」

「では、もう一度いいか？」

「へっ？」

答えを待たずドミニクはアニエスにくちづけ、一糸まとわぬ身体を不埒《ふらち》な手つきで撫で始めた。

昨晩散々高められた身体はそれだけで簡単に熱を帯びて、脚の間に挿し込まれたドミニクの指をたやすく受け入れてしまう。

「あっ、やぁ……」

「昨晩のが溢れてしまっているな……ああもうこんなに濡らして」

「だめっ、だめです……！　そんなにしたら！　きゅ、んっ」

向かい合わせで抱きしめあったまま、ドミニクはアニエスの片足を軽く持ち上げその間に己の身体を滑り込ませた。

いつの間にかすっかりと立ち上がって存在を訴える彼の熱が、ぬかるんだアニエスの入り口に添えられる。

「あっ」

「入れるぞ」

「んん～～～～～～!!」

ずん、と一気に根元まで挿入されアニエスは喉をそらせて身体を震わせる。

ドミニクの熱を受け入れることに慣れた蜜路は喜ぶようにうねってそれを締め付けてしまう。

明るい部屋の中であることや、熱に浮かされきっていない思考のせいで、やけにはっきりとその熱の形や硬さを感じてしまう。

初めての時とは違う恥ずかしさから逃げるように、ドミニクの肩にしがみつき、その胸に顔をうずめ、アニエスは零れそうになる喘ぎを必死に噛み締めてこらえる。

だがドミニクが浅くゆっくり腰を揺らしながら、硬くなっている胸の先端の感触を楽しむように手を這わしてくるものだから、結局アニエスはすぐに甘ったるい声を我慢できなくなる。

「やっ、やっ、あああんっ」

根元まで挿し込まれた状態で腰を回されると、目の奥がちかちかするほどの快感に襲われ、アニエスは甲高い悲鳴を上げた。

昨日までは知らなかった。自分の身体がこんなにも女であることを。

作り替えられていくような感覚に身をゆだねながら揺すぶられていると、ドミニクが身体を起こしアニエスの背中をシーツに押しつけた。腰を浮かされ、膝裏を抱えるようにして足を広げる体位をとらされると、明るい光の中でアニエスのすべてがドミニクの眼下に晒されているのがわかった。

「や、やぁぁ……だめ、はずかしっ」

「アニエス……ああ、とてもいい……」

「ひ、ああっ、ドミニクぅ……！」

上からずんずんと激しく突き込まれると、アニエスはもう意味のある言葉は口にできなくなる。

シーツを握りしめて、どこかに意識が飛ばないようにするだけで精いっぱいだった。

揺れる視線で覆いかぶさってくるドミニクを見上げれば、いつも冷静で乱れることなどない表情が情欲で濡れているのがわかった。

昨夜は薄暗くてわからなかったが、ずっとこの顔をした彼に抱かれていたのだと理解したアニエスは思わず締め付けを強くしてしまう。

「つく、……!!」

「うう、あっあっ、あああ～～～」

切羽詰まったような激しい動きで奥をごつごつと突き上げられ、アニエスは全身を真っ赤に染めて痙攣させる。

ドミニクも額に汗を浮かべ、眉間に深い皺を刻んで何かに耐えるようにぎゅっと目を閉じた。

繋がった場所から蜜と彼の欲が混ざり合いながら溢れていくのがわかる。

空中に投げ出されたような浮遊感の後、全身がだるくて重くてシーツに沈んでいくような気分になり、アニエスは肩で息をしながらくったりとシーツに腕を投げ出した。

ドミニクはアニエスの上に倒れるようにして身体の力を抜いている。

たくましく大きな体は重かったが、何故か心地よく感じる。まだぼんやりとした視線を向けた先にあるドミニクの顔は、どこか安心したように気を抜いているのがわかった。

婚約してから今日まで、これまで知らなかったドミニクの表情をたくさん見た気がするが、今の表情はどこか可愛く思えてアニエスは小さく笑った。

気がついた時には労わるようにドミニクの黒髪を優しく撫でていた。柔らかく触り心地の良いその髪に、本当はずっと前から触れてみたかったのだ。妻となった今なら許されるような気がして、アニエスは幼い弟たちにしてやっていたように乱れたドミニクの髪を指で整えるように梳《す》いた。

「っ……えっ⁉」

だがアニエスの手の動きに合わせ、まだ入ったままだったドミニクの熱が硬さを取り戻していくのを感じ、慌てて手を止める。

さっきまでは可愛く見えていた表情は、再びすっかり雄の色気を帯びていて、唇を舐める舌の動きですらいやらしく見えてしまう。

「ドミニク、まって、ああっ！」

「君が悪い」

「なんっ、あんっ！　や、やっ、もうおっきくしないでぇぇ……！」

結局、アニエスの訴えは虚しく流されそのまま昼食の時間を過ぎるまでアニエスはドミニクにその体を貪られたのだった。

＊＊＊

「はぁ……」

熱っぽいため息を吐き出しながら、アニエスは窓辺の椅子に腰掛け本を読んでいた。

怒涛の初夜が明け、翌日も朝から散々に夫婦としての営みをしたことで、使用人たちは皆アニエスとドミニクを本当に仲睦まじい夫婦と信じたようだ。

挙式から一週間経ち、メイドたちから奥様と呼びかけられることにもようやく慣れつつある。

来週にはようやく宰相夫人として登城するめどが立ったと聞かされているので、クリスティアネにも会える。

何もかもうまくいっているはずなのに、アニエスの心はどこか薄曇りのような気持ちだった。

「夫婦って……こんなに毎日〝する〟ものなの……？」

アニエスの目下の悩みは、ドミニクとの夜だった。

てっきり初夜が済めば別の寝室か寝床を共にしても何もない日々が続くのだと思っていた。

だが、ドミニクはあの日以来、毎夜のごとくアニエスを抱く。

義務的なものとは思えないほどに情熱的な行為はアニエスを翻弄させる。

「ああもう……恥ずかしい……!!」

誰もいないのをいいことに、アニエスは赤くなっているであろう顔を両手で覆い、幼子のように足をバタバタと動かした。

甘いくちづけも、優しいのに強引な指先も、何も考えられなくなってしまうほど熱い腰使いも、アニエスの想定していた夫婦関係とはまるで違うもので、いったいどうすればいいのかわからない。

　とにかく求めに応えるので精いっぱいだし、今日はだめだと断ろうにもすぐに言いくるめられてしまうのだ。

　アニエスが気を失う寸前まで求められて、鍛えていた過去がなければ昼間に起き上がることすら敵わなかっただろう。

「わ、私が騎士じゃなかったら死んでいるわよあんなの……！　それに……なんであんなに優しいのよぉ……」

　挙式からの五日間、ドミニクは本当に宰相としての休みをもぎ取ってきた。

　アニエスはてっきり婚姻を知らしめるための形だけの休養だと思っていたのに、ドミニクは本当に仕事をせずにアニエスに構い倒した。

　ベッドにいない時でもずっと傍にいたし、油断すればすぐに膝の上に抱え込まれてしまい、メイドたちからの温かな視線が恥ずかしくてならなかったものだ。

　ようやく休みが明け登城する時も、名残惜しそうにアニエスの手を握り、人前だというのにキスまでして出かけて行った。

「ううう〜〜」

　思い出すだけで顔から火が出そうだ。

　これでは、まるで本当に愛し合っている夫婦みたいじゃないか、とアニエスは頭を抱えた。

夫婦となったからには子どもを作る必要もあるとは考えていたので、閨ごとだって想定していた。

だが、あまりにも頻度が過ぎる。せめてクリスティアネの婚約が整うまでは子どもを作る話にはならないと思っていたのに。

もしかしてドミニクは早く世継ぎが欲しいのだろうか。

それとも、ここまで演技をしなければならないほどに誰かに疑われているのだろうか。

「このままじゃ……勘違いしてしまうわ……」

赤くなった頬を冷やすように掌で包みながら、アニエスは窓の外から見える王城を見つめた。

あそこで今、ドミニクは宰相としての辣腕《らつわん》を振るっているのだろう。

以前は城を見るたびに思い浮かべるのはクリスティアネのことだけだったのに、今のアニエスが考えるのはドミニクのことばかりだ。

「しっかりしなきゃいけないのに……」

ドミニクが自分と結婚したのは、無用な政略結婚を避け立場的に相応しい妻が欲しいという彼と、王城にもう一度行きたいという自分の利害が一致したからだ。

手厚い条件で雇ってもらったも同然だと思っているアニエスにとって、ドミニクの態度は想定外すぎる。

あんなに素敵な男性に、あんなに大切にされて勘違いしない女なんているのだろうか。

恋愛なんて生涯縁がないと思っていた。幼い頃からおてんば扱いされていたし、支度金も用意できない田舎貴族である以上、まともな縁がつくだなんて夢にも思っていなかったのだ。騎士になる道を選んだ時、自分を女として扱ってくれる男性なんてもう現れないと思っていたのに。

「ドミニク……」

口にすると胸の奥がじわりと甘く痺れる。

こんなに優遇してもらっているのに、もっとという欲が出てきそうになる。

これ以上を望んではいけないとわかっているし、彼がそんな執着を望んでいないと知っているのに。

今すぐ王城に行ってクリスティアネに会いたかった。

自分の役目を早く思い出させてほしい。

だが、そう願いながらも、アニエスはもうすぐ帰宅するであろうドミニクのことを思い体温を上げるのだった。

＊＊＊

ドレスを着て城に向かうのは思えば初めてだと、アニエスは妙な感慨に包まれていた。

もし、父が急死せず普通の貴族令嬢として成長していれば、王城での舞踏会でデビュタントを迎えていたのだろう。だが、アニエスが初めて登城したのは近衛騎士として採用された時だ。身に着けていたのも、支給された近衛騎士の制服。

あの時とは違った緊張を感じながら、アニエスはドミニクに手を引かれ懐かしい王城の門をくぐった。

「変わっていませんね」

「たったの数ヶ月だからな。だが、変わった部分も多い。くれぐれも言っておくが、今の君は近衛騎士ではなく俺の妻だ。相手が話しかける前に決して口を開いてはいけないし、間違っても敬礼をしたり道を譲るなよ」

「わかってますよ！」

昨夜、散々に言われた内容だ。耳にタコだと言い返したかったが、城に来てしまうとどうしても近衛だった頃の癖で廊下の隅を歩きたがっている自分に気がつき、アニエスはドミニクの懸念はもっともだな、と痛感していた。

今のアニエスは宰相夫人で伯爵夫人だ。もし道を譲るとすれば、国王陛下か王女殿下、そして公爵夫妻以外にはへりくだる必要のない立場。うっかり近衛騎士の気分で、貴族に道を譲り敬礼でもしようものなら、自分だけではなくドミニクの顔に泥を塗ることになる。

アニエスはなるべく周りを見ないように、前を歩くドミニクの背中だけに視線を集中することにした。

「……！」

だが周りはそうはいかないらしい。

長い廊下ですれ違う近衛や城の使用人たちはドミニクに道を譲った後、その後ろを歩く宰相夫人がアニエスであるとすぐに気がつくのだろう。

どんな賓客《ひんきゃく》相手にも表情を変えないようにとしつけられているはずの彼らが、驚きに目を丸くして動揺する姿に反応しないようにするのに必死だった。

かつて部下だった若い騎士が、腰を抜かしそうに壁に張り付いた時には思わず飛んでいって叱り飛ばしたくなったが、アニエスはなんとか我慢できた。一刻も早く、目的の場所にたどり着きたかったから。

昔は毎日のように訪ねた部屋の前まで来ると、さっきまでの緊張や戸惑いは吹き飛び、一気に瞼が熱くなる。

ドミニクのノックに「はい」と応える声を聞いた瞬間、アニエスは叫び出したくなった。

ゆっくりと開いた扉の中、部屋の中央に立つ少女と目が合った瞬間、アニエスはドミニクの陰から飛び出しその少女に向かって走り出していた。

「クリスティアネ様!!」

「アニエス」

真正面で向き合う形になり、二人は無言のままに見つめあう。赤くなった目元が、お互いに再会を喜んでいるのを伝え合っていた。

ドレス姿では膝をつくことはできないので、淑女として膝を折り頭を垂れてから、アニエスはクリスティアネに近寄る。

伸ばされた手をそっと握れば、その細さに胸が痛んだ。最後に会った時より随分痩せている。気高さを備えた美しさは変わらないが、その表情にはどこか疲れが滲んでいるのがわかり、傍にいられなかったことに苦しいほどの後悔が押し寄せる。

「お傍を離れてしまったこと、心からお詫びいたします」

「いいのよアニエス。貴女は私のために頑張ってくれた。本当に、本当に感謝しているわ」

「もったいないお言葉です……！」

アニエスは泣き出さないようにするのに必死だった。

初めて会った時から、生涯この人のために剣を振るうと誓った人だ。クリスティアネが女王となったのちも、ずっと傍で守り続けるのだと思っていたのに。

「……王女殿下、お気持ちはわかりますが妻を紹介させてはくれませんか」

ドミニクの言葉にアニエスとクリスティアネは、はっとした顔で慌てて離れる。

今のアニエスはドミニクの妻という立場でクリスティアネの相談役として登城したのだ。かっての主従関係気分でいつまでも話しているわけにはいかない。

ドミニクからの紹介という形式的な儀式をこなさなければ示しがつかないだろう。

「し、失礼しました……！」

慌ててアニエスが傍に戻ると、ドミニクが険しい顔で睨んでくる。

それは宰相として采配を振る時に見せる厳しいものだ。

忠告されていたにもかかわらず、行動を慎めなかったことにアニエスがしょんぼりと肩を落とせば、ドミニクが大きなため息を零した。

てっきりその場で怒られるかと思ったがドミニクは何も言わず、アニエスの腰を抱いて自分の傍に引き寄せる。

予想していなかった密着であることや、それをクリスティアネに見られているという戸惑いでアニエスはひとりあたふたするが、ドミニクは涼しい顔のままだ。

「クリスティアネ様、我が妻アニエスです。本日より、殿下の相談役としてお傍に仕えることをお許しください」

「許します。ドミニク……貴殿の配慮に心から感謝します」

「もったいないお言葉です。妻も殿下に会える日を待ち望んでおりました。二人の願いを叶えられたことを誇りに思います」

そう言ってからドミニクはようやくアニエスを離し、その背中を優しく押した。

次は自分の番であることにアニエスは呼吸を整え、背筋を伸ばす。

「クリスティアネ様。宰相ドミニクの妻、アニエスと申します。本日からは姑様の相談役として、全身全霊で励みたい所存です。どうぞよろしくお願いいたします」

クリスティアネの瞳が大きく見開かれる。

『姫様の近衛として、全身全霊で励みたい所存です。どうぞよろしくお願いいたします!!』

それはかつて、近衛としてクリスティアネの元に配属された時にアニエスが口にした言葉だ。上官に不敬だと叱られるアニエスに、クリスティアネは目を丸くして声を上げて笑ったのだ。その可憐な笑顔にアニエスは心を奪われた。この人を絶対に守ろうと誓ったのだ。

「ええ、よろしくねアニエス」

あの日よりずっと大人びた笑顔でクリスティアネが頷く。

もう一度、この人のために働ける。

そんな喜びでアニエスは胸が高鳴っていくのを感じていた。

二人で積もる話もあるだろうからとドミニクがメイドと共に退出すれば、本当に二人きりだった。

近衛騎士時代はよくこうやって二人になることがあったが、今のアニエスは騎士姿ではなくドレス姿だ。何とも言えない違和感に苦笑いしながら、二人は向かい合って椅子に腰掛けた。

「クリスティアネ様……いったい何があったのです？　そんなに痩せて……」

アニエスの一番の気がかりはクリスティアネの体調だった。もともと華奢なところはあったが、今のクリスティアネは風が吹いたら飛んでいきそうなほどに存在が希薄だった。ある程度の話は聞いていたが、ここまで思い悩んでいるとはよっぽどなのだろう。

「………貴女が去った後、公爵家が私に婚約の打診をしてきたことは？」

「ドミニクから聞いています。腹が立つどころじゃない。あいつら、隊長を排除するだけではなく、クリスティアネ様との婚約まで狙ってあんな事件を……！」

「だめよアニエス。あの事件が公爵家の仕業だったという証拠はないの」

「しかし！　明らかに計画的です!!」

「そうね……」

クリスティアネの表情は暗い。

きっとアニエスが想像している以上に苦労があったのだろう。

「でも王族である以上、隙を見せてしまった私のミスだわ。今さらあの件を蒸し返しても解決はしない」

「……」

決意すら感じるクリスティアネの高潔な表情に、アニエスは胸を押さえる。

もっと自分がしっかりしていれば。警備を何重にも確認していれば。どうしようもない後悔ばかりが浮かんでは消える。

「わ、私が責任を取って辞めたせいですか……？」

あの日、最良と思って取った行動がもしかしたらクリスティアネの首を絞めたのかもしれない。ドミニクから話を聞かされた時から、ずっと心の片隅にあった考えだ。王女の近衛が責任を取って辞めたということは、王女が自分の責任を認めたことになる。そのせいで、意に添わない婚約を迫られているのだとしたら。

「違うわ。あの時、アニエスが行動してくれなければきっともっと悪い状況になっていたはずよ。貴女があまりに素早く責任を取って城を去ったからこそ、公爵家はすぐには行動に移せなかった。本当に、アニエスには感謝しているわ」

「クリスティアネ様……」

自分を気遣ってくれるクリスティアネの言葉に、再び瞼が熱を持つのを感じた。

いつだって優しく思慮深いクリスティアネはアニエスにとって誇りだった。

「公爵家は嫡男《ちゃくなん》であるシモンを私の婚約者にと強く推しているの。実際、シモン以上に私の婚約者に相応しい立場の貴族令息は今この国にはいないわ。遅かれ早かれ、公爵家が打診をしてくるのは予想していたことよ」

「でも、あいつらはだめです。クリスティアネ様を大事にするとも思えませんし、王配とその実家として相応しいとも思えない」

「そうね……私もシモンとなんて嫌……」

俯くクリスティアネの陰りのある表情に、彼女が今何を思っているのかをアニエスはすぐに理解する。

きっとクリスティアネはウルリッヒを想っているのだ。幼いクリスティアネがずっと傍で自分を守ってくれていたウルリッヒに惹かれるのは当然だったはず。周囲だって口には出さずとも、ずっとクリスティアネの幼い恋心を応援していた。

「隊長……ウルリッヒ殿は、なんと……？」

「……王族の婚約に口を出す立場にはない、とだけ」

「ああ……」

アニエスは頭を抱えたくなった。

ウルリッヒとてクリスティアネを守るべき王女という立場以上に大事に思っているとアニエスは感じていた。傍で共に同じ主に仕えているからこそわかる機微だ。

自分がクリスティアネに向ける尊敬と敬意以上のものをウルリッヒはクリスティアネに向けている。寡黙で、自分の感情を殺すことに長けた彼の心の内を理解できているのはほんの一握りだろうが。

真面目で役目に愚直すぎるが故に、ウルリッヒは決断できないのかもしれない。

「彼は……それ以上は何も言ってくれないの。私のことは、守るべき王族としか思ってない。当然なのに、それが悲しいのアニエス。最近では警護にもついてくれなくて……私のことがきっと嫌になったんだわ……私はただ、あの人を想っていたいだけなのに……」

クリスティアネの瞳に見る間に涙が溜まり、宝石のような美しい滴がぽろぽろと零れ、頬を濡らしていく。

それを見たアニエスは、クリスティアネがいったい何に思い悩みこんなに痩せてしまったのかを理解した。

愛しい人が自分に振り向いてくれない苦しみに胸を焦がし、未来を悲観しているのだ。

王族としての責任に押しつぶされそうになりながらも、ずっとウルリッヒを想う気持ちで己を支えてきたクリスティアネ。

もしウルリッヒへの想いを断ち切らないといけないと思っているのだとしたら、それはどれほどつらいことだろうか。

一瞬、アニエスの頭にドミニクの顔が浮かんだ。お互いの利益のために結婚した自分たちの間に愛情は不要。周りを騙すために、愛があるフリをしているだけ。でも、もし、アニエスが今のクリスティアネのようにドミニクの心を欲しがってしまったら。

「クリスティアネ様を嫌いになる者なんておりません」

アニエスはそんな考えを振り切るように首を振ると、慌ててハンカチを取り出し、クリスティアネに握らせた。

肩を震わせ泣くクリスティアネの薄い背中を撫で、どうすればこの憂いを取り払えるのか必死に思いを巡らせる。

できることなら、ウルリッヒの気持ちを代わりに伝えてしまいたかった。

だが、彼が気持ちを伝えないことには何か理由があるのかもしれない。

たとえクリスティアネの将来を考え身を引くにしても、公爵家との婚姻がよいものではないことはわかっているはずだ。

どうにかして話を聞かなければと、アニエスは新たな目標を定め拳を握りしめた。

予定されていた通り、面会は小一時間で終わりを告げた。

迎えに来たドミニクに連れられて部屋を出るまで、アニエスは名残を惜しむように何度もクリスティアネの手を握り、また来ますから、と声をかけ続けていた。

「別に今生《こんじょう》の別れというわけではないのに、随分熱烈だったな」

「久しぶりでしたからね」

てっきり先に屋敷に戻されるかと思ったのに、あと少しで帰宅するから待っていてほしいと告げられ、アニエスはドミニクと共に執務室まで来ていた。

今はぼんやりとソファに腰掛けて紅茶を飲んでいる。

近衛騎士時代、無茶な警護計画についてクレームを伝えるために何度も足を運んだ部屋は相変わらず書類の山がいくつもできていた。

「明日からは毎日顔を合わせるんだ。そう気を張っていたらすぐに疲れ果てるぞ」

これからアニエスは、可能な限りクリスティアネの行動に同行することが決まった。

公式の行事には同伴できなくても、お茶会や勉強会などの個人的な集まりにはアニエスが付き添う。

アニエスの肩書きは、成人間近の王女の相談役。

高位の貴族令嬢はデビュタント前に身内の既婚女性に相談役として傍についてもらい、社交界の基礎を学ぶことが多い。

通常は母親か叔母が担うことが多いが、クリスティアネの母である王妃はずっと前に亡くなっているし、下手に血縁から相談役を選べば貴族間での争い事の火種になりかねない。

何より、すでに王族として完璧な立ち振る舞いをするクリスティアネは社交界の基礎を学ぶ必要がない。

そのため、クリスティアネに相談役が据えられる予定はなかったのだが、ドミニクはそこにアニエスを抜擢した。

アニエスは王女とも交流が深く、特別な利権に絡む家柄ではない。たとえ社交界について教わる必要はなくとも、若い王女を支える役目としては最適だ、と。

当然反発はあったそうなのだが、相談役を選ぶ権利を持つクリスティアネが了承したことにより、他の貴族、主に公爵家派は黙るしかなかったそうだ。

「しかし……やっぱり私が相談役だなんてあまりに大儀すぎますよ。社交界のことなど何も知りませんよ？」

「逆だ。これから君には俺の妻として社交界で動いてもらう必要がある。殿下の傍で学んでいれば、嫌でも最上級の立ち振る舞いが身につくだろう」

「な、なるほど……！」

「君の役目は王女殿下の話し相手と、緊急時の連絡係だ。今の近衛には公爵家側の人間も多いから、何かあれば君が信頼する者たちにすぐ相談しろ」

「わかっています。それに、いざとなれば私がクリスティアネ様をお守りできますものね!!」

感心しながらアニエスがひとりで納得して頷いていると、突然ドン！　とやけに大きな音が響いた。

ドミニクが持っていた書類を掌で机に叩きつけたのだ。

驚いたアニエスは手に持っていたカップを思わず取り落としそうになってしまう。

「な、なんですか！　びっくりしたじゃないですか！」

「君は、すでに近衛ではないということをもう忘れたのか」

唸るような低い声と鋭い視線に、アニエスはびくりと身を固くする。

隠しきれない苛立ちと怒りがドミニクからただよっていた。

「先ほども言ったが、君は相談役だ。剣を振り回して戦う役目ではない」

「……でも、私はクリスティアネ様のために」

「その前に、今の君は俺の妻であることを忘れないでもらおうか。宰相の妻が剣を振り回して戦うなど、あってはならないことだ。帯剣はしない約束だったのを忘れたのか」

「……!!」

思いがけず強い言葉にアニエスは眉を吊り上げる。

たしかに約束はした。

でも、これまでドミニクの態度は、騎士としてのアニエスをずっと尊重してくれているものだと思っていたのに、何故そこまで強い態度をとられなければならないのか。

今の言葉はまるで大人しくしていろと言っているようなものだ。アニエスを騎士ではなく、ただの女として扱う言葉。

「あなたに、そんな言い方をされるとは思いませんでした」

ドミニクはいざという時に自分の身を自分で守れる妻が欲しいと言っていたではないか。

それは、有事の際には剣を取り王家を守るために戦える存在でいてほしいという意味ではなかったのだろうか。

ただ大人しいだけの妻が欲しいのならば、どうして自分を選んだのか。

信じられないほどの苛立ちと悲しみで、アニエスは頭がぐらぐらしてくる。

このままここにいたら、みっともないことを言って喧嘩になりそうだとアニエスは急いで立ち上がって出口の方へ向かう。

「……お忙しそうなので先に帰ります」

「つ、アニエス！」

慌てた声でドミニクが追ってくる気配がしたが、それを無視して部屋を飛び出すと乱暴に扉を閉めた。

入り口にいた警護の兵士たちがギョッとした顔でアニエスを見たが、気にせず早足で廊下を逃げるように進んだ。

あんなに来たかったはずの城だったのに、今は離れたくて仕方がなかった。

ドミニクと一緒に帰るはずだった馬車を一人で使い、アニエスは屋敷に戻ってきた。

てっきり二人一緒に帰ってくると思っていたらしい使用人たちは、どこか気落ちした様子のアニエスだけが先に帰ってきたことに不思議そうな態度を隠しきれていない。

「……ドミニクは仕事が忙しいそうなの。帰りも遅くなるかもしれないわ。少し疲れたから先に休むわね」

心配をかけないようにそれだけ言って、アニエスは身支度を手伝おうとするメイドたちを断り部屋に戻った。

自力でドレスやコルセットを脱ぎ捨て、化粧を落とし軽く体を清めてから寝台に潜り込み、シーツに包まる。

クリスティアネに再会した喜びも、これから先への決意も、何もかもが今はどうでもいい気分だった。

（私のばか）

ドミニクの言い分も理解できた。

宰相の妻になったばかりの自分が剣を持って戦ったりしたら、ドミニクとの結婚に裏があると勘ぐられる可能性がある。

せっかくこの結婚が愛のあるものだと周囲に思わせているのに、自分が勝手をすればすべてが台無しだ。

大人しくしておいてほしいという彼の主張はもっともだ。

久しぶりの登城やクリスティアネとの再会に気分が高揚して、近衛騎士であった頃に気持ちが戻っていたことは否定できない。

自分はまだまだ戦えると調子に乗っていた。ここ数ヶ月、ろくな訓練もしていない自分では足手まといに違いないのに、クリスティアネを守れるなんて甘い傲《おご》りをもってしまっていた。

だが、ドミニクにだけは騎士としての自分を否定してほしくなかったのだ。

あんな風に、まるで命令みたいな言い方をされたくなかった。

対等な、支え合っていけるパートナーになれたと思っていたのに。

「う……」

勘違いしていたのかもしれない。

アニエスは勝手に滲んでくる涙を乱暴にシーツで拭いながら、情けなさに苛まれていた。

婚約してからのドミニクはとても優しい姿ばかりだった。昔のような冷たい態度など、おくびにも出さず大切にしてくれていた。

結婚してからは、本当に愛されていると勘違いしそうになるほどに翻弄されて、流されて。

だが彼の本来の姿は冷徹な宰相だ。

この結婚はあくまでもお互いの利益と王家のためのもの。

ドミニクの態度に甘えてしまっていた自分が悪いと、何度も己に言い聞かせる。

「大丈夫……まだ、まだ大丈夫よ……」

芽吹きかけていた自分の気持ちに蓋《ふた》をするようにきつく目を閉じる。

気がつかなかったが久々の登城で疲れていたのだろう。

緊張の糸が切れたのか、アニエスの意識はそのまま眠りの世界へと落ちていく。

誰かに名前を呼ばれた気がしたが、それが夢なのか現実なのかわからなかった。

＊＊＊

翌朝、アニエスが目を覚ました時にドミニクの姿はなかった。

もしかして帰宅しなかったのかとメイドに尋ねてみれば、あの後ドミニクもきちんと帰って来たらしい。

だが何か急ぎの用事があったようで、明け方に慌ただしく登城していったのだとか。

それを聞いて呆然としていたアニエスの目に入ったのは机の上に置かれていた一通の手紙。

見慣れた几帳面な文字で、今日はクリスティアネも予定が入っているのでアニエスは午後からゆっくりと登城すればよいと書かれている。

その文字を指先でなぞりながら、アニエスは自分の未熟さにため息をつく。

子どものように不貞腐《ふてくさ》れて、夫を迎えることすらできなかった。謝罪することも、話をすることも放棄したのだ。

役目を全うできなかったという苦みが口の中に広がっていく。

結婚式から毎晩ずっと肌を合わせていたのに、昨夜は何もなかったことが酷く虚しい。

「起こせばよかったのに」

夫を出迎えも見送りもしない不出来な妻だと叱ってくれればよかったのに。

手紙の文面はそっけないが、アニエスを気遣っているのが伝わってくる。

そんな些細な優しさが嬉しくて、苦しかった。

「城に行ったらすぐに謝ろう」

問題は先送りしていいことなんてない。

言いたいことは伝えてしまわなければ寝覚めが悪いままだ。

アニエスは気を引き締めるように自分の頬をぱちんと両手で叩くと、背筋を伸ばした。

身支度を調え、登城したアニエスは真っ先にドミニクがいるであろう執務室に向かう。

執務室のドアをノックするのは久しぶりだと妙な緊張感に生唾を飲み込む。

少し不恰好なノック音を立ててしまった後「入れ」というドミニクの低い声が聞こえた。

これは機嫌の悪い時の声だと、アニエスは近衛時代の記憶を蘇らせる。

意見を言うためにこの部屋を訪れる回数が増えるたびに、ドミニクのほんの些細な声音《こわね》でその時の状態をなんとなく察せられるようになったのはいつからだっただろうか。

「失礼いたします」

声をかけながらドアを開ければ、机の書類に目を落としたままのドミニクが椅子に座っていた。

離れているのにはっきりと眉間の皺が見て取れる。こちらを見ようともせずに、乱れなくペンを走らせている。

これは本格的に機嫌が悪いな、とアニエスは懐かしい気持ちになりながらドミニクを見つめた。

「あの……」

「用件はなんだ。話すなら早くしろ」

取りつく島のない冷たい口調。ドミニクに慣れていない者なら、この時点で泣きながら逃げ出していただろう。

だがアニエスはなんだかんだと彼との付き合いは長いので、これくらいでは怯まない。ドミニクの素晴らしいところは、たとえ機嫌が最悪でも仕事に関する決断を気分に左右されず下せるところだ。

未熟な人間ならば八つ当たりめいた判断を下しかねないのに、ドミニクは決してそんな理不尽なことはしない。

筋道をたててきちんと話せばわかってくれる。多少、小言は言われるだろうが覚悟の上だ。

「昨日は自分の立場をわきまえず、不用意な発言をしたことをお詫びいたします。宰相の妻、という立場を忘れていた私が未熟でした」

「…………は？」

アニエスの言葉にドミニクはペンを止め、酷くゆっくりとした動作で顔を上げた。

眉間の皺はすっかり消え、目を丸くしてアニエスを見つめてくる。いつもはきりりと引き結んでいる口元までもが、ぽかんと開いていた。

てっきり「まったくだ」とか「君の考えは甘い」などと言われると思っていたのに、ドミニクの態度は本気で驚いているようにしか見えず、アニエスまでつられて動揺してしまう。

「あ、あの……？」

「君……だったのか……」

「ええ？」

まさか部屋に招き入れておきながらアニエスが相手だとは思っていなかったと言うのだろうか。

ドミニクは気まずそうに目線をそらし、ペンと書類を片付け始めた。その動作は、悪事を働いた際にそれを誤魔化そうとする弟たちが見せるものによく似ている気がして、アニエスはますますわけがわからなくなる。

「えっと、ドミニク……さま？」

「なんだ」

「私、昨日のことを謝ったんですが……許して、いただけますか？」

「…………」

何故かドミニクは答えない。

もしかして本気で怒ってアニエスに呆れてしまったのだろうか。

役目を忘れ勝手な行動をする可能性のある妻はいらないと言われたらどうしようと、アニエスは青ざめる。

「あ、あの」

「すまなかった」

「へ？」

今度はアニエスが目を丸くして固まる。ありえない単語が聞こえた気がしたが幻聴だろうか。

「昨日は俺も……感情的になりすぎた。君の気持ちも考えず、頭ごなしに否定したことは、悪かったと思っている……」

ぎこちなくたどたどしい謝罪の言葉をアニエスはぽかんとした表情で聞いていた。

ドミニクという人間を知ってからのこの数年、彼が個人的な理由で謝罪するところを初めて見た。

外交上の理由で相手にへりくだるためや、花を持たせるために口にすることはあっても、それは政治的な謝罪であってドミニク個人のものではない。

彼自身が個人的な会話を人としないというのも大きいが、そもそも人に謝るような事態を起こさないのがドミニクという人間だ。

そのドミニクが、気まずそうに視線をそらしたまま自分に謝っているという状況に夢でも見ているような気分になる。

「俺に失望しただろうか」

「そんなことはありません！」

沈んだドミニクの声にアニエスは慌てて声を上げる。

驚きのあまり固まってしまっていたが、ドミニクも申し訳ないと思っていてくれたことは素直に嬉しかった。

何より、嫌われ呆れられていなかったという事実に胸の奥がじわりと熱を持つ。

「私の身勝手に怒るのは当然です。私がもっと身の程をわきまえるべきだったのに……あなたが謝る必要なんてない」

「いいや。君の気持ちを考えなかった俺も悪い」

「……」

「……」

お互いに自分が悪いと譲らない形になってしまった。

見つめあった顔はそれぞれ情けないもので、アニエスは眉の下がったドミニクの顔につい吹き出してしまう。

「……何がおかしい」

「いえ、あなたのそういう顔は新鮮で……ふふ……」

「まったく……」

アニエスの笑い声が合図になって、二人して強張った表情を緩める。

椅子から立ち上がったドミニクがゆっくりとアニエスに近づき、その正面に立った。その手がやけにゆっくりと動いて、おずおずとアニエスの手に触れる。

指を絡めるようにして優しく引き寄せられた手を握られる。

自分より少し体温の低いドミニクの手の感触に、昨日は触れられていなかったなとアニエスは急に思いついてしまう。

「謝って損をした気分だ。まさか笑われるなんてな。君が怒って俺の妻をやめるなんて言い出したらどうしようかと思っていたんだぞ」

「すみません……私も、ドミニクに捨てられるかもなんて考えました」

「俺が君を？　ありえないな」

ドミニクの手に力がこもり、アニエスをさらに引き寄せた。

もう片方の腕が腰に回されて、ぴったりと体を寄せて抱き合う体勢になる。

「きゃっ……！」

「聖堂での誓いを違《たが》えるつもりはない。当然、君が投げ出すことも許されない」

腕の中にしっかりと抱きしめられて、アニエスはひゅっと息を呑んだ。

服の下に隠されたたくましい胸板やしっかりとした腕の感触、伝わってくる体温やドミニクの匂い。全身で彼に包まれている状態は、まるで愛されていると錯覚するほどに心地が良いものので。

「わ、わかってます！　私はドミニクの妻という立場を投げ出したりなんてしませんから！」

「本当か……？」

「本当です！　本当ですから離してくださいっ！」

「何故だ？　俺たちは夫婦なのだから、こうやって抱きしめあっても何の問題もないはずだ」

「だとしても、ここは神聖な執務室ですよ！　何を考えているんですか」

アニエスは無駄な抵抗とわかっていたが、ドミニクの背中を掌でパタパタと叩いた。

本当は抱きしめられている体勢に応えるように背中に手を回してしがみつきたかったが、流石にそれは許される行為ではないような気がしたからだ。

昨日、なんとか蓋をすることに成功したはずの気持ちが溢れないようにするのに必死だった。

「……では、ここでなければいいんだな？」

耳に吹き込むようにドミニクが低い声で囁いた。頭の芯がひりつくような色気を帯びたその声に、アニエスはひぅ、と短い悲鳴を上げる。

腰を抱いていた腕がゆっくりと動いて、ドレスの上からアニエスの背中を撫でまわす。

大きな手が這うように背中の中心を辿りながら首筋まで登ってきて、髪を結いあげているせいで無防備になっているうなじにたどり着く。

指先がおくれ毛を弄ぶように蠢いて、それから後頭部を優しく包むのがわかった。

「アニエス、キスだけだから」

その気になれば抵抗できるはずなのにできなかった。

ドミニクの手にいざなわれるままに顔を上げたアニエスは、近づいてくるドミニクの顔を見ていられなくなって目を閉じる。同時に触れた柔らかな唇の感触は、アニエスの唇ではなく頬に落ちた。

そのまま何度も頬や鼻筋の形を確かめるように繰り返しくちづけが落とされるが、肝心の場所に近づく気配がない。

「……んっ」

じれったくなってアニエスが目を開ければ、真正面にドミニクの瞳があった。

アニエスが目を開けたことに気がついたその視線がふわりと笑う。

「可愛いな、君は」

「なっ！　なに……んんぅ」

文句を言おうとした唇が、ようやくドミニクの唇で塞がれる。

半開きだった唇に容赦なく入り込んだ舌が、アニエスの言葉と呼吸を奪い、口の中を弄ぶ。

「んんぅうっ……!!」

くちゅくちゅと舌と唾液が絡まる音が、頭の内側で響いて何も考えられなくなる。

容赦のないキスに膝が震え、立っているのが精いっぱいになっていくアニエスは、無自覚の内にドミニクの服を掴んでその体にすがりついた。

ドミニクはそんなアニエスの身体を強く抱きすくめ、激しいキスを繰り返す。

「……ふあぁ……だ、め……んにゃ……」

キスの合間にアニエスが訴えても止まるどころか、むしろその反応を楽しむようにドミニクの舌使いは激しくなっていく。

とうとう腰が抜けてアニエスの身体がずり落ちるまでキスは続き、息も絶え絶えになった身体はドミニクの腕にしっかりと抱えられてしまう。

「……だめって、言ったのに」

乱れた呼吸を整えながらドミニクの胸に額を押し付けアニエスは俯く。

吸われすぎた唇が熱っぽく熟《う》れ、心臓が痛いほどに脈打っている。火照《ほて》った体には力が入らなくて、ドミニクの腕から離れることができない。

「昨夜、君に触れられなかった反動だ」

「なっ……！」

しれっと告げられた言葉にアニエスが弾かれたように顔を上げれば、悪戯っぽい笑みを浮かべたドミニクと目が合う。

アイスグレーの瞳がどこか熱っぽく揺れていて、言いかけた文句が喉の奥に張り付いて出てこなくなってしまう。

「アニエス」

名前を呼びながら、再びドミニクの顔が近づいてくる。

もうだめと抵抗すべきなのに動けず、アニエスはそれに応えるために自分から顎を上げた。

だが、まるでそのタイミングを見計らったかのようにノック音が室内に響いて二人はぴたりと同時に動きを止めた。

「失礼しま……す!?」

ドミニクが返事をしていないというのに執務室の扉を勢いよく開け、一人の騎士が入室してきた。

その無礼な騎士は、抱きしめあうドミニクとアニエスに気がつくと目を丸くして顔を赤くする。

「し、失礼しました!!」

憐れなほどにうわずった声を上げ、騎士は急いで回れ右をして執務室を出て行こうとする。

だが、その背中をドミニクの冷徹な声が引き止めた。

「待て。許可を待たずに入室したということは、よっぽど急ぎの用件なのだろうな。話を聞いてやるから戻って来い」

「……!!」

「その前に、不敬者の所属と名前を聞いておこうか。宰相の執務室に無断で入るほどの権限を持っていない場合、どうなるかわかっているのだろうな」

騎士の背中が目に見えて強張り、ぶるぶると震えているのが伝わってくる。

容赦のないドミニクの声音に、アニエスは自分が近衛時代にこうやって散々詰め寄られたことを思い出した。

理路整然と隙のない追及に若い騎士や文官は涙目になって声を震わせていたが、アニエスは何があっても絶対に譲らなかったものだ。

おかげで、ドミニクとは犬猿の仲とまで思われていた時期があった。

「ドミニク、その、私たちもこの状況では彼を責められませんよ」

「……なるほど」

アニエスは少しでもドミニクの冷たさを和らげようと努めて優しい声音で話しかける。

腰を抱いていたドミニクの腕を優しく撫でて緩めると、そっと体を離した。一瞬、震える膝のせいで身体がよろめきかけるがなんとか立て直す。

「そこのあなた。いい加減にこちらを向きなさい」

「はっ！」

アニエスの声掛けに、騎士が背筋を正しながら二人の方へ向き直る。

近衛騎士の制服を着たその男はアニエスが見知らぬ顔だった。だが新入りにしてはいささか年を重ねているようであったし、立ち振る舞いも洗練された騎士とは言い難いものだ。何故、こんな程度の者が近衛にとアニエスは眉根を寄せた。

「所属と階級は？」

騎士もまた、アニエスの顔を見て表情を険しくする。

部屋の主であるドミニクならまだしも、何故こんな女に命令されなければならないのかと思っている顔だ。

だが、ドミニクが黙っていることもあり、しぶしぶといった様子で騎士は口を開いた。所属は近衛の下位部隊で名前も家名も聞いたことがない男だった。

恐らくは自分が辞めた後に入ったのだろうが、あまりに不出来な騎士の作法と立ち回りにアニエスは妙な違和感と苛立ちを覚えた。

「上官の部屋に入る際は、ノックをして入室の許可を得るまで扉を開けてはいけないというのは最低限の決まりのはず。それをおろそかにした咎は重いと思いなさい。このことは、あなたの上司に直接抗議しておきますからね」

「……はあ」

あまりにやる気のない返答に、アニエスは頭に血が上るのを感じた。

たるんでいるぞ！　と思わず騎士時代の勢いで声を上げかけるが、それを察知したらしいドミニクが腕を差し出しアニエスの発言を遮る。

「せっかく我が妻が上司への抗議だけでこの場をおさめようとしているにもかかわらず、不満があるようだな」

「いえっ！　そういうわけでは！」

「違うならば早く用件を言え。その内容如何《いかん》によっては何かしらの沙汰《さた》を出す必要がある」

「…………‼」

青ざめた騎士は慌てて取り繕《つくろ》ったような謝罪をすると、午後の会議予定が大幅に変更になったという伝令を口にした。

貴族院で開かれるはずの大会議だったが、複数の貴族から遅れると連絡が入ったため時間が繰り下がるのだと言う。

「そのような重要な案件を、お前のような者が口頭のみで伝えてきて信じろと言うのか」

「こ、ここに貴族院よりの伝令文をお預かりしております！」

騎士はぎこちない動きで封蝋《ふうろう》のされた封筒を差し出した。

ドミニクは無言でそれを受け取ると開封し、中身を確かめる。怪訝《けげん》そうに眉を寄せたままではあったが、中身は本物なのだろう。

「なるほど。事実のようだ」

「で、では私はこれで……」

無事に任務を達成したとばかりに騎士が執務室から出て行こうとする。

アニエスはまだ文句が言い足りないと腕まくりしそうな勢いで呼びとめようとするが、何故かドミニクに止められてしまう。

その間に騎士はものすごい逃げ足で去って行ってしまった。退室の許可を得ることもなく、敬礼すらしなかった騎士の態度に、アニエスは怒りでどうにかなりそうだった。

「なんなんですか！　あんな質《たち》の悪い近衛を雇うなんてどうかしています‼」

自分がいた際には、騎士たちの礼儀作法に関しては徹底した教育が施されていた。

近衛騎士は国の盾《たて》であり、看板のような存在だ。決して品位を落としてはならないと厳しく教え込まれた。

「……あれは公爵家が、君が抜けた穴を埋めるために寄こした人員の一人だ」

「なっ……！」

「あの騒ぎを理由に、もっと使える人間を近衛に配置すべきだと無理矢理ねじ込んできた。残念ながらあれでもまだましな方だ」

「ありえない……」

アニエスはその場にうずくまって頭を抱える。

規律を重んじる近衛騎士の品位が損なわれている現状に、目の前が真っ暗になりそうだった。

自分の穴埋めであると言うならば、当然クリスティアネの警護にも関わる人員のはず。あの程度の礼儀作法で王族の傍に仕えるなどあってはならないことだ。

「……俺が君を連れ戻し王女殿下の相談役に据えた理由がわかったか」

「よく、わかりました」

ドミニクが結婚をしてまでアニエスを王城に連れ戻した理由を痛感する。

クリスティアネがあそこまで痩せ細っていたのも、ウルリッヒのことだけが理由ではないような気がしてきた。

「さっきの騎士は慌てて俺の妻についての報告を公爵家側に伝えに行っているはずだ。昨日登城したことで、俺の妻がかつて殿下の近衛だった君だということはもうわかっているだろうからな」

「！」

アニエスは、はっとしてドミニクを見上げた。

（そうか……さっきのキスはわざと見せつけるため……）

胸の奥がちりちりと鈍く痛むのを感じながらも、アニエスは必死に表情を取り繕った。

謝罪からの甘いキスはまるで恋人同士がするような情熱的なもので、今でも身体が疼いている。

だが、ドミニクにとってみれば公爵家側に自分との関係が偽りではなく真実と思わせるための行為だったのだろう。

「恥ずかしいところを見られた意味はあった、ということですね」

少しだけ拗《す》ねた気持ちで呟きながらアニエスは立ち上がる。

皺の寄ってしまったスカートを直すふりをして視線を落とし、ドミニクの顔を見ないようにするのがやっとだった。

「邪魔をされたのは残念だが、いいタイミングだったな。これであちらは俺たちの結婚の真意を測りかねるはずだ」

「ええ。私が近衛時代、宰相閣下と散々やりあっていたのは周知の事実ですからね。その二人がまさか演技で抱き合ったりするとは思わないでしょうから」

我ながら可愛くない言い方だと思いながらもアニエスは止まれなかった。

呼び方も、つい形式的なものになってしまっている。ドミニクもそれに気がついたのか目を細めてアニエスを見ていたが、さっきのさっきで再び諍《いさか》いごとに発展するのが嫌なのだろう。

咳払いひとつで場を誤魔化すと、手を伸ばしてアニエスの前髪を優しく撫でてくる。

その手つきにアニエスは胸の奥がぎゅっと詰まるような気分になった。どうしてそんなに優しくするのだろうか。

「髪形が少し崩れてしまったか？　必要ならば誰か呼ぶが」

「だ、大丈夫です。これくらいなら自分で直せますから。それに今日は、クリスティアネ様の慰問に同行するだけですので貴族相手のように気を張る必要はないでしょう」

「ならいいが……」

「そろそろ時間なので行きますね」

ドミニクの手から逃げるようにしてアニエスは身をひるがえす。

ここにこれ以上いたら、昨日の二の舞になってしまいそうだったから。

「今日は一緒に帰ろう。昨日の件で屋敷の皆が不審がっている」

「……わかりました」

結局、周りに誤解されないことが最優先なのだなと考えながらアニエスは執務室をあとにした。

その背中をドミニクが何か言いたげな顔でずっと見つめていたことに気がつかぬままに。

＊＊＊

「アニエスは本当に子どもに人気ね」

「遊び相手にちょうどいいと思われているだけですよ」

養護院への慰問を終え、城に戻る馬車の中でアニエスとクリスティアネは顔を見合わせて笑いあう。

親を早くに亡くした子や理由があって家族と暮らせない子、夫からの暴力から逃れた女性をかくまうために作られた王立の養護院への慰問は、クリスティアネがずっと前から続けている習慣だった。

寄付だけで済ませる貴族が多い中で、クリスティアネは頻繁に養護院へ顔を出し、何か不足がないか困っていることはないかと事細かに職員や養護院で過ごす子どもや女性たちに聞いていた。

アニエスは近衛騎士としても何度も共に訪れており、そのたびに小さな子どもたちの遊び相手をしていたのだ。

養護院の子どもたちは久しぶりの訪問であってもアニエスのことを忘れておらず、むしろ近衛騎士の制服からドレス姿になったアニエスに興味津々で、いつも以上に囲まれた。

おかげで、せっかく整えた髪が少し崩れてしまった。

「貴女の笑顔は本当に優しいから、あの子たちの心も救われるのよ」

「もったいないお言葉です」

「あら、本当よアニエス。私は貴女ほどにまっすぐに笑う女性を知らないわ」

真正面から褒められ、アニエスは頬を赤くする。

クリスティアネの言葉を違うと否定するのも気が引けて曖昧に笑っていると、そんなアニエスを見ていた彼女の表情がふわりと緩む。

それは以前のなんの憂いもなかった頃の表情と同じで、今日の慰問や自分の存在が少しでもクリスティアネの心を軽くできているのかもしれないと思えた。

「今日は楽しかったわ。実は養護院への視察も久しぶりだったの」

「院長たちもとても喜んでいましたね。やはり前回の事件のせいで外出を制限されていたのですか？」

「ええ……下手に怯えて隠れる方が王家の権威を損なうとは思わないのでしょうね」

窓の外を見つめるクリスティアネの表情は愁いを帯びていた。

「私が城を去った後、公爵家が近衛に息のかかった者を推薦してきたと聞きました」

「……」

アニエスの言葉にクリスティアネの表情が険しくなる。

すべてを物語るその表情に、アニエスは掌を握りしめながら言葉を続ける。

「先ほど少しだけ様子を見ましたが、あまりに質が悪い。クリスティアネ様に負担がかかっているとしか思えません」

執務室に許可もなく入った騎士だけではなく、今日同行していた近衛の中にもアニエスが知らない顔が多かった。

彼らは一様に養護院にいる人々を見下したような態度だったし、本気でクリスティアネの盾になろうとしているようには思えない。恐らく、あの連中は騎士としての訓練を受けた者ではなく、教育の一環で剣術を学んだ程度の貴族だろう。

「そうね……」

「まさか、他にも何か問題が？」

問いかけに、クリスティアネが押し殺したようなため息を零す。

「彼らのほとんどは公爵家の親戚筋よ。故にシモン……セーガース公爵家の威光に弱い。本来ならば面会できないような場所や時間であっても、シモンの侵入を簡単に許してしまうの」

「そんな……!!」

アニエスはここが馬車の中だということも忘れて立ち上がりかける。

「ありえない。どんな理由があろうとも最優先すべきはクリスティアネ様の意志のはず。それを無視して、あんな男を招き入れるなど言語道断です!! 陛下や宰相閣下に訴えましょう!」

「もう何度も話をしたし、お父様やドミニクからも厳重な注意をしてもらったわ。そのおかげか、城内でそういうことは減った。でも、今日のような外出先で偶然出くわす機会は相変わらずよ」

「なっ!」

「私のスケジュールを把握しているのでしょうね。今日の視察に来なかったのはシモンが養護院を嫌っているからよ。彼は貴族以外の者は生きる価値などないと思っている人だから。そのせいか、私が視察の予定を組み込もうとすると護衛から反対意見が出るの。危ないから、と」

言葉にならないほどの怒りにアニエスは目の前が真っ赤になりそうだった。

近衛騎士の務めは王族の希望を最優先としたうえで、命を守ることだ。にもかかわらず、主であるクリスティアネを追いつめる連中のやり方に、はらわたが煮えくり返りそうになる。

「隊長は……ウルリッヒ殿はこの状況を許しているのですか!? あまりに酷すぎる!!」

「………」

クリスティアネの瞳が切なげに揺れた。何も言わず顔を伏せるその態度から、アニエスが知らない何かが二人の間にあったのだろうと察せられる。

問い詰めたかったが、これ以上クリスティアネを困らせたくなくて質問ができない。

ならばことの根源である当人に聞くべきだとアニエスは考え、そしてあることにようやく気がつく。

「そういえば、昨日からウルリッヒ殿の姿を見ていません。何があったのですか？」

「……彼はお父様について国内の視察に出ているの。戻るのはまだ先のはずよ」

「ああ」

「お父様……国王陛下も私が成人する前に国内の情勢を少しでも良くしておきたいと気にかけてくださっているの。そのせいか、あの事件の後からさらに忙しくなられて。公爵家からの求婚は私の意志を尊重するとおっしゃってくれているけれど」

クリスティアネは言葉を途切れさせると、瞳を静かに伏せた。

「私の……王女の結婚である以上、貴族院の意向を完全に無視するわけにいかないのも現実だわ。このまま公爵家が主張を続ければ、どうなるかわからない」

「そんな！」

「アニエス。私はどうしたらいいと思う？　ウルリッヒにとって私の想いが重荷になっているのはわかっているの。迷惑をかけたいわけじゃないわ。彼が騎士としての役目に誇りを持っているのもよく知っている。それを奪いたいわけじゃない。でも、でも……あの人に守られながら他の人と結婚するなんて……私には耐えられない……」

「クリスティアネ様……」

「ごめんなさい、弱音ばかりで……情けないわよね……でも、アニエスの他に誰にも言えなくて……」

今にも泣き出しそうなクリスティアネの手をアニエスは強く握った。

痛々しいほどに冷えた指先を温めるように包み込み、伏せられている視線を拾い上げるように顔を覗き込む。

「好きな人がいるのに他の誰かとの結婚を迫られているだなんて、つらくて当然です。苦しくて悲しいに決まっている。それに周りに味方の少ない状況でならなおさら。でもクリスティアネ様はずっと頑張ってこられたんです。私の前くらいでは弱音を吐いたっていいんですよ。なんといっても今の私はクリスティアネ様の相談役なのですから！」

「アニエス……」

「何でも言ってください。私は味方です。これからも、ずっと」

「ありがとう」

儚げな色を含んだ微笑であったが、クリスティアネの表情が和らいだことにアニエスはほっと息を吐く。

包むように握った手は先ほどよりも少しだけ温かくなったような気がした。

「まずは少し食べましょう。あまりに痩せすぎです。身体が元気になれば、おのずと心も健康を取り戻すはずです」

「ふふ……アニエスは相変わらずね……でも、あの頃とは違うわ。今の貴女は本当に美しくなった。騎士だった頃とはまるで別人ね」

「ええっ？」

「元から素敵だったのは本当よ？　でも、女性らしくなったというか……ドミニクに大切にされているのがわかるわ」

「な、何を急に」

クリスティアネの言葉に、アニエスは急に恥ずかしくなって狼狽える。

女性らしくなったという言葉の意味が、ただドレスを身に着けているからだけではないような気がして顔が熱くなる。

ドミニクとの結婚が決まって以後、普通の令嬢のように自分の身体に手をかけることを覚えて、色々な部分が変わった自覚はある。傷の多い剣だこだらけだった手は、頼りないほどに白く柔らかくなってしまっているし、頬に日焼けの名残はもうない。

何より、ドミニクと夜を共にするようになってからの身体は、どこもかしこも柔らかくなったような気がしていた。

その変化すべてを見透かされているようで、恥ずかしくてたまらない。

「それに恋する気持ちも理解してくれている……アニエスがドミニクと結婚したことが私はとっても嬉しいの」

「クリスティアネ様……？」

「遅くなったけど結婚、本当におめでとう。もっと早くお祝いを伝えたかったのだけれど、ドミニクはアニエスが登城するまでは全部秘密にしておくって言うのよ。彼があんなに狭量だとは知らなかったわ」

「んん？」

クリスティアネの言葉に、アニエスは恥ずかしさも忘れて動きを止める。何かがおかしいと首をひねるが、何がおかしいのかを理解できない。

さっきまでの気鬱《きうつ》な表情から一変して年相応な少女らしい輝いた笑みを浮かべているクリスティアネは、頬をほんのりと薔薇色に染めている。

「ドミニクがずっと貴女を特別扱いしていたのはわかっていたけれど、まさか私の相談役にとかこつけて結婚まで迫るなんて驚いたわ」

「は……？」

「ドミニクは、よほど貴女を愛していたのね」

一瞬、何を言われているのか理解できなかった。

無邪気に喜んでいるとしか思えないクリスティアネの姿に、アニエスは先ほど感じた違和感が何なのかようやく気がつく。

（まさか、クリスティアネ様は私たちが本当に愛し合っていると思っているの⁉）

よく叫び出さなかったとアニエスは自分を褒め称えたくなった。

クリスティアネは興が乗っているのか、アニエスが固まっていることに気がついていない。

「アニエスもドミニクの求婚を受け入れたと聞いた時は驚いたけど、再会した貴女を一目見て貴女たちが本当に想い合っているのだとすぐにわかったわ。おめでとうアニエス、ドミニクと幸せになってね」

全く含みのない心からの祝福の言葉に、アニエスは頬をひきつらせながらも、はい、と短く返事をするので精いっぱいだった。

無事に帰城し、クリスティアネを部屋に送り届けたアニエスは、その足でドミニクの執務室に向かった。

（いったいどういうことなのか説明してもらわないと……！）

聞きたいことや言ってやりたいことが多すぎる。

クリスティアネはアニエスとドミニクが本当に恋愛を経て結婚したと思い込んでいるようだった。

てっきりクリスティアネや国王陛下には結婚の経緯を説明しているものだと思っていただけ

に、あの態度は想定外だ。早急に話をしなければならない。

それ以外にクリスティアネが置かれている状況についても話をしたかった。

いったい何から話せばよいのかと頭の中がこんがらがっている。

すごい勢いで廊下を歩いていると、偶然にも向こうからドミニクが歩いてくるのが見えてアニエスは足を止める。

ドミニクは左右に難しい顔をした文官をひきつれており、何事かを相談しているようだった。

器用にも歩きながら手に持っていた書類に目を走らせていたドミニクが、不意に足を止めると顔を上げこちらを見た。

「アニエス、戻ったのか」

ドミニクの宰相としての冷徹な表情が、瞬時に優しげな笑顔に変わる。名前を呼ぶ声も、とても甘い。

傍にいた文官は手元の書類を取り落としぽかんと口を開け、背後に控えている護衛の騎士さえも信じられないものを見るような顔になっている。

周囲の驚き具合が面白くて、ドミニクのすべてが眩しくて。

(ずるい)

伝えようとしていた言葉がすべて吹き飛んでしまった。

「ただいま戻りました。王女殿下はお部屋で休まれています」

「そうか」

ドミニクは固まったままの文官に持っていた書類を押しつけると、アニエスに近づいてくる。

優しい笑顔のままのドミニクにつられて頰が緩んでしまうのがわかる。

「久しぶりの慰問は疲れたのではないか？」

「いいえ。私よりもクリスティアネ様がお疲れのようでした」

「最近は色々と外野が騒がしくて落ちついて慰問にも行けなかったと聞いているからな」

その口ぶりに、ドミニクがクリスティアネの周りを取り巻く状況を正確に把握していることに気がついたアニエスは、片眉を吊り上げる。

せっかく浮き上がっていた気分が現実に引き戻され、ドミニクをこの場で問い詰めたくなった。

何故もっと早くに説明してくれなかったのかと視線で訴えれば、受け流すように軽く肩をすくめられてしまった。

「とにかく、話は帰りの馬車で聞こう」

「もう帰っても大丈夫なのですか？」

驚いてドミニクの向こうに立っている文官たちに視線を向ければ、彼らはまだ固まっている。

散らばった書類を拾わなくていいのかと気になったが、ドミニクは平然とした様子でアニエスの肩を抱き歩き出してしまう。

「かまわん。俺がするべき仕事はもう終わった。あとは任せておけばいい」

「えぇぇ」

仕事の鬼だったドミニクとは思えない発言にアニエスはあっけにとられたが、肩を抱く腕のたくましさに何も言えず、促されるままについていくことしかできなかった。

昨日は一人だった帰りの馬車に二人並んで座る。

向かい合わせに座ればいいのに何故とアニエスは少しでも体を離そうと身をよじるが、すぐに腰を抱かれて引き寄せられてしまう。

ぴったりと体をくっつけて座りあう状況が酷く落ちつかない。それ以上のことを散々しているはずなのに。今のドミニクが宰相の姿をしているからだろうか。

「本当に疲れてはいないか？　少し顔色が悪いが」

気遣うような優しい言葉を口にしながら、ドミニクはアニエスの髪にくちづけを落としてくる。

そのままドミニクの鼻先が耳のあたりをくすぐるように肌をなぞってくるものだから、くすぐったくて仕方がない。

「や、やめてください！　誰も見ていないのに、何をするんですか！」

「誰も見ていないからするんだろう。それとも君は見られるのが好きなのか？」

「まさか！」

「なら構わないだろう。仕事の疲れを愛しの妻で癒やしたい俺の気持ちも汲《く》んでくれ」

「癒やすって……と、とにかく話が……んんっ!!」

文句を言おうとした唇を素早く塞がれる。逃れるために肩を押そうとした手はすぐに緩く握りしめられ、アニエスの小さな抵抗は押さえ込まれてしまう。

唇を食《は》むようなキスを、角度を変えて何度も繰り返されると、ドミニクの熱に慣れ親しんだ身体がすぐに熱を持つ。熱い舌が唇の形を辿り、ノックするように噛み締めた前歯をなぞる。

唇の裏側を軽く吸われると、たまらなくなってアニエスは小さく喘いだ。

「あっ……んむっ!!」

その隙をドミニクの貪欲な舌は逃がさず、アニエスの口内はあっという間になぶられ始める。

胸板を押すために伸ばしていたアニエスの手はいつの間にかドミニクの服を甘えるように握りしめ、ずり落ちかける身体を必死に支えていた。

熱が思考まで支配して何も考えられなくなる。

車輪が地面を削る音と舌の絡まる水音、そしてお互いの熱っぽい呼吸音だけが馬車の中に響く。

ようやく満足したらしいドミニクが小さな唇を解放した時には、アニエスはたくましい腕の中にもたれかかることしかできなくなっていた。

力を失くし腕の中におさまるアニエスの身体をドミニクはまるで壊れ物でも扱うかのようにしっかりと抱きしめる。

「……君が、わざわざ謝罪に来てくれるとは思わなかった」

それが、執務室を訪れた時のことだと理解したアニエスはぼんやりとした視線をドミニクに向ける。

ドミニクもまたアニエスをじっと見つめており、美しい顔がどこか切なげに歪められていることがわかった。

「俺の身勝手に付き合わせているというのに、君は本当にいつまでもまっすぐで変わらないから困る」

「困るって……何がですか」

「……そういうところだ」

意味がわからない、とアニエスは唇を尖らせる。

ドミニクの考えていることも、その行動も何もかもが理解できなかった。

あの執務室でのキスは騎士に目撃させるためだったろうし、屋敷での行為は使用人たちの目を欺《あざむ》くため。では先ほどのキスは？　わけがわからない。

考えても答えは見つからないし、流されてキスを受け入れてしまった以上、文句を言うわけにもいかないとアニエスは気持ちを切り替える。

優しく髪や背中を撫でてくるドミニクの掌の心地よさを振り切るようにドミニクの腕の中から身を離したアニエスは、ようやく言いたいことを口にした。

「今日、クリスティアネ様と話しました。姫様は私たちが本当に愛し合ったうえで結婚したと思っているようですが、どういうことですか!?」

「どういうことも何もそういうことだ。まさか殿下に『殿下のために好きでもない男と結婚しました』と伝える気だったのか？　それこそ殿下を追いつめることになる」

「それは、そうですが……」

「こういう謀《はかりごと》は知る人間が少なければ少ないほどバレないと相場が決まっている。この結婚の経緯を知っているのは、俺と君だけだ」

自分たちだけという事実がずん、とアニエスの心にのしかかる。

周囲の人たちは、二人の結婚が愛と運命に満ちたものだと思っているということになる。

どれだけの人たちを欺いているのだろうと考えると、アニエスは急に怖くなった。

その気持ちを読んだのか、ドミニクの表情が曇る。

「まさか、後悔しているのか？」

「……違います」

そう。後悔はしていない。だが胸が苦しかった。

ドミニクが本当は自分のことを愛してなどいないことを他の誰も知らない、ということがアニエスはとても恐ろしく感じた。

こうやってキスをされ熱を共有し優しくされても、二人の間にあるのはお互いの利益だけ。

その苦しさや虚しさをアニエスは誰とも共有できず、自分の中でずっと抱えていかなければならない。

「あなたとの結婚は正しい決断でした」

クリスティアネに再会し、かつてのようにその身を守るために動ける。

生家に手を差し伸べてもらい、アニエス自身の自由や安寧《あんねい》だって考えてくれている。

それで十分だ。他にこれ以上何が欲しいと言うのだろうと、アニエスは必死に自分に言い聞かせた。

「これからも、あなたを支え、王家のために働くことに迷いはありません」

それは偽りのない本心。

だがその後ろに隠れたアニエス自身の心は何故か悲鳴を上げたくなるほどに痛みを訴えている。

(だめ、だめよアニエス。余計なことを考えちゃだめ)

油断すれば揺らぎそうになる気持ちを引き締め、アニエスはまっすぐにドミニクを見つめた。

ドミニクの瞳もまた、何かを迷うように揺らいでいる気がしてアニエスは不安になる。

もしドミニクに本当に愛する人ができたら、この結婚はどうなるのだろうか。

真面目な彼はアニエスや王家を裏切ることはしないだろう。

だが賢い彼のことだ。アニエスや周囲にその気持ちを隠し通して愛する人を守り抜くのだろう。

「ドミニクこそ、後悔はしていませんか？」

聞くべきではないと思いながらも、アニエスは口に出してしまっていた。

王家のため、自らの役目のために何のとりえもないアニエスを妻とし、愛する態度を貫かなければならない苦労は自分の比などではないはずなのに。

ドミニクの瞳がわずかに開かれ、眉根が寄るのがわかる。

「俺が後悔？　そんなことはありえない」

小さく吐息で笑ったドミニクの表情が妖しく歪む。

息を呑むような美しさに、アニエスは呼吸も忘れドミニクの顔を見つめる。

「これは俺が考えた一世一代の策略だ。何があっても最後までやり遂げるさ」

話している間に馬車は屋敷に到着していた。

ドミニクに手を引かれながらアニエスが馬車から顔を出せば、出迎えてくれた使用人たちがほっとしたような笑顔を浮かべているのがわかった。

昨日は別々に帰宅していたし、今朝も会話を交わさなかったことが気がかりだったのだろう。

「奥様、お疲れさまでした」

着替えを手伝うメイドたちの表情も心なしか明るい。

気を遣わせていたことが申し訳なかったが、謝るのも違うような気がしてアニエスは大人しく世話を任せることにした。

髪を解き、登城用のドレスを脱がせてくれる優しい手つきからは労わりが溢れている。

「今朝のご主人様は随分顔色が悪くて心配でしたが、先ほどはいつもと同じ様子で安心しました。きっと奥様のことが心配だったんですよ」

「私を？」

「昨晩帰宅された時、奥様がどう過ごしていたかを本当に気にされていたんですよ。お食事もとらなかったじゃないですか」

「そういえば……」

疲れているからと早々と寝室に引きこもってしまった自分の幼さを思い出し、アニエスは周りに迷惑をかけてしまっていたことが急に申し訳なくなった。

ドミニクがアニエスを案じていたのは、自分の計略がだめになってしまう可能性を不安に思っているだけかもしれないが、彼らは違う。

主人の幸せを心から願う屋敷の人々を不安にさせるのは、アニエスの望むところではない。

（みんなのためにも、きちんと夫婦としての態度を貫くって決めたじゃない）

そのためにドミニクを知って、彼の役に立つと決めたのだ。

彼の真面目さや強さ、抱えるものの大きさを知れば知るほどに心を動かされているのは自分の甘さだ。

「ごめんなさいね、心配をかけて」

鏡に映る自分が若い頃の母に随分似てきたことに気がついた。

父が死んだ時、夜中にひとりで泣いていた母の姿が蘇る。

せめて自分だけは迷惑をかけまいと、いつだって笑顔でいると誓った。弟たちのことも守ってみせると。

「もう大丈夫だから」

ドミニクは自分のために家族の手助けまでしてくれている。

過分な報酬に応えるには、自分の役目を全うしなければならない。

身勝手な感傷に振り回されず、ドミニクを支えクリスティアネを守るのだと、アニエスは鏡に映る自分をまっすぐに見つめたのだった。

簡素な服に着替えて寝室に向かえば、同じく楽な服装に着替えたドミニクがすでにくつろいでいた。

宰相としての厳しい顔や態度とは違う穏やかな雰囲気をまとったドミニクの姿に、抑え込むつもりだった気持ちが揺れるのを感じ、アニエスは慌てて目をそらす。

執務室や馬車の中で散々重ねた唇に視線が行きそうになってしまって落ちつかない。

けじめとして、昨日心配をかけたことをもう一度謝れば気にするなと笑ってくれた。

「久しぶりだったから仕方がない。今日も疲れただろう？」

沁《し》みるような優しい言葉に胸が温かくなっていく。

この関係が、契約でなければ。そんなありもしない想像をしてしまいそうになった。

「ありがとうございます。私は大丈夫です」

「そうか？」

「色々とご報告もありますから、ぜひお時間をください」

話は終わっていないと含みを持たせたアニエスの言葉に、ドミニクの眉がわずかに上がる。

あくまで表面上は穏やかに見つめあいながらも、お互いの視線に鋭さが混じる。

「報告、とは？」

「昼間も話しましたが、公爵家が近衛にねじ込んできた騎士もどきどもの話です。クリスティ

ない。

馬車の中で話しそびれたが、アニエスにとって一番の懸念はそこだった。

たとえ自分が傍にいたとしても、あんな体《てい》たらくの近衛ばかりではいざという時に役に立たない。

「例の男が勝手をするのを見過ごしている理由がわかりません。城外で無理な接触を取るなんてありえません」

「見過ごしているつもりはない。こちら側の人間も必ず付けてはいる」

「しかし、クリスティアネ様は……」

「シモン殿が立場だけなら王配に相応しいのは事実だ。それを跳ね除《の》けるだけの理由が今の王室にはない。無理に彼を遠ざければ貴族院軽視だと騒がれて王女殿下の立場が悪くなるだけだ」

整然と告げられた言葉にアニエスは言葉を詰まらせる。

同じようなことをクリスティアネも言っていた。公爵家の嫡男であるシモンは、適齢期の男性の中では最も立場が高い。婚約者候補筆頭である彼がクリスティアネに近づくことに反対する方がおかしな話だ。

「でも……でも……」

「君の言いたいことはわかる。もし彼が王配となれば、公爵家が国内での勢力をつけ、政治的なバランスが崩れるのは明白。外交の面でも公爵家派は過激だからな。俺としても公爵家に力を持たせるような結婚は防ぎたい」

そのこともあるが、そうではないとアニエスは言いたかった。

アニエスにとって何より慮るべきなのはクリスティアネの心だ。クリスティアネには想う相手がいる。叶うならば、その気持ちを優先させてあげたい。

でも、ドミニクにそれをうまく伝えられる気がしなかった。

一時の感情で心を動かすはずもない彼に、誰かに気持ちを寄せてしまったもどかしさと苦しみをどう伝えればいいのだろうか。

「隊長……ウルリッヒ殿はいつお戻りに？」

今、話をするべきはウルリッヒのように思えた。彼の真意や態度がわからなければ、アニエスも動きようがない。

ドミニクの瞳がわずかに鋭くなる。きっとアニエスが何を考えているのかを察したのだろう。

「近日中には戻るだろう。彼とも話をすべきなのはわかっているが、君が主体的に動くのは勧めない。今の君は俺の妻であり、彼の部下ではないんだ。目立つ行動は控えてくれ」

「……」

素直にわかりました、と言えずにアニエスは視線を床に落とした。

こんなに伝えたいことを言葉にできないのは初めてだった。

夫婦としての態度を貫くと決めたはずだったのに、どうしてかドミニクを目の前にしてしまうと心がざわめいてしまうのだ。

騎士としての自分、クリスティアネの相談役としての自分、ただのアニエスとしての自分がそれぞれに気持ちを主張してしまう。

(私、いったいどうしたのよ)

黙ってしまったアニエスに、ドミニクが近づいてきた。

頬に添えられた手によって顔を上げられてしまえば、見つめあうほかなくなる。

腹が立つほどに整った顔がアニエスを静かに見下ろしていた。

「君に負担をかけたいわけじゃないことはわかってくれ。君に協力を求めたのは俺だが、昨日も言ったように今の君にしてほしいのは殿下の傍にいて心の支えになるというのが一番だ。そう急がなくていい」

「……はい」

きっとドミニクは、すべてにおいて正しいのだろう。

アニエスが考えている以上に、全体を見通し先を読んでいる。

悔しいけれど、頼もしい。

「他に、話は？」

「今はないです……」

「では、今度は俺の番だな」

「えっ？」

頬を撫でていたドミニクの手がアニエスの首筋を撫でた。

近づいてくる顔に慌てて目を閉じれば、唇をついばむような甘いキスが降りてくる。

「あ、の……」

馬車でも執務室でも散々したはずではないかと戸惑うアニエスを封じるように、ドミニクの腕が腰を抱き引き寄せてくる。

「アニエス」

「んっ……」

角度を変えてちゅっちゅとわざとらしく音を立てながら唇を吸い上げられると、もうろくな抵抗ができなくなってしまう。

熱を持ったドミニクの吐息や、緩まる気配のない腕の力にアニエスは顔を真っ赤にしながらも必死にキスに応えた。

（これも、周りを安心させるためのキスなの？　それとも……）

もしかして自分は篭絡《ろうらく》されているのだろうかとアニエスは熱に浮かされ始めた頭でぼんやりと考える。

離反しないように暴走しないように、身体ごとドミニクのものにされようとしているのだろうか。

服の中に滑り込んできたドミニクの大きな手が胸を丸く撫でる。

「ンっ……あっ……」

自分より少し体温の低い手が、弱いところを責めたててくる感触にアニエスは身体を揺らす。

いつの間にか胸元がはだけられ、ドミニクの手が遠慮なくそこに触れた。

大きな掌が素肌を包み、長い指が柔肉に埋まる。

以前に比べて少しだけ大きくなった気がする膨らみを、おもちゃのように弄ばれると腰の奥が切なくなっていく。

すっかりと硬くなってしまった先端を指先で摘まれ、アニエスはたまらず甲高く叫んで膝を震わせた。

「や、あぁ……」

「随分と弱くなったたな」

「だれの、せいで……あんっ」

「俺のせいだな。大丈夫、責任は取るよ」

「あっ！」

軽々と抱えられて寝台に運ばれる。シーツに縫い止めるようにキスをされながら服を脱がされ、ろくな抵抗もできない。

与えられる熱に何もかも許してしまいそうになる。

どうしてこんなことをするの？　と聞きたくなるのを我慢するので必死だった。

「ドミニクっ……んんっ！」

胸を吸われると、みっともないくらいに激しく脈打っている心臓の音まで聞かれてしまいそうで恥ずかしかった。

心の奥に隠したがっている気持ちまで暴かれそうだ。

潤んだ視界を向ければ、まるで幼子のように夢中で自分の身体を味わっているドミニクの姿が見える。

わずかに赤くなった目元と汗の滲んだ額。決して演技や役目のためとは思えなかった。

(さみしい、のかな……)

なんとなくだが、アニエスはそう感じた。

父親を早くに亡くし、母親の裏切りに巻き込まれ弟まで失った。その喪失は想像もできないほどに深いはずだ。

宰相という立場にある彼は、気軽に他人を内側に招き入れることはできない。

この結婚はお互いの利益のためではあったが、決して後ろめたいものではない。

二人は間違いなく夫婦なのだから、ドミニクは誰にはばかることなくアニエスとなら身体を重ねることができる。

「ドミニク……」

アニエスは手を伸ばし、ドミニクの頭を撫でた。

さらさらとした黒髪を整えながら、指を挿し込み汗ばんだ地肌をかきわけ、形の良い耳たぶを指で労わるようにまさぐる。

自分だけは決してあなたを裏切らないと伝えるように、優しく優しく何度もドミニクに触れた。

「アニエスっ……！」

「ん、ああっ」

うわずった声で呼ばれると、与えられる愛撫以上に胸の奥が甘く締め付けられてしまう。

普段よりもずっと性急な指先が、すっかり彼を受け入れることに慣れた下半身をまさぐり、ぬかるんだ入り口をほぐしていく。

「だめ、そこ、そこへんになる……」

「構わない……ここには俺と君しかいない……」

「アアッ……だめ、っ」

内壁を抉るような指使いに、脚が勝手に開いてしまう。

くちくちといやらしい水音が響いて、頭の芯が焼けそうな羞恥に襲われアニエスはぎゅっと目を閉じた。

ドミニクの指、頬や首筋をくすぐる熱い吐息、肌に落ちる彼の汗、すべてが五感を高めていく。

「ゆ……あッ……」

膨らんだ突起を強く押し込まれて、視界がぐるりと反転しかける。

腰がわなないて限界を迎えそうになるが、その直前で指を引き抜かれてしまった。

「なんでぇ……」

一番いいところの直前で置いて行かれたような喪失感に、みっともないくらいの喘ぎ声が出てしまう。

ドミニクの手がアニエスの腰を抱き、身体を引き寄せる。

大きく開いた足の間に、硬く猛《たけ》ったものが押し当てられた。

「君と……繋がりたいんだ」

「あ、あっ……硬い……」

ずっと入り込んでくるドミニクの硬さにアニエスが怯えて腰を引くが、たくましい腕がそれを阻む。

先端が入り口をこじ開け、ゆっくりと、しかし確実に二人の距離を短くする。

内側の形が変わってしまうと錯覚しそうなほどに大きくて硬い灼熱が出入りするたびに身体が歓喜に震えて、アニエスはたまらずドミニクの手を掴んでいた。

甘えるように指を絡めて、白分からキスをねだった。

舌を絡めて唾液を味わい頬を擦り合わせる。

「アッ……んっんっ……」

段々と激しくなる腰の動きと、膨らんでいくドミニクの熱を感じながらアニエスは体と心が満たされるのを感じていた。

この行為で少しでもドミニクの心が休まるなら、いくらでも身体を差し出したい。妻としてできることは何でもしてあげたい。

そんな思いを少しでも伝えたくて、ドミニクの動きに合わせて自分から腰を揺らす。

「クッ……アニエス……」

「ひっ、ア〜〜〜〜〜」

一番奥にキスするみたいに抉り込んだ先端が痙攣し、熱いものを吐き出しているのがわかる。

切なく歪めたドミニクの顔を見つめながら、アニエスは必死にその体にしがみつく。

何があっても傍から離れないと訴えるように腕を絡め、お互いの距離を失くすことしかアニエスにはできなかった。

三章　公爵家の兄妹

クリスティアネの置かれている状況を知ったアニエスは、可能な限りその傍にいて行動を共にしていた。

心配していた警備体制も、ドミニクが言っていたようにかつての同僚たちも少なからず配備されており、アニエスは胸をなでおろす。

相談役と近衛という関係もあり、彼らと以前ほど気軽に言葉を交わすことはできなかったが、顔見知りがいるという状況は想像よりも安心できるものだった。

ただ、やはり問題なのは公爵家側の執拗《しつよう》な求婚だった。

ほとんど毎日のようにご機嫌伺の手紙と花束、プレゼントの類が届く。

クリスティアネはうんざりした顔をしたいのを必死にこらえ、手紙にはまだ時期ではないと丁寧な返事をし、装飾品などは送り返していた。

花だけは罪がないと、自室以外の場所に飾るように指示を出す。

忙しい日々の中で明らかにクリスティアネの負担となっているその日課に、アニエスの方が怒りをあらわにしていた。

「無視してしまえばよいのではないですか？」

「一度そうしたら、病を心配して押しかけられたわ」

「ああ……」

害悪でしかないとアニエスは公爵家から届く品々を睨みつけるが、どうにもならない。

正式な手順を踏んで届けられた品々を拒む理由がない以上、クリスティアネの行いは最善なのだろうが、納得はできない。

「何かいい方法があればいいんですが」

「そうね」

曖昧に微笑むクリスティアネの顔は美しい。

ほんの数日だが、アニエスが相談役として傍に仕えるようになってからは食事量も増え、睡眠時間も安定してきたと聞いている。

再会した時は痩せすぎだった頬も、ほんのりと色づいてきたような気がして、その点に関しては安心していた。

社交界でのクリスティアネの立ち振る舞いは完璧で、貴婦人たちからの信頼を一身に集めているのがわかった。

相談役として傍にいるようになってからは、近衛として少し離れて見ていた時とは違う世界をアニエスは感じるようになっていた。

女性たちの他愛のないおしゃべりに混じる重要な情報や、かけひき。特に、今の国内には政治に関わる女性も少なくはない。クリスティアネが女性たちの心を掌《しょう》握《あく》していることに、アニエスは明るい未来の匂いを感じていた。

今日も王宮の庭園で、非公式ではあるが上流貴族の夫人たちを集めた交流会が行われている。

柔らかな午後の日差しの下、上品な女性たちが各々のテーブルでお茶を飲みながら、優雅な会話を繰り広げていた。

「ヘンケルス夫人は、本当に美しくなられたわね」

クリスティアネとは別のテーブルに腰掛けてお茶を飲んでいたアニエスに、おっとりとした声で話しかけるのは、壮齢の貴婦人。

彼女は伯爵家の夫人で騎士だった頃のアニエスにも丁寧な態度を崩さず、クリスティアネにも心を尽くしてくれる信頼のおける女性だった。

「そんなことはないですわ」

「いいえ。近衛の制服も大変よく似合っていたけれど、今のあなたは本当に素敵な女性になられたわ。少し惜しい気もするけど、こうやって一緒にお茶が飲める関係になったことを大変嬉しく思います」

「私もです」

「でも、宰相様もいけずな方よね。あなたがいなくなってようやく自分の気持ちに気がつくなんて」

少女のように頬を赤く染めて語る伯爵夫人に周りの女性たちも大きく頷いている。

彼女たちもクリスティアネ同様に、アニエスとドミニクの間にはドラマティックな恋のかけひきがあったと信じているのだろう。

「私たちはお互いの職務に忠実でなければならない立場でしたから」

微笑みつつも、アニエスは胸の奥に苦い何かがこみ上げてくるのを感じていた。

あの頃の二人には愛や恋はなかった。そして今も。

お互いの職務に忠実であるからこそ夫婦になっているのだとアニエスは誰かに告白してしまいたくなる。

純粋にアニエスとドミニクの結婚を祝っているとしか思えない彼女たちの顔を曇らせるわけにはいかないので、当然口にすることはないが。

「本当にご立派ですこと」

裏のない褒め言葉に胸が痛む。

ドミニクのように職務に生涯を捧げるほどの強さのない自分が、情けなくなった。

もっと心を強くしなければ。そうアニエスが決意を込めた笑顔を伯爵夫人に向けると、夫人が何故か怪訝そうな顔をして自分の背後を見ていることに気がつく。

不審に思ったアニエスがその視線がどこに向いているのかを探るよりも先に、甲高い声が静かな庭園に響いた。

「あれだけの騒ぎを起こしておきながら、城に舞い戻ってくるなんて図々しいわね」

あからさまな悪意を帯びたその言葉に、女性たちの談笑が途切れ嫌な沈黙が流れる。

動揺を悟られないように振り返ったアニエスが見たのは、高らかな足音を響かせながらテーブルに近づいてくる小さな人影。

それは場にそぐわぬ華美なドレスをまとった若い令嬢だった。まっすぐな栗毛を風になびかせ、小さな薔薇色の唇には勝気な笑みを浮かべている。

「リネット様、ごきげんよう」

「ごきげんよう、みなさま」

周囲の貴婦人たちが立ち上がり、少女に膝を折る。

アニエスもそれに倣い膝を折れば、令嬢はふん、と鼻を鳴らした。

リネット・セーガース。セーガース公爵家の令嬢。

まだ十五歳だというのに、その美しさは咲き誇る薔薇のようで、自分こそが社交界の花だと信じてはばからないほどの自信に満ちた表情を浮かべていた。

彼女の瞳にはアニエスを見下す色が隠さず滲んでいる。

左右にはリネットと同じ年頃の令嬢が二人ほど控えており、やはりアニエスを軽んじているような表情を浮かべている。

「アニエス・フレーリッヒ、お前は近衛を辞して二度と城には戻らないと言ったはずなのに何故ここにいるの？　わたくし、あの時本当に怖かったのよ」

わざとらしく自分の腕を抱き身を震わせるリネットの態度に、周りの貴婦人たちの表情が険しくなる。

アニエスが近衛騎士を辞めなければならなくなったのは、あのお茶会で不審者にショックを受けたと訴えたリネットが原因だった。

責任を取れと公爵家が無理を迫ったことを社交界で知らぬ者はいない。

アニエスが城に戻ってきて感じたことは、ほとんどの貴族たちはアニエスに同情的だということだ。

災難だったね、と言ってくれたのは一人や二人ではない。

皆、あの事件では公爵家のやり方に思うところがあったらしい。

だがリネットや彼女を取り巻く若い令嬢たちは、周囲の空気が変わったことに気がついていないのか、おかまいなしだ。

「そうよそうよ。私もあの騒動以来、夜会が怖くなったわ」

「田舎貴族のくせに、このような場に参加するだなんて何を考えているのかしら。身の程をわきまえなさいよ」

煩い小鳥のような令嬢たちのさえずりに、アニエスの隣にいた伯爵夫人が息を呑むのが聞こえた。

リネットをはじめとした彼女たちはまだデビュタントを済ませてはいない。正式に貴婦人の場に混じるのは禁じられている年齢だ。

いくら騎士だった頃のアニエスより地位が高いご令嬢たちだとしても、年上の既婚女性に対する口のきき方としてありえない態度。

交流会に参加していた女性たちの視線が一気に鋭くなる。

このままでは誰かが彼女たちに苦言交じりの注意をせねばならない。だが、王女主催の交流会で騒ぎを起こすことだけは避けたかった。

自分のことは何と言われてもいいが、クリスティアネに迷惑がかかるのは許せない。

「恐れながらリネット様、今の私は近衛騎士フレーリッヒではなく、宰相ドミニクの妻、アニエス・ヘンケルスでございます」

アニエスの声が、少女たちの笑い声を打ち消す。

まさか反論してくるとは思っていなかったのか、彼女たちの表情が一様に強張る。

「あの事件でたしかに私は近衛を辞めました。ですが、登城をしないなどと口にしたことはございません」

「まあ」

リネットの美しい眉が思い切り吊り上がる。

小さな唇を悔しげに歪め、睨みつけてくる顔は美しさもあって迫力があったが、アニエスにしてみればただの子どもにしか見えない。

「私が登城していることにご不満があれば、我が夫ドミニクにぜひお申し付けください。いかなる理由があって、私がここにいるかをきっとわかりやすく説明してくれるはずです」

「なっ……！」

「それとも私が夫を呼んでまいりましょうか」

アニエスの言葉にリネットの顔が面白いほど青ざめる。

まさかドミニクと話せと言われるとは思わなかったのだろう。

氷の宰相に直接意見してこいと言われ、はいそうですかとなんて言えるわけがない。

たとえ、本当に訴えに行ったところで、倍になって言い返されるのが関の山だ。

リネットもそれをわかっているのだろう。手に持っていた扇をギリリと握りしめ、悔しげにアニエスを睨みつけていた。

「よくもこのわたくしに対してそんな口を……！」

言葉では敵わないことを察したのか、リネットが思い切り手を振りかぶる。アニエスはあえて引かず、それを受け止めるつもりで歯を食いしばった。

騎士時代の訓練に比べれば小娘の一撃くらい、なんでもない。むしろこれで騒ぎがおさまるなら安いものだと。

「アニエスは私の相談役です。不満があるのならば私におっしゃいなさい」

だが、凛としたクリスティアネの声が響き、リネットは振り上げた手を止める。

別のテーブルに座っていたクリスティアネが、いつの間にか二人の傍に来ていたのだ。

気まずそうに手を下ろす顔色の悪いリネットを、クリスティアネはまっすぐに見つめていた。

「お、王女殿下……」

「リネット。私に挨拶もなく、私のお客様に随分と失礼な態度をとっているようだけれど、どういうつもりかしら。それに、貴女を招待した記憶はないのだけれど」

リネットの顔がさっと赤に染まる。

この場において最も地位が高いのはクリスティアネだ。

リネットは真っ先にクリスティアネの元に行き挨拶をするべきだったのに、それを軽んじ、アニエスに話しかけてしまった。どんなに取り繕っても挽回できない失態だ。

「それとも、何か急な用件でも？」

「わたくしは……」

「申し訳ありません、クリスティアネ様。妹がどうしてもついてきたいと言うので、僕が許してしまいました。代わりにお詫びいたします」

クリスティアネとリネットの間に一人の青年がすっと身体を滑り込ませた。

小柄なリネットの身体は青年の後ろにすっぽり隠れてしまう。

「シモン」

クリスティアネの顔があからさまに強張る。

すらりと背の高い栗毛のその青年はシモン・セーガース。公爵家の嫡男にして、リネットの兄。そしてクリスティアネに婚約を迫っている男だ。

顔立ちは優しげで口元に浮かべた笑みには優雅さがあるが、わずかに弧を描いた瞳にはどこか薄ら寒い光が宿っているように見えた。

アニエスは素早くクリスティアネの横に立つと、シモンが口を開くより先に頭を垂れた。

「ご無沙汰しております、シモン様」

「おや、君はアニエスじゃないか」

クリスティアネに近づこうとしていたシモンはアニエスに気がつくと、わざとらしいほどに明るい声を上げ笑顔を浮かべた。

「君が近衛を辞めたと聞いた時は本当に驚いたよ。リネットが繊細すぎるだけだというのに父上が騒いだせいで迷惑をかけたね」

「とんでもございません」

「ドミニクと結婚したと聞いた時はもっと驚いたがね。知らせてくれればよかったのに」

「あくまでも私事でしたので、シモン様にお聞かせするほどのことではないと夫が」

「へぇ」

笑いながらもシモンの周りの温度が下がったのをアニエスは感じていた。

このシモンという男とは近衛騎士時代から浅からぬ縁があった。

近衛騎士の警護対象は基本的には王族であるが、大きな式典などでは公爵家をはじめとした上流貴族に関わることも少なくない。

まだデビュタントを済ませていないリネットはほとんど登城することはなく、公爵にくっついて来たとしても、お目当てであるウルリッヒに夢中だった。

だが、このシモンは何故かいつもアニエスに親しげに話しかけてきていたのだ。警護担当に指名されたことさえある。

それはアニエスがクリスティアネ直属の近衛騎士だったからだろうと今ならわかる。将を得るために馬を手懐《てなず》けようとする考えは悪くはないが、アニエスは当時からシモンのことが苦手だった。

「ドミニクも隅に置けないな。君の美しさは近衛時代から目立っていたから。残念だよ」

何が残念だと言うのだと、アニエスは顔をしかめたくなったが必死に我慢する。

シモンは姿形こそ整っており一見すれば優しそうな紳士だが、その本質は違うことをアニエスは感じていた。

アニエスやクリスティアネを見るシモンの瞳には、いつも底知れぬ冷たさがこもっている。

父親である公爵のように権力を振りかざすような横暴さはないが、シモンは身分でしか人間を見ない。平民上がりのメイドや騎士を見下し、酷い扱いをしているという噂はアニエスの耳にも届いていた。

決して関わってはならない相手というのが、アニエスがシモンに抱く印象だった。

「もったいないお言葉です」

「はは……相変わらずつれないな。クリスティアネ様、アニエスが戻ってきて本当によかったですね」

「ええ。ところでシモン、私は貴方も招待した記憶はないのですが？」

アニエスが時間を稼いだことで冷静さを取り戻したクリスティアネがシモンに問いかける。

シモンはクリスティアネの言葉に小首を傾げると、口元をにっと不気味に歪めた。

「父に用事があって登城したのですが、楽しげな声が聞こえたのでついふらふらと花に惹かれる蝶のように引き寄せられてしまいました。お姿が見えたので、ご挨拶をと思いまして。リネットには待っているように言ったのですが、みなさまへの憧れから我慢がきかなかったみたいです。お騒がせしたことを、兄として心からお詫びいたします」

芝居がかった口調と共に深く頭を下げるシモンに、アニエスは眉を寄せる。クリスティアネも硬い表情だ。

公式の集まりではないし、開かれた庭園で行われていた交流会だ。挨拶に立ち寄っただけだと言われて、それを咎めることはできない。

シモンもそれをわかっているのだろう。その背後にいるリネットもまた、先ほどまで狼狽えていたのが嘘のように勝ち気な表情に戻っている。

「そうですか。事情はわかりました」

「もしよろしければ、ご一緒させていただいても？」

「残念ですが、今日はもう終わりにしようと話をしていたところです。またの機会にぜひ」

「そうですか。残念です」

言いながらもシモンの態度は、ちっとも残念そうではなかった。

むしろ、リネットの方がまだモノを言い足りなさそうにアニエスをじっと睨んでいる。

「それでは、お邪魔いたしました」

シモンはリネットの肩を抱くと、何事もなかったかのようにその場から立ち去って行く。

取り巻きの令嬢たちもそれを慌てて追いかけていくが、アニエスだけはずっとシモンの背中を見つめていた。

よくないことが起きる。そんな予感で胸が苦しくなった。

シモンとリネットの乱入により交流会は微妙な空気になったものの、なんとか最後まで無事に終えることができた。

別れ際、伯爵夫人に「どうか気を付けて」と何度も心配されたし、同じように貴婦人たちから慰めの言葉をもらったアニエスは、優しい人たちの心遣いに温かい気持ちになっていた。

「シモン殿は何をしに来たのでしょうか」

「わからないわ。公爵に用があったと言っていたけれど、リネットまで連れて……」

「あの子は相変わらずですね。クリスティアネ様に楯突けない代わりに、周りにいる誰かを攻撃するしかないのでしょう」

顔を真っ赤にして怒りに震えているリネットを思い出し、アニエスはため息を零した。

公爵家の令嬢であるリネットは、初めて登城した際に国王陛下の横に座るクリスティアネを睨みつけ、どうして私が王女様じゃないの！　と癇癪《かんしゃく》を起こした過去がある。

その時は幼い子どもの我儘だと大人たちは笑って流したそうだが、その話を聞いたアニエスは、それがリネットの行動原理だと理解していた。

まだデビュタントを済ませていないこともあり表だって関わることはないが、何故か頻繁に公爵にくっついて登城してはクリスティアネ以上に派手なドレスや装飾品を身に着けてくるのだ。

本来ならば父親として注意すべき公爵も、そんな娘を褒め称えるばかり。

一番質が悪いのは、リネットがウルリッヒに対して異常な執着を見せていることだ。

『ウルリッヒ様、どうか私の騎士様になってくださいませ』

近衛騎士として警護の任についているウルリッヒに馴れ馴れしくまとわりつき、あからさまなアピールをする姿は傍目《はため》から見れば微笑ましいものだったかもしれない。

だが、近衛騎士の面々はリネットの執拗な態度にうんざりしていた。

警護の仕事を邪魔するばかりか、ウルリッヒの姿が見えなければ他の騎士に当たり散らすのだから当然だろう。

『お嬢様、私は王家の剣ですのでそれは無理です』

ウルリッヒがやんわりと断っても、リネットは自分の願いが叶わないのは我慢ならないと頬を膨らませるばかり。

それどころか、ウルリッヒに守られているクリスティアネを睨みつけて、どうしてお前が、という顔を隠そうともしない。

恐らくリネットがウルリッヒに執着しているのは、クリスティアネへの対抗心もあるとアニエスは感じていた。

しかし、所詮《しょせん》リネットはただの我儘娘だ。行動も想像しやすい。だが。

「問題はシモン殿です」

「ええ……」

リネットのように何を考えているかわかれば、対処のしようもある。

だがシモンは態度こそ紳士的ではあるが、その内面にはアニエスたちの想像もできないような、どす黒いものを抱えていると思わせる恐ろしさがあった。

もし、クリスティアネとの婚約を強引に進めようとするならどんな手段を取ってくるかわからない。

「とにかく気を付けましょう。注意すれば大丈夫なはずです」

極力明るい声でクリスティアネを励ますようにアニエスは笑顔を作る。

シモンの接触について、早くドミニクと話がしたい気分だった。

あれからドミニクとの関係は驚くほど穏やかで濃密なままだ。

城で仕事をする時以外は、ずっと一緒に過ごしている。

おかげで周囲はすっかり二人が仲睦まじい夫婦と信じきってくれていた。

（いいことなんだろうけれど）

ドミニクがアニエスを甘やかすのは、人恋しさからくることだと察したおかげで戸惑いは少なくなった。

宰相として油断することが許されないドミニクが、唯一寄りかかれる相手として選ばれたことは誇らしくて嬉しい。

でもだからこそ、行き場を失くした自分の気持ちをどうすればいいのかアニエスは持て余すばかりだった。

信頼し背中を預けられるパートナー以上にドミニクを想い始めている事実から目をそらした

いのに、優しくされるたびに胸の奥が疼いてしまう。

「アニエス？　どうかした？」

「え……あ、もうすぐ花祭りの準備ですよね」

「ああ。たしかにそうだったわね」

咄嗟に話題をずらしたが、クリスティアネは納得してくれた様子だった。

三ヶ月後に控えた花祭りはレストラダム最大のお祭りだ。

独立しひとつの国になった建国日を、国を挙げて祝うのだ。

祭りの象徴としてたくさんの花を飾るようになったことで、いつの頃からか花祭りと呼ばれるようになっていた。

王宮でも貴族を集めたパーティが開催される。

何より花祭りの日はクリスティアネの誕生日でもある。

十八歳を迎え、成人王族となるクリスティアネの祝いを兼ねた今年の花祭りはきっと盛大なものになるだろう。

「今年は何の花を模したデザインになさいますか？」

「実はまだ決めかねているの」

花祭りの日、女性たちはひとつの花をモチーフにしたドレスや装飾を身にまとう。

昨年の花祭りではクリスティアネは真っ白な百合《ゆり》を想わせる白いドレスと百合の髪飾りを身

に着け、会場を彩っていた。

「アニエスのドレスも用意しないとね」

「私は必要ありませんよ」

「だめよ、貴女は私の相談役なんだから。それに、きっとドミニクも喜ぶわ」

心からそう思っているらしいクリスティアネの言葉にアニエスは言葉を詰まらせる。

花祭りでは女性がモチーフにした花を男性が贈るというイベントが密かに行われている。愛の告白であったり、日ごろの感謝であったりと形は様々だが、花を贈られることは女性にとって憧れだった。

これまではずっと近衛騎士として見ているだけだった光景に、自分が加わると思うと落ちつかない。

仲の良い夫婦という設定である以上、きっとドミニクは花を贈ってくれるのだろう。

その光景を想像すると、胸の奥がぎゅっと苦しくなる。

「閣下が花を持っているところが想像できません」

「まあ、アニエスったら」

わざと茶化して肩をすくめれば、クリスティアネが楽しそうに笑った。

ドミニクとアニエスの幸せを心から喜ぶ花のような笑顔に心が痛んだ。

いっそのこと打ち明けてしまおうかと何度も考えたが、ただでさえシモンとのことで心を悩ませるクリスティアネの重荷にはなりたくなかった。

ドミニクも隠し通すべきだと言っていた。

でも、自分のこの気持ちはどこに持って行けばいいのだろうか。

アニエスは行き場のない迷宮に立ち尽くすような気持ちで、クリスティアネを見つめていた。


数日後。

ようやく国王陛下が城に戻ったとの知らせを受け、クリスティアネと共にアニエスは謁見の間に来ていた。

久しぶりに拝顔した国王はどこか疲れている様子だが、クリスティアネを見つめる顔は以前と変わらぬ優しさと愛に満ちている。

レストラダムは表向き平和な国ではあるが、歴史が浅いこともありまだまだ小さな問題は山積していた。今回も、国内の主な領地を国王自ら視察して回ることで国民の安心感を高めたのだ。

王座にゆったりと座った国王に向かってクリスティアネが腰を折る。その優美な仕草に国王の目元の皺が深くなる。

「無事のお帰り、何よりでございます」

「不在の間、変わりはなかったか」

「ええ。アニエスが傍についてくれていたおかげで心強かったですわ」

そう言ってこちらを振り返るクリスティアネの嬉しそうな表情に、アニエスもつられて笑みを浮かべた。

「そうか。アニエス、大儀であった」

「もったいないお言葉でございます」

アニエスはすっかり板についた淑女らしい仕草で国王に頭を垂れた。

それを見つめる国王の表情は、クリスティアネを見つめるものとなんら変わらず温かさに満ちている。

国王はごほんとわざとらしい咳払いをすると、今度は傍に控えていたドミニクに拗ねたような視線を向けたが、彼の表情は変わらない。

「ドミニクも、わしが不在の間に結婚するとは随分と冷たいではないか」

「陛下に言えば余計な騒ぎになると思ったからですよ」

「まったく……ドミニク、アニエス、両名の結婚はまことにめでたい。心から祝福するぞ」

「ありがとうございます」

国王直々の祝辞だというのに、あまりにつれないドミニクの態度にアニエスは苦笑いを浮かべた。

傍にいる人間にとってはこのやりとりは見慣れたものだ。

国王は彼が多少失礼な態度をとっても怒ることはないし、ドミニクも無駄にへりくだらない。

二人の間にはしっかりとした信頼関係があるのがよくわかる。

「アニエスや、そなたは本当にこの男が夫で良いのか？　有能であることは認めるが腹黒いぞ」

「陛下。喧嘩を売っているんですか。余計なお世話はやめてください」

「事実ではないか」

本気で嫌がるドミニクと、それをからかう国王という構図は本当の親子のように見えて、アニエスは我慢できずに笑い声を零した。

「ふふ。陛下、お気遣いありがとうございます。私は十分幸せですから、ご安心ください」

「ならばよいが……ドミニク、ようやく得た妻を大切にするのだぞ」

「言われなくともわかっています」

不意にドミニクとアニエスの視線が合わさる。

無表情だったドミニクがふわりと微笑み、本当に愛しいものを見つめる顔になった。

それが周囲に自分たちの関係を見せつけるための笑みだと理解していても、アニエスは顔が熱くなっていくのを我慢できなかった。恥ずかしさをこらえながら、ぎこちなくも笑みを返せば、ドミニクの笑顔もますます深まる。

それを見ていたクリスティアネが、大きな瞳をまあるくして口元に手を当てた。

「まあ、まことじゃ。ドミニクが笑っているわ」

「いやはや、心配して損をしたぞ」

「だから余計なお世話だと言ったんですよ。私たちは愛し合って夫婦になったのですから」

追い打ちをかけるようなドミニクの言葉に、アニエスはひきつった笑みを浮かべるばかりだ。

どこまでも設定を貫こうとするドミニクの態度は尊敬するが、アニエスにしてみれば周囲を騙しているという罪悪感もあって、落ちつかないしとにかく恥ずかしい。

国王とクリスティアネ以外の人々も、生暖かい視線を向けてくるし、息苦しい。

困り果ててドミニクから顔をそらしたアニエスは、国王陛下の後ろに控えている人物が周囲の人々とは違う視線で自分を見つめているのに気がついた。

（隊長……！）

近衛騎士の制服と隊長の証である赤いマントを身に着けたウルリッヒが、表情を崩さずじっとこちらを見ていた。

その視線はどこか鋭く、アニエスの動揺を見抜いているように感じられ居心地が悪くなる。

慌ててそらした視線の先では、クリスティアネがぼぉっとウルリッヒを見つめていた。その横顔に宿る隠しきれない恋情に、アニエスは別の意味で胸が苦しくなる。

どうにかしてこの二人を幸せにする方法はないものだろうか。

たとえシモンの地位や肩書きは王配に相応しくとも、その振る舞いが相応しくないことはウルリッヒとて知っているはずだ。

自分とドミニクが王家とお互いのために結婚したように、クリスティアネとの結婚が彼らにとっても意義のあるものだとウルリッヒを説得できれば。

そんな考えが頭を掠めるが、そんなことをして果たしてクリスティアネは喜ぶだろうか。

自分と同じように、口にできない苦しい想いを心に抱えることになってしまうかもしれない。

（必ず姫様を幸せにしてみせる）

アニエスは決意を胸に、ウルリッヒをまっすぐに見据えていたのだった。

国王との謁見を終え、クリスティアネを自室に送り届けたアニエスはその足で近衛騎士の詰め所に向かった。

勝手知ったる足取りで詰め所の中を歩いていると、すれ違う騎士たちがギョッとした顔で足を止め振り返る。

中には「アニエス!?」と目を白黒させる顔見知りもいたが、アニエスは彼らに軽く敬礼して先を急いだ。

そして先を歩く目的の人物をようやく見つける。

「隊長！　じゃなかった、ウルリッヒ殿！」

見覚えのある後ろ姿に声をかければ、ウルリッヒがゆっくりとこちらを振り返った。

クリスティアネ同様に少し痩せたような気がする。

だが、たくましい身体や騎士隊長としての厳格な雰囲気は変わらない。

「アニエス……どうしてこんなところに」

「古巣に顔を出してはいけませんか？」

てっきり再会を喜んでくれるとばかり思っていたのに、ウルリッヒは苦いものを口にしたように顔をしかめている。

周りを見回すと、はぁ、と大きなため息をつく。

「そんな恰好でここに来てはいけない。今のお前は近衛騎士ではないのだ。宰相の妻である自覚を持った行動をしてくれ」

「……何を……」

以前ドミニクに言われたのとまったく同じことをウルリッヒに言われ、流石のアニエスも困惑する。

たしかに今のアニエスは宰相の妻だし、クリスティアネの相談役として貴婦人らしい振る舞いが求められる立場だろう。

だが、ずっと同僚として同じ釜の飯を食べてきたウルリッヒにまで拒絶めいた態度をとられるとは思わず、立ちすくむ。

「とにかく、話をするにしてもここではだめだ。場所を変えよう」

そう言ってウルリッヒはアニエスに背を向けた。

まるでアニエス自身を拒むような態度に、困惑を隠しきれなかったが、アニエスは大人しくその後に続く。

やってきたのは城の庭園だった。

人目が気になりそうなものだが、腰高の庭木が植えられた開けた場所なのでむしろ周囲に人気がないのが一目瞭然だ。襲われる可能性も少ない。

感心しながらも、てっきり詰め所の会議室を使うのかと思っていただけに少し拍子抜けした気分になる。

とはいえ目的はウルリッヒとの対話だ。場所は関係ないとアニエスは背筋を伸ばして彼を見つめた。

「隊長はこのままクリスティアネ様がシモン殿と婚約してもいいと思っているんですか」

「……」

前置きもなく単刀直入に口にした言葉に、ウルリッヒの表情があからさまに強張る。

何かをこらえるようにぎゅっと眉根を寄せて唇を引き結び視線をそらすその態度は、本当は納得していない何よりの証拠だ。

「王女殿下の結婚に関して、俺が口を挟むわけにはいかないだろう」

「それが本音ですか？」

「本音も何も事実を述べているだけだ。俺の務めは王族やこの国を守ることであって、それ以上を望んだことはない」

「嘘です」

「なっ!?」

即座に否定されるとは思わなかったのだろう。ウルリッヒが目を見開いてアニエスを見た。どんな強敵を前にしても揺らがない騎士としての表情とは違う、本音を隠しきれていないその態度にアニエスは苦笑いを浮かべる。

部下として長く共に過ごしていたからこそ、迷いが出ているのが嫌というほどわかった。

「本気でそう思っているなら、もっとはっきりとクリスティアネ様を説得できたはずでしょう。口を出せないだなんて回りくどい言い方、卑怯ですよ隊長」

「卑怯、だと？　俺が卑怯者だと言うのか？」

「そうです。本当にシモン殿が王配に相応しいと思うのなら、しっかりと推薦してください。直接伝えることが難しいと言うなら私が伝言を承ります」

「ぐ……！」

「ほら。推薦もできないのに、中途半端なことを言ってクリスティアネ様を困らせている。それでも近衛騎士ですか！」

止まらないアニエスの言葉にウルリッヒの表情がどんどん情けないものになっていく。それは騎士としてではなく、ただの男としての顔だとアニエスは感じていた。

「隊長、いったい何故です？　理由がわからなければ皆苦しいだけです。隊長はクリスティアネ様を何より大切に思っていたではないですか。たとえ理由があって求婚できないにしても、それを伝えないのは卑怯です」

お互いがお互いの気持ちに気がついていない二人だからこそすれ違っているだけなのか。それとも、他に理由があるのか。

アニエスはそれが知りたかった。

ウルリッヒは何かに迷っているように顔を伏せ、長く苦しそうな息を吐き出す。

「卑怯か……たしかにな」

自嘲めいた乾いた笑いを零し、ウルリッヒが乱暴に頭を掻いた。

「お前には説明しておくべきだろうな」

「隊長……？」

「先に言っておく。俺は何があってもクリスティアネ様に求婚することも、もし相手として求められても応えることもできない」

「っ!?　何故ですか！」

「話は最後まで聞け。クリスティアネ様を大切に思う気持ちに嘘偽りはない。あの方のためなら俺は死ねる。たとえ陛下を裏切ることになっても、あの人の笑顔を守れるなら本望だ。近衛騎士失格だと罵《ののし》りを受けたとしても構わないと思うほどにな」

迷いのないまっすぐな瞳に滲むのは、紛れもない愛情だろう。

「だからこそ、俺ではだめなんだ。お前は俺の兄が結婚し家督を継いだことは知っているな？」

「……シャーヴァン伯爵様ですよね。隊長が珍しく休暇を取っていたので覚えています。お兄様の結婚式に参列されるためだと」

「ああ。あの結婚がそもそもの始まりだ。最近わかったことだが、俺の義姉……兄の妻となった女性の立場が少々複雑なんだ」

「伯爵夫人が、ですか？」

アニエスは首をひねる。シャーヴァン伯爵家といえば家名・歴史共に何の汚点もない家系だ。

数年前にウルリッヒの兄が家督を継ぎ結婚してからも、悪い噂を聞いたことはない。

だが、たしかに本来ならば社交界に顔を出すべきその伯爵夫人についてアニエスは何も知らないことに気がつく。

クリスティアネが交流会を開く際にも招待状を出した記憶すらない。

身体が弱いため社交の類を一切断っているという話ではなかっただろうか。

「義姉は……カロット帝国貴族の血を引いている」

「なっ⁉」

想像もしていなかった告白にアニエスは目を丸くして固まった。

かつて罪なき人々を虐げていた帝国貴族は、内乱の際にそのほとんどが処刑された。血なまぐさい粛清《しゅくせい》は幼子にまで及んだという歴史を思い出し、アニエスは胃がせりあがってくるような不快感に襲われた。

中央に近かった国々にはいまだに帝国貴族への怨嗟《えんさ》が残っており、粛清を生き残った貴族やその末裔が奴隷同然の扱いを受けている地域も少なくないと聞く。

それほどまでに憎まれている帝国貴族の血を引く女性が国内に、しかも伯爵家に嫁いでいたなんて。

「そんな……まさか」

「義姉の祖母は帝国貴族の娘だ。それも政治の中央で実権を振るっていた一族の」

絞り出すようなウルリッヒの言葉には、隠しきれない苦々しさが混じっていた。

「幼かった義姉の祖母は、この地方の出身であった乳母の助けで粛清から逃れたそうだ」

アニエスは何と答えてよいかわからず視線を落とす。

帝国貴族というだけで赤子であっても命を奪われていく凄惨な場所から、幼子を連れ出したその乳母を誰が責められるだろうか。

「この国で育った彼女はある商人と家庭を築いた。子どもにも恵まれ、穏やかな生涯を過ごしたそうだ」

「では、すでにお亡くなりに？」

「ああ。自らの出自について家族にはしっかり説明していたらしい。決して貴族には関わってはならないと遺言まで残していたそうだ。だが、義姉は兄に出会ってしまった。義姉に一目ぼれした兄が、出会ったその日に求婚したんだ」

「それは……なんとまぁ」

その光景を思い浮かべ、アニエスは何とも言えない表情を浮かべる。

「身分の違いや出自を理由に求婚を断っていた義姉を兄は諦めなかったそうだ。結局、熱意に折れた義姉は親戚筋の養女となり我が家に嫁入りしてくれた」

「情熱的なお話ですね」

物語にしたなら一大ロマンスだろう。巻き込まれた家族にしてみれば笑い話にすらならないだろうが。

「隊長は、いつそのことを？」

恐らくだが、ウルリッヒの兄夫婦はこの事実を墓場まで持って行くつもりだったに違いない。もし帝国貴族の血を引く女性を妻にしたことが表沙汰になれば、批判や糾弾は免れないからだ。

「お前が去った後だ」

当時のことを思い出したのか、ウルリッヒの表情が曇る。

「公爵家の縁談を正式に断ってもらいたかったこともあり、俺は自分の気持ちを兄に正直に伝えた。いずれ、姫様が成人されたら玉砕覚悟で求婚したいとも」

だったら何故、と叫びかけたアニエスをウルリッヒの視線が制した。

「だからこそ、兄は俺に事実を伝えたんだ」

「あ……」

貴族の結婚は家と家の繋がり。たとえ直接の血縁関係はなくとも、ウルリッヒがクリスティアネと結ばれたのちに義姉の存在が明らかになれば、レストラダムが他国から糾弾されることになるのは火を見るよりも明らかだ。責任を追及されウルリッヒの生家も無事では済まないだろう。

「ご家族のために、諦めるのですか」

「いや、俺のためだ」

迷いのない、はっきりとした声にアニエスは息を呑む。

「兄は俺の気持ちを知って、泣いていた。義姉は離縁するとまで言い出したんだ。早くに両親を亡くした俺にとって二人は親同然。俺の身勝手な恋のために二人の幸せを壊したくなどない」

「でもっ……」

でも、なんだというのだろうか。

家族を大切にしたいと思うウルリッヒの気持ちは痛いほどわかる。そして弟の恋を叶えてやれぬ兄の気持ちも苦しいほどにわかって、アニエスは言葉を続けられなくなってしまった。

もし、自分がその立場だったとしたら。弟たちのために離縁を選べるだろうか。弟たちに恋を諦めろと言えただろうか。

いくら考えても答えは出ない。簡単に秤《はかり》にかけることなどできない。

「俺ではだめなんだ。わかるな、アニエス」

苦さの滲んだ言葉にアニエスは唇を噛んだ。

もしウルリッヒが求婚すれば、クリスティアネは一も二もなく受け入れただろう。

ただ、王配に相応しいかという貴族院の調査が入れば彼の家族が抱える秘密が表に出てしまう可能性は高い。

「どうして」

ただ好きな人と一緒になりたいだけの人たちがこんなに苦しまなければならないのだろう。

クリスティアネの一途な思いやウルリッヒの抱える苦悩。

無力な自分が歯がゆくて、アニエスは叫びたくなった。

「クリスティアネ様は隊長に嫌われたと思っています。困らせている自分が悪いんだと」

「そうか……」

「想いを伝えることはできなくても、もっと近くにいてさしあげることはできませんか？　シモン殿が危険なのは隊長だってわかっているはずでしょう？」

「顔を見ると……決意が揺らぎそうになると言ったら、お前は失望するか？」

「……っ」

「騎士として心身の鍛錬を欠かした日はない。だが、俺もただの男ということだ。本来ならば、近衛も辞するべきだった。だが……お守りしたいという願いはまだ捨てきれない。弱い男さ」

切なさの滲んだ顔と声が、ウルリッヒの苦悩を物語っていた。

クリスティアネへの想い、家族を大切に思う気持ち、国への忠誠心。

「シモン殿に関しては俺の方でも調査を進めている。まだ何も掴んでいないが、叩けば埃《ほこり》が出るのは間違いない。せめて、せめてあの方を本当に愛し守れる相手が見つかるまでは、俺はこの座にしがみついているつもりだ」

もうこれ以上話すことはないとばかりにウルリッヒは踵を返した。

ずっと信頼し追いかけてきた背中がやけに小さく見える。

かけるべき言葉を見つけられないまま、アニエスはその背中が見えなくなるまでその場に立ち尽くしていた。

＊＊＊

「随分顔色が悪いな。どうした」

打ちのめされた気持ちから立ち直れないまま夜を迎え、椅子に座ったままぼんやりとしているアニエスの顔をドミニクが覗き込む。

何と返してよいのかわからず、アニエスは潤んだ視線を傍に立っているドミニクへ向けた。

あとは寝るだけの状態になっているというのに、いつものような甘い雰囲気はない。

「……」

ウルリッヒの抱える事情を伝えるべきなのだろうが、宰相であるドミニクにこそ打ち明けていい話ではないことをアニエスは理解していた。

氷の宰相はいつだって国を守るために厳格な判断をしてきた人だ。なんらかの処罰を下す可能性がある。

（でも）

宰相と近衛という関係であった頃なら、きっと打ち明けられなかっただろう。

けれど今の二人は夫婦だ。雇われから始まった関係ではあったが、共に暮らし肌を重ねた今だからこそわかる。ドミニクは決して冷淡な人間ではない。優しく思いやりに溢れた素晴らしい人だ。

「今日、ウルリッヒ隊長と話したんです」

「ああ、そのようだな。君が近衛隊舎に押しかけたという報告が俺のところに来た」

「知っていたんですか？」

「君は自分が目立つということをもう少し自覚するべきだ」

「申し訳ありません……」

「別に怒っているわけではない。いったいどうした？　具合が悪いんじゃないのか」

ドミニクの手がアニエスの頬に触れた。

大きな手が労わるように顔を撫で、体温を確認するように額に押し当てられる。

覗き込んでくる瞳の色は気遣わしげで、心からアニエスを案じてくれているのが伝わってきて胸の奥が温かくなる。

(信じようこの人を)

素直にそう思えた。

ドミニクなら、きっとみんなを助けてくれる。

「ウルリッヒ隊長のご家族のことでお話があります」

アニエスは自分が知ったすべてをドミニクに打ち明けた。

「……なるほどな」

話を聞き終えたドミニクは、どこか納得した様子で頷いていた。

予想していたような怒りや動揺が見えないことにひとまず安心するが、むしろあまり驚いていない態度であることの方が怖かった。

「どうすればいいと思いますか？」

「どうするもこうするもない。ウルリッヒが殿下との関係を進展させる気がない以上、こちらが打てる手が限られる。それだけだ」

「なっ……！　それで本当にいいと思っているんですか!?　クリスティアネ様のお気持ちはどうなると……!?」

「以前にも言ったが、殿下は王女でありいずれは女王となる存在。感情だけで動くことは許されない生まれだ。シモン殿が相応しくないという意見には同意するし、ウルリッヒが調査をして何かを持ち込んでくればそれを材料に彼を遠ざける手伝いはしよう。だが、ウルリッヒの問題を俺が一方的に解決するのは筋違いだ」

冷たい言葉にアニエスは目を見開く。

てっきり、二人が結ばれるためにと手を尽くしてくれるとばかり思っていたのに。

期待していた気持ちを手酷く裏切られたような気がして、憤りがこみ上げる。

同時に、それはアニエスの身勝手な感情でしかなく、ドミニクの言葉が正しいことも理解していた。

彼はずっと一貫して、どちらかに肩入れをしていたわけではない。

クリスティアネや王家のために手を尽くしているだけだ。自分との結婚だって。

「それでも……悲しいじゃないですか、好きな人と結婚できないだなんて」

クリスティアネはずっとウルリッヒを想っていた。そのことにいつ気がついたのかアニエスは覚えていない。

幼いクリスティアネの視線はいつもウルリッヒに向いていた。最初はきっと憧れだったのだろう。それが恋心に変わるのに時間はかからなかったはずだ。

当時も、大切な姫君の初恋を叶えてあげたいと思っていた。

でも今のアニエスは切実にクリスティアネの恋が成就することを祈っている。

誰かを好きになるのは理屈じゃない。想ってしまったら堕ちるだけだと知ってしまったから。

政治に詳しくないアニエスだって、クリスティアネの気持ちだけで結婚ができるとは思っていない。だがウルリッヒ自身に問題があるわけではないのだ。本来ならば、二人が少しだけ勇気を持てば結ばれること自体は難しくなかったはずなのに。

「好きな人に好きになってもらって、幸せになりたいだけなのに、どうして」

「……本当に好きならば、手段を選ぶべきではないと俺は思う」

「……？」

いつの間にかドミニクの顔がアニエスの顔の前に来ていた。

息がかかるほどの距離で見つめられて、思わず身を引きかけるが腰を抱く手によって逆に引き寄せられてしまう。

ぴったりと身を寄せ合うように腕の中に抱きしめられる。

「殿下の心をないがしろにしたいわけではない。だが、ウルリッヒが動かないと決めた以上、俺たちが無理を通すわけにはいかないだろう。彼の抱える秘密は外野が多少騒いだくらいで解決できるものではない」

全身をドミニクの匂いと熱に包まれたアニエスは、心臓が煩いほどに高鳴っていくのを感じていた。

優しく髪や背中を撫でる手も、宥めるように耳に囁きこまれる声も、全部がアニエスの心をかき乱す。

好きな人に好きになってもらって幸せになりたいだけ。

それはアニエス自身の気持ちでもあった。

自分はそれを願うことはできない道を選んでしまった。

だからこそ、クリスティアネには幸せになってほしい。

「君が本気であの二人を幸せにしたいと願うなら、ウルリッヒを説得するしかない。そうすれば、まだ手の打ちようがある」

「……！」

「言っただろう、俺は妻の願いを叶えないほど狭量な夫になるつもりはない。君がそう願うなら手を尽くす。そのためにはウルリッヒがまず決断を下す必要がある。あいつが覚悟を決めるなら、俺は必ず君の夢を現実にしよう」

「ドミニク……!!　ありがとうございます!!」

やはりドミニクは優しくて素晴らしい人だった。それもアニエスが考えている以上に思慮深く、頼もしい。

嬉しくてたまらなくなり、ドミニクの背中に自分から手を伸ばして強く抱きしめた。

甘えるように胸板に頬を擦り寄せ、ぎゅうぎゅうと腕の力を強めて密着する。

「……!!」

頭上でドミニクがやけにあたふたしている気配が伝わってきたが、離れたくなかった。

恥ずかしくて普段は自分から触れることがなかなかできないが、この勢いなら素直に甘えても許されるような気がしてアニエスは必死にドミニクの身体にしがみつく。

「君は……本当に……」

はあ、と熱っぽい呼吸がアニエスのつむじをくすぐった。

ドミニクの鼻先が髪をかきわけながら頭に押し当てられる。

背中を抱いていた手が滑り降りて、寝衣の上からアニエスの尻を優しく撫でながら揉み始めた。骨ばった指先が柔らかな丘をまさぐり、割れ目をくすぐるのがわかる。

お互いの身体がじわじわと熱を孕み、お腹のあたりに密着していたドミニクの中心が、硬く育っていくのがわかった。

いつもならばこのままドミニクに身を任せるままだったが、アニエスは自分から彼に触れたいと思ってしまった。

背中に回していた手を動かして、服の上から主張し始めたドミニクの雄を優しく撫でる。

「お、おいっ」

狼狽えたドミニクの声が珍しくて面白くて、アニエスはどんどん大胆な手つきでそれを撫でたり掴んだりしごいたりしていると、薄い生地がじわっと色を変えて先端からドミニクの先走りが溢れているのがわかった。

喜んでくれている。その事実が嬉しくてたまらない。

「ドミニク……今日は私がしますから」

「何をっ、うわ」

油断しきっているドミニクの身体を軽く押してベッドに押し倒す。

普段とは真逆な体勢になったまま、アニエスはドミニクの身体をまたぐようにしてその体に覆いかぶさった。

たくましい身体に自分の身体を乗せると、いつもとは違った部分が触れ合ってくすぐったい。

恥ずかしくて顔が見られないアニエスは、ドミニクの胸板に額を押し付けるようにしたまま腰を浮かせ、手探りで彼のズボンを引き下ろした。

すでにすっかりと立ち上がったそれがぶるんと姿を現し、期待しているかのように脈打っていた。

「おい、アニエス……っ！」

アニエスは手を伸ばし、ドミニクの雄を優しく握る。

ドミニクが息を呑んだのが伝わってきて、自分が優位に立てたことが嬉しくなった。

薄い皮膚に包まれたそれは、信じられないほど硬くて熱を帯びている。

指でわっかを作るようにして全体を優しく撫でれば、まるで別の生き物のように先端がふるふると震えた。

鈴口に透明な蜜がぷっくりとした球を作っているのが見え、アニエスはごくりと喉を鳴らす。

「動いちゃ、だめですから、ね……んっ……」

下着を自分でずらし、アニエスはドミニクの雄に自分から腰を擦りつけた。

濡れきった蜜口にドミニクの先端がこすれ、くちゅくちゅといやらしい水音が響く。

昨晩も散々なぶられたおかげで、ろくに慣らしていないのに入口はすっかり濡れそぼってい
て、このまま難なくドミニクを迎え入れられそうだった。

「ちょっとまて、くっ……」

アニエスを止めようと腰を掴んでくるドミニクの手を無視して、アニエスはゆっくりと腰を
下ろした。

ず、ず、とアニエス自身の重みでゆっくりと繋がりが深くなっていく。

「あっんんんっ」

普段とは違う場所が擦れて、アニエスはつい力を込めてドミニクの雄を締め付けてしまう。

すっかり筋肉の衰えた足では役に立たず、アニエスは腰を少しだけ浮かせた不安定な体勢で
動きを止めて額に汗を滲ませた。

あと少しなのに、怖くて動けない。

ドミニクの腹についた手に力を込めて、爪を立てる。

もどかしいほどの熱が身体を支配していて、頭がぼぉっとしてきた。

自分からすると言った手前逃げたくないのに、ままならなくてアニエスは涙を滲ませる。

「うっんんっ……」

「まったく。無理をするんじゃない」

「え、きゃぅんっ！」

ドミニクが腰を浮かせ、下からずんと突き上げられる。

ばちんと小気味いい音が響いて、二人の身体がくっつく。

一気に根元まで飲み込んでしまった衝撃に、アニエスは背中をそらせて身体を痙攣させた。

「あ、っあああんっ……」

「くっ……すごい締め付けだな……ちぎれそうだ」

「うそ、やっ……なんで、おっき……」

「君はいつだって俺を翻弄してくれる。動くなだって？　こんなに煽って無茶を言う」

「や、まって……ああっ」

アニエスの制止を無視して、ドミニクはその細腰を掴むと下から突き上げるような抽挿を始めた。

ばちゅばちゅとお互いの身体がぶつかる音と、アニエスの短い悲鳴が響く。

まだ着たままの寝衣の中で胸が痛いほどに膨らみ、先端を硬くしていくのがわかった。

ドミニクの腰使いで上下するたびに、薄い生地にこすれてじれったい痺れが広がっていく。

「つんうぅ……あ、だめ、そこばっかぁ」

「ん？　ここがいいのだろう？　突くと俺を嬉しそうに包んでくれるじゃないか」

「ひっ、くうっ……ぅ、ちがぁ、むね、むねさわって……」

恥ずかしくてどうにかなってしまいそうだったが我慢できなかった。

繋がったまま自分から寝衣を脱ぎ捨て裸になると、腰を掴んでいたドミニクの手を掴んで胸へと引き寄せる。

「っ、アニエスっ！」

ドミニクは両手でアニエスの胸を包むように掴んで、その柔らかさを楽しむように揉みしだき始める。

長い指が食い込む感触や、汗ばんだ掌が胸の先端を押しつぶしてくれるだけで、さっきまでのじれったい痺れが明確な快感に変わる。

「きもち、い……あ、あっ……」

目もくらむような快楽に、アニエスは自分からドミニクの動きに合わせて腰を揺らした。

自分ばかりじゃなくて、この人にもちゃんと気持ちよくなってほしい。

求められているのならば、全力で与えたかった。

心が手に入らなくても、身体だけでも繋ぎ止めたくて。

「ドミニクっ……ドミニク……」

心が欲しいなんて言わないから、どうかこのまま繋がっていて。

そんな願いを込めながら、アニエスは必死にドミニクの身体に自分の熱を与え続けた。

＊＊＊

「話を聞いてください」

「アニエス……いい加減に諦めろ」

げんなりした顔のウルリッヒと対峙するアニエスは、ドレスではなく乗馬用の服を身に着けている。

すらりとした体躯《たいく》を包む青を基調とした乗馬服はドミニクが用意してくれた一級品で、貴婦人としての上品さを感じさせる仕立てだ。見た目だけではなく、機能性も追求されているためとても動きやすく、試着の際にアニエスは感嘆の息を漏らしたほどだ。

下手をすれば男勝りな印象になってしまいそうなものなのに、アニエスの持つ女性らしい美しさをとてもよく引き立てている。

今日は国王陛下が無事に視察から帰ったことを祝し、王家の管理する森での乗馬会が開かれていた。

国王とクリスティアネは警護されたテントで、貴族たちが連れてきた馬たちやその乗馬技術を観賞している。

無意味なように見えても、こうやって各々の自慢を披露する場を設けることは彼らの自尊心を満たして発散させる意味がある。

ドミニクは宰相として陛下たちの傍に控えているため参加できないので、ハンケルス家の代表としてアニエスが乗馬の技術を披露したのだった。

堂々と馬にまたがるアニエスの姿は会場の視線をさらい、国王やクリスティアネからも絶賛された。

おかげで他の貴族たちの対抗心にも火が付いたのか、会場は熱気に包まれている。

そんな騒ぎから一歩離れた場所で、アニエスと向き合っているのはいつもよりも簡素な騎士服を身にまとっているウルリッヒだ。

乗馬を披露するために持ち場を離れた彼を、アニエスが呼びとめていた。

日差しを避けるために建てられた各家のテントが所狭しと並んでいるおかげで、二人の姿は参加者たちからは見えない。

「二人で話す姿を見られたらどう言い訳するつもりだ？　お前は人妻なのだぞ」

「それ以前に元部下です。それに、あなたと話すことはドミニクにも許可を得ています」

「……宰相閣下に？」

ウルリッヒの片眉が跳ね上がる。

意外だと言わんばかりの表情にアニエスは引っかかりを覚えるが、とにかく話をするのが最優先だった。

「本当にクリスティアネ様のことを諦めるのですか」

「諦めるも何も、元より叶わぬ想いだ。何度も言わせないでくれ」

「本気で言っているんですね」

語気を強めた問いかけにウルリッヒが息を呑むのがわかった。

「わかりました。隊長がそこまで覚悟されているのであれば、これ以上何も言いません。私は夫の考えに従おうと思います」

「閣下の？」

「はい。ドミニクは姫様がシモン殿を拒まれるのであれば、同盟国の王族から婚約者を選ぶべきと考えています」

「……！」

ウルリッヒの顔色があからさまに変わる。

「候補者はどの方も条件としては申し分ありません。シモン殿を押しのけるなら話は早い方がよいでしょうから、私から姫様に進言するつもりです。隊長も同意していたとお伝えしてもよいですか」

「だめだ!!」

焦りを帯びた声で叫ぶウルリッヒにアニエスは冷たい目線を向けた。

「何故です？　先ほど、もう姫様のことは諦めたとおっしゃっていたではないですか」

「そ、れは……」

動揺を隠しきれずに視線を彷徨わせるウルリッヒは、ただの恋する男にしか見えない。

不器用なその姿に自分を重ね、アニエスは強く拳を握った。

「これが最後です。隊長、クリスティアネ様を本当に諦められますか」

「……諦めきれるならこんなに苦しんでなどいない」

絞り出すような弱々しい声にウルリッヒがどれほど苦しんでいるかを感じ、アニエスは泣きたくなった。

「俺にとってあの方は何よりも大切な存在だ。俺だけのものにしてはならないとわかっていても、想いを振り切ることができなかった。許されるなら、連れて逃げてしまいたいほどに……俺は……」

「だったら男らしく覚悟を決めてください！」

アニエスの勇ましい声にウルリッヒは弾かれたように顔を上げ、目を丸くする。

「隊長は真面目すぎるし不器用です。見守っているこっちの身にもなってください。クリスティアネ様はずっと待っているんですよ。あの方の心はずっとあなたのものなのに」

「……なっ！」

告げられた言葉の意味を理解したのか、ウルリッヒの頬がうっすらと赤く染まっていく。

どうやら本当に、彼は小さな姫君が長年抱えていた想いに気がついていなかったらしい。

「本当に気がついてなかったんですか？　鈍感にもほどがありますよ隊長」

なんて不器用なのだろうという呆れと愛しさにアニエスは瞳を潤ませたまま苦笑いを浮かべる。

「お二人が幸せになる方法は必ずあります。私もドミニクも協力します。だからどうか諦めないでください」

「アニエス、お前」

「まだ間に合います……クリスティアネ様の恋を叶えてください。好きな人に想われる幸せを、姫様には逃してほしくないのです」

自分はもう諦めた。どんな形であってもドミニクとは永遠に共にいられるだけで十分幸せだと、自分の気持ちに蓋をする覚悟をした。

だからこそ、アニエスはウルリッヒとクリスティアネの恋だけは成就させてあげたいと願ってやまないのだ。

「しかし、先ほど縁談を考えていると」

「あれは嘘です」

「なっ!?」

「ドミニクが一計を案じてくれました」

昨晩、楽しそうに計画を語ってくれたドミニクの姿を思い出しアニエスは頬を緩ませる。

賢く頼もしく優しい自慢の夫。彼が傍にいれば無敵になれるような気がしてくる。

「……まったく……敵わんな……」

くしゃりと顔を歪めたウルリッヒの顔は、騎士の顔ではなかった。

たったひとりの女性を想う男の顔になっている。

「伝えるだけだ。それ以上のことはできない。俺はあの方の汚点にはなりたくないのだ」

「それで満足できるというならご勝手に。クリスティアネ様がそれで納得するとも思いませんがね」

「お前……だんだんと閣下に似てきたな」

「それは光栄です」

アニエスはおどけるように肩をすくめる。

「良い知らせを待っています」

「……ああ」

覚悟を決めたらしいウルリッヒの表情はどこか晴れ晴れとしていた。

きっとうまくいく。確信めいた想いがアニエスの胸を満たす。

「しかし、閣下とお前の結婚がこうも順調だとは思わなかった。再会したお前があまりに様変わりしていたから、驚いたぞ」

肩の力が抜けたのか明るい表情になったウルリッヒの言葉にアニエスはぎくりとする。

その言い方は、まるで自分たちの結婚が愛し合ってしたものではないと知っているように聞こえるではないか。

そういえば、ウルリッヒはドミニクとアニエスがかつてどんな関係だったかを一番間近で見ていた人だ。

いくら熱烈な恋物語を捏造《ねつぞう》しても、彼の目は誤魔化せないような気がする。

「……もしかして隊長は気がついていたんですか？」

「何をだ？」

「私と閣下が結婚したいきさつというか……」

「ん……？　ああ、そのことか。むしろ行動に起こすのが遅かったと思ったくらいだがな」

「そうなんですか？」

「聞いていないのか？　お前があの事件で責任を取り、城を去ったのと入れ違いで帰ってきた閣下が、お前の退職を知ってどんな顔をしていたか見せてやりたかったよ。てっきりすぐに迎えに行くと思っていたのに、えらく手間と時間をかけたものだ」

「はぁ……？」

つまりドミニクは、事件の後すぐにこの計画を思いついたということなのだろうか。

その相手に選んでもらったことが嬉しいと思いつつも、それだけ労力をつぎ込んだ計画だからこそ失敗しないように手を尽くしてくれているのだという寂しさを感じ、アニエスは小さく拳を握った。

失敗できない。一時の感情に流されて、台無しにしてはいけない。

「お前の言葉で少し目が覚めたよ。励ましを無駄にせぬよう、努力してみせるさ」

「心から、応援しております」

どうか、あなたたちだけでも幸せな夫婦になってほしい。

そんな思いを込めながらアニエスはウルリッヒに手を差し出した。

ウルリッヒはアニエスの手を見つめ破顔した後、その手をしっかりと握り返す。

お互いの健闘を称えるような固い握手。

「では先に戻るぞ。お前と二人でいるところを見られて、妙な勘ぐりをされるのはごめんだ」

「そんな奇特な人間はいませんよ」

「馬鹿を言え。それに今のお前は以前とは比べ物にならないほど周囲の注目を集めている。油断するなよ」

「はいはい。早く戻ってください。私もすぐに行きますから」

心配性な父親のような言葉を残して去っていくウルリッヒの背中を見送りながら、アニエスは苦笑いを浮かべた。

ドミニクの妻である以上、注目されるのは覚悟していたことだ。自分にできることは、ドミニクや自分を相談役に選んでくれたクリスティアネの顔に泥を塗らないこと。

そうすれば、ずっとこの関係を維持できる。

（本当に情けないほど、女々しいわね）

少しだけ泣きたい気分になったのを振り切るようにアニエスは首を振り、皆の元に戻ろうとした。

だが、背後で何かが動いた気配を感じ、足を止めた。

「やあ、アニエスじゃないか。こんなところでどうしたんだい」

「……シモン様」

ゆっくりと視線を向けた先にいたのはシモンだった。テントとテントの間をゆっくりと歩いてくる。

彼もまた今回の乗馬会に参加して素晴らしい馬を連れて歩いていたのを思い出す。

身に着けている乗馬服も、アニエスが着ているもの以上に上等なのがよくわかる。

機能性よりも見た目を追求しているのか、馬が嫌がりそうな装飾品も多く、いったい何をしに来たのかと聞きたくなるほどだった。

「どうしました？　公爵家のテントは向こうのはずですが」

「人ごみに疲れて散策していたら、道に迷ってね。まさかこんなところで君に会えるとは思わなかったよアニエス」

「……」

もしかして話を聞かれていたのだろうかとアニエスは警戒しながら、軽く身構えた。

ウルリッヒと話し始める時は周囲を確認したが、途中からは集中するあまり警戒を怠っていた気がする。

聞かれていれば面倒なことになると考えながらシモンの表情をうかがうが、何を考えているのかはわからなかった。

「今日の衣装もとてもよく似合っている。君の美しさが引き立てられている」

「……ありがとうございます。夫がこの日のために仕立ててくれました」

「なるほど。ドミニクは本当に君を大切に想っているようだ」

言葉や浮かべている表情は穏やかだが、シモンの瞳はやはり冷えきっている。

こんなところに伴の一人も連れずに歩いているだけで不自然なのに、どうしてわざわざ自分に話しかけてくるのか。

距離を取るためにアニエスが後ろに下がれば、シモンは同じだけ距離を詰めてくる。

今すぐこの場から走って逃げたい気分になるが、相手は公爵家の嫡男。放り出すには相手が悪すぎる。

「今から会場に戻るのですが、よろしければテントまでご案内しましょうか」

「それは助かる。よろしく頼むよ」

そう言われるのを待っていたかのようにシモンがアニエスに近寄ってくる。

かつて警護を担当していた時のことを思い出しながら、アニエスは深呼吸をして気持ちを落ちつけた。

「では、ご案内しますね」

くるりとシモンに背中を向けてアニエスは歩き出した。

公爵家のテントは大きいため、少し離れた場所に建てられたのを確認してある。歩いてほんの数分の距離だ。

(大丈夫……テントまで案内するだけ)

なんてことはない。以前と同じように振る舞えばいい。クリスティアネについて、尋ねられても適当にはぐらかせばいいだけだ。

シモンの足音が後ろに続いてくるのを感じながら、アニエスは先ほどの話をどこまで聞かれたのか確かめるべきだろうかと考えを巡らせる。

とはいえ、余計なことを口にして藪蛇《やぶへび》になるのは避けたい。

じりじりとまとまらない思考のままに歩いていると、ふふ、と想像していたよりも近くでシモンの声がした。

「なっ！」

弾かれたように振り返れば、本当にすぐ後ろにシモンが立っていた。

振り返り方が悪かったらぶつかっていただろう。

「シモン様……!?」

「ふふ……以前に比べると随分気が緩んでいるんじゃないかな？　騎士時代の君なら、僕の気配に気がつきそうなものだけど」

息がかかるほどに近くにあるシモンの顔は、瞳だけが笑っていない歪《いびつ》な笑みを浮かべていた。

伸ばされた指が、後ろでひとつにくくっているアニエスの髪に触れる。

するすると感触を確かめるように動く指先から逃げなければと思うのに咄嗟に振り払うことができず、アニエスはただじっとシモンを見ていた。

「本当にきれいになったねアニエス。君を女にしたのがドミニクだという事実に頭がおかしくなりそうだ」

「な、にを……」

「君のようなじゃじゃ馬を飼い馴らすのが僕の密かな夢だったのに……本当に邪魔だな、あの男」

「っ!!」

バシンと小気味いい音が響く。

髪を弄ぶシモンの手をアニエスが振り払ったのだ。

シモンは痛がるでも怒るでもなく、貼り付けたような微笑のままにアニエスを見つめていた。

「……お戯れが過ぎます」

シモンから距離を取りながら睨みつけてみるものの引く気配はない。

むしろ構われたことが嬉しくてたまらないとでも言いたげな顔に見えて、アニエスはますます警戒心を強める。

「ふふ。ごめんね、君があんまり可愛いから構いたくなってしまった。クリスティアネ様には秘密にしておいてくれよ、嫌われたくないんだ」

「本気ですか？」

怒気を隠さず睨みつけてもシモンの表情は変わらない。

「たとえ冗談だとしても、夫のいる女性の髪に触れるなど正気を疑われてもおかしくない状況ですよ」

「はは。相変わらず手厳しいね。だからこそ、本当に惜しい」

「何を……！」

腹が立ちすぎると言葉がうまく出てこないのだとアニエスは初めて知った。

これまでは気味の悪い男だとしか思わなかったが、ここまでくると今すぐ切り捨てた方が良いのではないかと思えてくる。

この男は危険だと強く確信した。決してクリスティアネに近づけてはならない。

「お兄様、どこにいらっしゃるの〜！」

睨みあう二人の緊張を壊すような甲高い声が遠くから聞こえた。リネットの声だ。

シモンはおや、と顔を上げ残念そうに肩をすくめる。

「あとは自分で戻れそうだ。助かったよアニエス、またね」

ひらひらと手を振り去っていくシモンの足取りは軽い。

去っていくその姿を目で追いながら感じるのは、言い知れない不気味さだ。

アニエスはその足でドミニクのいる王家の観覧席へと急いだ。

一刻も早くあの場から逃げたかったし、ドミニクの顔が見たかった。

(やっぱりあの男、おかしいわ)

先ほど髪を掴まれた感触がまだ残っていて、今さらながらに鳥肌が立ってきた。

クリスティアネとの婚約を望みながら、アニエスにも関わろうとする真意が掴めず混乱する。

ようやく元いた場所の近くまで来ればちょうど次の演技が始まったのか、会場から歓声が響いていた。明るい観衆のざわめきが、現実に戻ったような気持ちにさせてくれる。

「アニエス」

今一番聞きたい声が聞こえて、強張っていた身体から力が抜けそうになった。

動揺していたのを悟られないように深呼吸をひとつしてから、ゆっくりと振り返れば、どこか表情の硬いドミニクが立っていた。

早く傍に行きたくて駆け寄る。できればすがりつきたい気持ちだったが、アニエスはそれをなんとかこらえて笑顔を作って顔を上げた。

「どこに行っていた？　ウルリッヒと話をすると聞いていたが、あいつはすでに会場にいるのに戻ってこないから心配したぞ」

「実は……」

ウルリッヒと話をして説得した後、何故かシモンが現れたという話をするとドミニクの顔があからさまに曇った。

「何もされなかったか」

「大丈夫です。髪を触られたくらいですから。ドミニク、あいつはやっぱりいけません」

何があってもクリスティアネの婚約者にはしてはならないと確信できた。

後ろ暗い過去や怪しい動向があったとしても、一途にクリスティアネを大切にできる人間ならばと考えたこともあった。

だが、シモンはクリスティアネの相談役であり宰相の妻にあんなに気軽に触れることができる。貴族としても紳士としても信用できない。

「………髪を……？」

「……ドミニク？」

心の中で決意を固めていると、何故かドミニクが何かを呟きながら口元を掌で覆って俯いてしまっていた。

「どうしまし……きゃっ！」

心配になって近づいたアニエスを、ドミニクが両腕で抱きしめた。

背中に回された手が身体を確かめるようにして撫でてくる。

「あの、えっ……」

「髪の他には？　どこも触られていないか」

「え、ええ」

「クソッ……」

らしくない言葉使いにアニエスは目を白黒させる。

背中を撫でていた手が這い上がり、首筋を辿って後頭部を包んだ。ひとつにくっただけの髪をドミニクの手が労わるように撫でて指で梳いていくのがわかる。

シモンに触れられた時は嫌悪感しかなかったのに、ドミニクに触れられるのは何故こんなに心地いいのだろうか。

肩口に埋められたドミニクの吐息が首筋をくすぐる感触に、身体が勝手に跳ねてしまう。

「アニエス……二度とシモンと二人きりになってはいけない。ウルリッヒともだ」

「シモン殿はわかりますが……隊長は別に」

「……何を理由に責められるかなんてわからないのが貴族社会だ。君は俺の妻としてここにいる。頼むから、言うことを聞いてくれ」

抱きしめる腕の力が強まって身体が密着する。

今日はドレスではないため、いつも以上にドミニクの身体が近い気がしてアニエスは急に恥ずかしくなった。

髪をまさぐっていない方の腕が背中から下へと降りて、ぴったりとしたズボンの上からお尻のあたりを丸く撫でたのが伝わってくる。

大きな手が太腿や腰回りを優しく撫でる動きは、まるで閨ごとの時のような甘い熱がこもっている気がした。

「アッ、ちょ……ここ、外ですよ……‼」

慌てたアニエスが腕の中で暴れるがドミニクの拘束は緩まない。

それどころか、後頭部に添えられた手が動いてアニエスの顔を上げさせる。息がかかるほどの距離にあるドミニクの顔は、いつもの冷静なものとは違って泣きそうに見えた。

「無事でよかった……」

「大げさですよ」

いくらシモンが危険だとしても、こんなたくさんの人間がいる屋外で危害を加えたりしてこないだろう。

せいぜい髪を触られて妙な言葉を投げかけられたくらいだ。

「あいつの口調から考えて、ドミニクのことを邪魔に思っているのかもしれません。あなたはとても有能だから……」

言いながら、アニエスはシモンが自分に関わろうとする理由を必死に考えていた。

公爵家にとってドミニクは目の上のたんこぶなのだろう。政治的な面でも宰相の決定に不満があるのを隠していないと聞く。クリスティアネの婚約について彼は中立だが、いざとなれば王女の気持ちを優先させるのは明らかだ。

(だからシモンは私を狙って?)

二人は運命的な恋を経て結婚したことになっている。

それを信じさせるためにドミニクが周囲に見せる態度は、アニエスをとても大切に思っていると信じるに足るだけのものがあった。

ドミニクを脅すために自分を利用しようとしているのかもしれない。

それに気がついたからこそ、ドミニクはシモンを警戒しているのだろう。

下手に近づき、妙な噂を立てられるような真似をされれば、これまで築き上げてきたドミニクの経歴に傷がついてしまう。それだけは絶対に避けたかった。

「頼むから自分のことも少しは大事にしてくれ」

「ごめんなさい……私の考えが至りませんでした。シモンのことは、これからはもっと警戒します」

「わかってくれればいいんだ」

ほっとしたような息を吐いてドミニクはようやくアニエスを腕の中から解放した。

それでもまだ彼の腕はアニエスの細い手首をしっかりと握ったままだ。

長い指が袖から覗く素肌を愛おしむように撫でていく。少しざらついた指先の感触に、アニエスはぴくりと指を震わせた。

「君に何かあったら俺は死ぬほど困る。間違えてこの国を滅ぼしてしまうかもしれない」

「そんな物騒なこと言わないでください。大丈夫、ちゃんと務めは果たしますよ」

クリスティアネの支え、ドミニクの妻としてこの国を守りたい。

ドミニクの足かせにならぬように立派に振る舞い、弱みなんて絶対見せるものか。

「なら、妻として俺にキスをしてくれ」

「なっ……！」

「陛下の我儘で今から俺も馬に乗らなければならなくなった。無様な姿を見せないように、女神からキスをもらいたい」

「女神だなんて……」

なんて恥ずかしいことを言うのだろうか。

周りを見回して見れば、少し離れた場所に何人か人もいるし護衛の騎士だってうろうろしている。

今の今まで抱き合っておいて今さらかもしれないが、キスをする場面を見られるのはやはり恥ずかしい。

だが、アニエスを見つめるドミニクの表情は期待に満ちていて断れるはずなんてない。

「……怪我、しないでくださいね」

ドミニクの両頬を掌で包むようにして引き寄せ、唇に触れるだけのキスを落とす。

少し乾いた唇は肉付きが薄いのに柔らかくて、もっと重ねていたいとアニエスは思った。

でもここは屋外だ。これ以上は見られでもしたら、逆の意味でドミニクの威光に傷がついてしまうだろう。

ゆっくりと離れながら見つめあえば、ドミニクはいつもの澄ました表情に戻っていた。

「なんだ、随分とあっさりしたキスだな」

「人前ですよ」

「なるほど。残念だ」

冗談もほどほどにしてください、と伝えようとしたアニエスの唇は、今度はドミニクによって塞がれる。

アニエスがドミニクに落とした触れるだけのキスより、少しだけ濃厚なキス。

わざとらしく音を立てながら終わったキスにアニエスが顔を真っ赤にしていれば、ドミニクがふわりと微笑む。

「これならば恥をかかずに済みそうだ。ちゃんと見守っていてくれよ」

呆然と立ち尽くすアニエスを残し、ドミニクは颯爽《さっそう》と歩き出して行ってしまう。

その背中を見送りながら、叫び出すことも座り込むこともしなかった自分をアニエスは褒め称えたいとさえ思った。

ほうほうの体で王家の観覧席に戻れば、アニエスに気がついたクリスティアネが表情を明るくする。

「アニエス、どこに行っていたの？　今からウルリッヒが演技をするのよ」

「え、ああ。ちょっと所用が」

まさかそのウルリッヒにあなたを口説けと説得しに行っていたとは言えず、アニエスはひきつった笑みを浮かべて誤魔化した。

クリスティアネはウルリッヒの登場を待ちわびているらしく、そのことには気がついていない様子だ。

隣に座っている国王もまた、珍しくはしゃいだ様子のクリスティアネを優しい笑顔で見つめていた。

（あ……）

その表情でアニエスはわかってしまった。国王もまた、娘の気持ちに気がついているのだろうと。

「クリスティアネ様……」

声をかけようとしたアニエスの声が盛大な歓声によってかき消される。

入場してきたのは白馬にまたがったウルリッヒだ。騎士のお手本とも言える堂々とした馬上の姿に、会場中の女性たちが感嘆の息を零す。

当然のようにクリスティアネもうっとりとした瞳でそれを見つめていた。隠しきれない恋情を滲ませる横顔は本当に可憐で美しい。守ってあげたいという庇護《ひご》欲が湧き上がり、アニエスは小さく拳を握りしめる。

(絶対にシモンと婚約させたりなんかしない)

クリスティアネは誰よりも幸せになるべき存在だし、この国にとって何よりも大切な存在だ。

ドミニクには自分の身を守れと言われたが、有事の際はクリスティアネを優先させてしまうだろう。きっと宰相としての彼も本心ではそれを望んでいるはずだと、アニエスは決意を新たにした。

ウルリッヒの演技は、それはそれは素晴らしいもので、観衆からは惜しみない拍手が向けられた。

クリスティアネも掌が痛くならないか心配になるほどにずっと拍手をしていた。

感動がおさまる気配のない会場に、次の演技者が入ってくる。

ざわめいていたその場が一気に静まり返った。

畏怖さえ感じさせるような黒馬にまたがり入場してきたのは、ドミニクだった。

ウルリッヒの時とは違う緊張感が会場に満ちている。

「まあ」

感嘆とも驚愕ともつかない声を上げたのはクリスティアネだった。

「シュバルツを貸しましたの、お父様？」

「ああ。ドミニクならば難なく乗りこなすさ。たまにはあれも見せ場が欲しいのだろう」

どこか誇らしげに胸をそらせる国王に、クリスティアネが苦笑いを浮かべる。

「自分が乗りこなせないからってドミニクに任せたのではないですの？」

「さて、なんのことかな」

微笑ましい父娘の会話を聞きながら、アニエスはドミニクから目を離せないでいた。

氷の宰相と呼ばれる彼が王が秘蔵する黒馬シュバルツに乗っている光景は、まるで何かの開戦を告げようとするような荘厳ささえあった。

普段の宰相としての凛々しくも静かな雰囲気とは違う、どこか雄々《おお》しいドミニクをアニエスはぼぉっと見つめる。

美しさに胸が強く高鳴っていく。あの人は自分の夫なのだと誰彼構わず叫びたくなった。会場を見回せば、さっきまでウルリッヒに熱っぽい視線を向けていた淑女たちが、それ以上の想いをこめてドミニクを見ているように見えて気が気ではない。

「っ……！」

アニエスの視線に気がついたのか、ドミニクが一瞬だけ視線を寄こし、ふわりと微笑む。

笑わない宰相の笑みに会場にどよめきと黄色い声が響いた。

「まあ、アニエス。貴女を見て笑っているわよ」

「ち、違いますよ……」

「違わないわ。ドミニクがあんな顔をするのは、ずっと前から貴女にだけよ」

「え……？」

クリスティアネの言葉をアニエスが測りかねている間にドミニクの演技が始まる。

宰相が馬に乗れるのかと誰かが憎々しげに呟いたのもつかの間、ドミニクはウルリッヒに負けず劣らず華麗な乗馬技術を披露した。

気難しいと言われているシュバルツもまた、まるで彼の一部のように美しく走っている。

夢でも見ているかのようなその光景をアニエスは最後まで一言も発することなく見つめていた。

最初の静けさが嘘のように、ドミニクの演技は大歓声に包まれ終わった。

ウルリッヒとドミニクという国を支える二人の男性の素晴らしい乗馬に貴族たちは感嘆し、彼らを従える国王への尊敬を高めたのだった。

その中で公爵家の面々だけは憎々しげな視線を隠さず、国王からの祝言《しゅうげん》を受け取るドミニクとウルリッヒを睨みつけていた。

その夜、寝室のソファでくつろいでいるドミニクにワインの入ったグラスを差し出しながら、アニエスは頬を膨らませている。

「馬に乗れただなんて初耳です」

「貴族のたしなみだろう。そんなに驚くことか」

「たしなみの域を超えています。ついでに、いつ鍛えているのかも教えてください。あなたは文官にしておくにはあまりに惜しい才能だわ」

「君にそこまで言ってもらえるとは光栄だ」

以前からずっと気になっていたがドミニクは宰相とは思えないほどに体を鍛えているし、馬を乗りこなす技術は一朝一夕で身につくものではない。

何から何まで完璧であることは妻として誇らしかったが、こうも隙がないと少しだけ憎らしくなってしまう。

特にとりえのない自分が情けなく思えるということは打ち明ける気にはなれなかったが、秘訣くらいは知りたかった。

「大したことはしていない。昔、とある人に言われたんだ。大切なものを守りたいなら、努力を怠ってはいけないと」

「目が覚める思いがしたよ。今でもその言葉は俺を支えている」

どこの誰だかは知らないが、その意見には深く納得するとアニエスは頷いた。

アニエスもまた、そう思って必死に騎士の道を目指したのだから。

家族を守るため、クリスティアネを守るため、そしてドミニクを守るためにアニエスはこれからも努力を怠るつもりはない。

「ドミニクにとって大切な人なんですね」

「……ああ、恩人だ」

ワインを飲みグラスを置いたドミニクがアニエスに手を伸ばし、その体を膝に抱き抱える。

薄い寝衣越しに密着した身体が熱っぽくて落ちつかない。ゆるゆると動き始めたドミニクの手が、アニエスの体のラインを確かめるように撫でていく。

何度肌を重ねても、甘い空気に変わる前は逃げ出したい気分になった。

「今日はすごかったです。とても、かっこよかった」

「……そうか」

「へぇ……」

「んっ」

ドミニクの唇がアニエスのこめかみや頬に押し当てられる。

労わるようなキスの雨。

「君もとても素晴らしかった。服を仕立てたのは俺だが、もっと地味なものにすればよかったと思うほどに輝いていたぞ」

「そういうことを軽々しく言わないでください」

「事実だ。君の夫は俺だと触れ回りたい気分だった」

それは自分も同じだと言いかけて急いで口をつぐむ。

ドミニクの演技につられて本音を零し、彼に引かれてしまうのが今のアニエスは一番怖い。

「もうっ……あっ」

「君が誰の妻か、この身体にしっかりと刻ませてくれ」

「んんっ」

寝衣の合わせ目から滑り込んできた大きな手が、アニエスの素肌を愛でる。

ふっくらとした胸を揉み、硬くなったその先端をいたぶり、腕の中で震える身体を掌で味わうように撫でまわされれば、覚え込まされた甘い痺れが身体中に広がっていく。

くったりと体の力を抜いたアニエスを抱き抱え、ドミニクは寝台へと向かう。

アニエスもまたドミニクの首に腕を回し、彼の誘いに応えるように胸板に頬を押し付けたのだった。

四章　陰謀と真実

今日もアニエスは足取りも軽くクリスティアネの元に向かっていた。

ドミニクと過ごす日々があまりに穏やかで、胸が温かな何かで満たされていることもあり、上機嫌だった。我ながら単純だと笑い出したくなったが、元々は形だけの夫婦を演じるはずだったのに、とても大切にされていることが嬉しくてたまらない。

この幸せな日々の記憶があれば、いずれ仮面夫婦になったとしても乗り越えられると思うほどに、気力が満ちている。

「クリスティアネ様、アニエスが参りました」

「どうぞ」

返事を待って入室すれば、いつものように明るい笑顔を浮かべたクリスティアネが迎えてくれる。

昨日、ウルリッヒの雄姿を見られたことで機嫌が良いのだとアニエスはすぐに理解する。大切な人の活躍は、どんな些細なことでも嬉しいものだ。

「顔色が随分よろしいですね」

「とてもよく眠れたの……ねえ、アニエス聞いて。昨日ね、ウルリッヒが私に花をくれたの」

「……！」

クリスティアネの視線の先には花瓶があり、そこには上品な真っ白な薔薇が飾られていた。

それはきっとウルリッヒの気持ちなのだろう。

「私、花祭りでは白薔薇になるつもり……それが、今の私にできる精いっぱいだわ」

「クリスティアネ様……」

「彼が私に花をくれたのは、これで二度目なの。一度目は、お母様が死んで泣いている時よ。まだ騎士になったばかりだった彼がもう泣かないでと言って花をくれたの。その時から、私の心はウルリッヒだけのものだった」

握りしめている小さな掌が小さく震えていた。

アニエスはその手にそっと自分の手を重ねる。

「花祭りの日、ウルリッヒが私に何も言ってくれなかったら諦めるわ」

「姫様!?」

「だってそうでしょう？　あの花がどんな意味なのか私にはわからないの……シモンと婚約するのだけは絶対に嫌だけれど、彼が私に女王たれと望むのならば、立派にその務めを果たしていこうと思うわ。ウルリッヒもきっとそれを願っている」

決意の滲んだ横顔は、少女から大人の女性に変わろうとしているように見えた。

自分の知らないところで、きっとクリスティアネとウルリッヒにも何らかの変化があったのだろう。

「姫様……」

ウルリッヒはアニエスに約束してくれた。

必ずクリスティアネに想いを伝えると。

「大丈夫です。きっと、幸せになれます」

「応援していてね、アニエス」

「もちろんです」

何よりも尽くしたい主の手をしっかりと握りながらアニエスは力強く頷く。

必ずうまくいく。そう信じながら。

それからの日々は慌ただしくも充実していた。

公爵家からの執拗な求婚は頻度が減り、クリスティアネの負担も減った。

度を越した贈り物は他の貴族にも悪影響だからやめるようにとの指導が貴族院から入ったらしい。

加えて、公爵家が行っていたとある事業に明らかな不正が見つかり調査が入ったのだ。公爵家はその後始末に追われ、登城する機会も減った。

おかげでシモンやリネットに遭遇することもなく、クリスティアネの心身は目に見えて安定していた。

ウルリッヒとの距離感は相変わらずではあったが、再会した時のように悲観した表情を浮かべることはなくなり、痩せすぎだった身体が女性らしくなってきたことにアニエスは胸をなでおろしていたのだった。

ドミニクに二人きりで会ってはいけないと言われていたが、アニエスはあれ以来も時折ウルリッヒと密かに顔を合わせていた。

主にアニエスが勝手にクリスティアネの近況を報告し、必ず想いを伝えるようにとくぎを刺すばかり。

クリスティアネが白薔薇を模したドレスで花祭りを迎えようとしていることを知った時、ウルリッヒが柄にもなく頬を染めていたのをアニエスは見逃さなかった。

きっとうまくいく。そんな思いを抱えながらアニエスは日々を過ごしていた。

そして花祭りを数日後に控えたある日の午後。

アニエスはクリスティアネの望みを叶えるために廊下を歩いていた。

花祭りの会場に飾る花は庭園から持ち込む予定だったが、もし不足があるならば城下の花屋からも買い上げてはどうかとクリスティアネが提案してきたのだ。

最近は農作物の不作が続き、小作人たちが苦労しているという話を耳にしたのだろう。

少しでも国民の利益になる方法を考えるクリスティアネは本当に良い女王になるだろうと浮

かれていたアニエスの足取りは軽い。

庭園は庭師の手が行き届いており、花祭りの頃には十分な花が咲きそうではあった。

「たしかに色味が足りないかもしれないわね……」

花祭りに飾る花は色とりどりであればあるほどよい。

ここでは咲かないような花、たとえば野山に咲くような可憐な花を買い上げてはどうだろうかとアニエスは思いつく。

見慣れぬ花は話題にもなるし、会場もきっと華やぐ。

相談するために庭師を探しながら歩いていると、庭園の陰に人影を見つけた。

庭師かと思いアニエスがそっと近づいていけば、それが全く違う誰かであることに気がついた。木の陰にいるため顔は見えないが、壮齢の男が二人。身なりは上品な服装で、高位の貴族に見えた。

「……では、当日にこの薬を食事に混ぜればいいですね」

「ああ。頃合いを見てこちらが動くから、毒見の後にこっそりとすり替えるんだ」

聞こえてきた言葉は物騒を通り越して明らかな陰謀だった。

咄嗟に気配を消し座り込んだアニエスは、身をかがめながら彼らに近寄る。

きちんと手入れされた腰高の植栽のおかげで、かさばるドレス姿であっても見つかりそうにもなかった。

「しかし、公爵様も随分と過激な手を使われる。焦らずとも、シモン様の他に王配に相応しい方などいないのに」

「あの宰相が難色を示しているのが問題だ。例の不正問題だって、奴が主導した調査が発覚の原因だと聞いている」

「なるほど。だからこの薬を使ってカタを付けるつもりなんですね」

男たちはアニエスが聞いているとも知らず、ぺらぺらと喋り続けている。

どうやら彼らは公爵家の手の者で、シモンを王配に据えるために何かしらの薬を誰かに盛ろうとしているようだった。

しかもそれはドミニクにも害が及ぶ内容。アニエスはギリリと奥歯を噛み締めた。

（卑怯者め……！）

何か決定的な証拠になる発言をしないかと耳を澄ませるが、男たちは顔を寄せ合い小声で話し合いを始めたため何を喋っているのかはっきりとは聞き取れなくなってしまう。

せめてどんな薬なのか、いつどこで使おうとしているのかはっきりわかれば対策が取れる。

うまくすればシモンを婚約者候補から引きずりおろすことだってできるかもしれない。

（よく聞こえない……もう少し近くに……）

アニエスがそっと体を動かすと、ドレスの裾が植栽の枝にひっかかり大きく枝を揺らしてしまう。

その不自然な動きと物音に男たちが慌てた様子で木陰から出てきた。

「誰だっ!!」

「どこにいる……!」

しまった、とアニエスは顔をしかめるがもう誤魔化しようはないだろう。

ドレスの裾を払いながらアニエスはゆっくりと立ち上がって男たちの方を向いた。

「あら、うっかり転んでしまったのだけれど、どうかしました？」

なるべく優雅に貴婦人らしく微笑んでやれば、男たちは一瞬たじろぐ。アニエスがいったい何者なのかを考えあぐねているのだろう。

目配せをして、どうするべきか考えを巡らせている様子の男たちをアニエスはしっかりと見据えて背筋を伸ばす。

「今、おかしな話が聞こえたのですが何ごとですの？」

「……話を聞いていたのか」

「聞こえただけですわ」

ほんの少しとぼけた口調で応えながら、アニエスはいつでも攻撃に転じられるように密かに身構えた。

(武器がないのはつらいな。だがそれはあちらも同じのはず)

男たちが帯剣していないことを確かめつつ、適度な距離をとる。

丸腰のドレス姿で男二人相手にするのは多少骨が折れそうだが、負ける気はしない。近衛時代にも夜会に侵入してきた暴漢数名を素手で叩きのめしたことがある。油断さえしなければ勝てるはずだ。

（絶対に逃がさない）

知らぬ存ぜぬでこの場から逃げ出すこともできたのだろう。だが、それは一番の悪手だ。男たちを逃がせば、間違いなく事態は悪化するだろう。警戒され、より巧妙に悪質な手口を使われてしまう。

何事も見つけた時に叩きのめす。それがアニエスが騎士として重ねた経験から学んだ流儀だ。

「王族に対し何かしらの悪事を働こうというのならば黙ってはいられませんね。宰相の妻として、城内の問題は事前に掌握せねば」

「なっ……宰相の妻だと⁉」

男たちの顔色が変わる。まさか陥れようとしていた人物の妻がこの場に現れるとは思っていなかったのだろう。

後方へ下がり逃げる機会を探っている男たちを見据え、アニエスもゆっくりと身構える。

とにかくこの二人を捕縛しなければ。尋問でもなんでもして、必ず悪事を暴いてやる。

じりじりと距離を詰めながら睨みあっていると、木陰からひょっこりと第三の人影が歩み出てきた。

それが誰であるかに気がついたアニエスは息を止めた。

いつからそこにいたのだろうか、まったく気配も声も聞こえなかったのに。

「盗み聞きとは無作法が過ぎるんじゃないかな、アニエス」

「っ……シモン様!!」

感情の読めない笑みを浮かべ、背中側で手を組んだシモンが優雅な足取りで男たちとアニエスの間に入り込む。

シモンの背後に隠れた男たちは一斉に駆け出して向こうに行ってしまった。

「貴様ら！　待て!!」

「だめだよアニエス。今彼らが捕まってしまったら、せっかくの計画が台無しだ」

「計画……!?　こんなことをして、公爵家もただでは済みませんよ」

「ふふ。我が家を心配してくれているのかい？　優しいなアニエスは」

虫も殺さぬような優し気な笑みのまま、シモンは恐ろしい計画を口にする。

「簡単な話さ。異性を求めずにはいられなくなる強力な薬があるから、それを王女殿下には味わっていただこうと思ってね」

「なっ……！」

「花祭りの前夜祭には僕も呼ばれている。夜のうちに既成事実さえ作ってしまえば、もうどうにもできない。君の夫やあの騎士風情が何を吠えても手遅れだ。悔しいだろうなぁ。僕の子が未来の王となれば、公爵家は永遠に安泰。あいつらは失墜するしかない」

人は本当に怒った時、すべての感覚が消えるのだということをアニエスは初めて知った。

ドミニクはいつだって国のために働き、そのうえでクリスティアネにとっての最良を探し出そうとしてくれていた。

ウルリッヒも、家族やクリスティアネのために己の恋心を犠牲にしようと必死だった。

それらすべてを簡単に踏みにじることができるシモンを許すことなど絶対にできない。

「貴様ぁ!!」

淑女のたしなみを投げ捨て、叫び声を上げる。

帯剣を許されていればシモンに切りかかっていただろう。

全身から怒気を発するアニエスを、シモンはうっとりとした顔で見つめている。

「ああ、とてもいいねアニエス。本当は、僕は君が良かったんだよ？　妻にはできなくても愛人にとずっと考えていた。だがあの男がいつも邪魔をする。クリスティアネ様は可愛らしいが、弱々しい女は好みじゃない。君みたいなじゃじゃ馬を泣かせるのが僕は大好きなんだ」

不気味な笑みを浮かべ舌なめずりをするシモンの顔は凶悪だった。これまでの紳士然とした態度が信じられないような豹変《ひょうへん》にアニエスは息を呑む。

ここにいてはいけないと本能が告げているのに、蛇に睨まれたように動けない。

「無事にクリスティアネ様の婚約者になれたら君を呼び戻すつもりだったんだけど、まさかこんな形で先を越されるなんてね。結婚とは恐れ入った。だが、人のものになった君を無理矢理に組み敷くのも楽しそうだ」

「この下種《げす》がっ……!!」

「ふふ、本当にいい顔をする。でもアニエス、僕にばっかり気を取られていると足をすくわれるよ」

何を、と言おうとしたアニエスの視界に影がかかる。

叫ぶより先に、大柄な誰かが後ろからその体を抱きすくめて抱え上げた。宙に浮いたつま先のせいでバランスを崩し、ろくな抵抗ができない。同時に口元を布で覆われ声を塞がれる。

「少し前倒しになったが、君も一緒に来てもらおう。大丈夫、少し大人しくしていてくれればいいから」

「んんんん!!」

「ふふふ。安心しなよ、すぐに愛しの夫君にも会わせてあげよう」

「!!」

シモンが何をしようとしているのかわからず混乱する。

だが今はとにかく逃げなければとアニエスはがむしゃらに暴れた。だが、拘束している人物の腕はたくましくびくともしない。ヒールで足を踏んでも蹴っても動揺しないところを見ると、生半可な相手ではないのだろう。

「んんん!!」

「あまり騒がれては目立つ。さっさと連れていけ」

抱き抱えられたまま歩き出され、アニエスは本気で慌てる。このままではシモンの手に落ちてしまう。そうなれば、ドミニクやクリスティアネに迷惑をかけるし、彼らの身に危険が及ぶだろう。

剣さえあれば、せめてドレスでなければ、もっと抵抗らしい抵抗ができたのに。悔しさに涙が滲む。

(申し訳ありません、ドミニク……!)

もしシモンに身体を汚されるような事態になれば、その前に舌を噛んで死のうとアニエスは決意した。

夫以外の手に汚されたなどという不名誉だけは絶対に残してはならない。

自分の誇り以上に、ドミニクの名誉だけは守りたかった。

「俺の妻をどうするつもりかな、シモン殿」

あまりに彼を想っていたせいで幻聴が聞こえたのかと思った。

だがアニエスを拘束している者の手が震えていたし、目の前にいたシモンの表情も強張っている。

「何故ここに……！」

「妙なことをおっしゃる。ここは王城。宰相である俺がどこにいても問題はないはずだ」

再び聞こえた声に、アニエスの視界が潤んだ。

悔しさからではない、喜びと安堵で胸がいっぱいになる。

聞き間違えるわけがない。アニエスがこの世界で一番信頼し尊敬し、そして愛している人の声。

「それは俺の何より大切な花だ。勝手に持ち去るのはやめてもらおうか」

怒りの滲んだアイスグレーの瞳がまっすぐにアニエスたちを見つめていた。

「はっ、相変わらず気にくわない男だ」

シモンが憎々しげに吐き捨て、花園に立っているドミニクを睨みつけている。

その顔は、紳士然な仮面をすっかり脱ぎ捨てているのがよくわかる。流石にこの現場を目撃されて言い訳できないと悟ったのだろう。

「今すぐ近衛を呼んでもいいんだぞ。アニエスの窮状を見た連中が、貴殿に何をするかの責任は取れないがな」

「……離してやれ」

ドミニクの言葉にシモンは舌打ちしながら片腕を上げる。

それは合図だったようで、アニエスを拘束していた男が戸惑いながらその体を解放した。

「このっ!!」

地面に足が着いたと同時に、アニエスは自分を捕らえていた男の腹部に肘をめりこませ思い切り足を踏みつけてから急いでドミニクの方へと向かう。

反撃を受けると思っていなかったのだろう。男は短いうめき声を上げてアニエスを睨みつけてくる。

顔をよく見れば先ほど話していた男の一人だ。逃げたふりをしてアニエスの背後にまわり襲ってきたのだろう。先ほどの力強さやアニエスに気配《けど》を気取られなかった身のこなしから、ただの貴族ではないのかもしれない。

(前にも似たようなことが……?)

アニエスは妙な既視感に襲われていた。

貴族の衣装を身にまといながら、明らかに玄人《くろうと》めいた身のこなし。それはあの日、クリスティアネのお茶会に侵入した男たちと同じだった。

まさか、と確信めいた思いに目の前が怒りに染まりそうになるが、ドミニクに腕を掴まれ我に返ることができた。

「アニエス、怪我はないか」

「ドミニク……！　助かりました」

「本当に君は無茶をする。何かあれば周りに頼れとあれほど言っておいたではないか」

その声に混じる怒りにアニエスは眉を下げる。

たしかに危ないことはするなと散々言われていた。だが、今回は本当に偶然の出来事だったし、周りには誰もいなかったのだから仕方ない。

「弁解はあとでしますし、お叱りは甘んじて受け入れます。でも、今はそれどころではないのでご容赦を」

最優先すべきはシモンたちの対処だ。

再び視線をシモンへと戻せば、彼はどこか余裕めいた表情を浮かべて腕を組んでこちらを見ていた。

アニエスという手駒を失い、窮地に追いつめられているとは思えないその態度に嫌な予感がこみ上げる。

だが、自分の隣にはドミニクがいる。負けるはずがないとアニエスはまっすぐにシモンを睨みつけ、指さす。

「先ほど彼らはクリスティアネ様に危害を加える計画を画策していました。偶然通りかかり、話を聞いた私を誘拐しようと拘束したのです」

「なるほど。簡潔かつわかりやすい状況説明だ」

「これは明らかな王家への冒瀆《ぼうとく》かつ反逆行為！　今すぐその身柄を拘束します」

「アニエス、君は近衛騎士ではないからそんな権限はないぞ……」

「あ」

指摘され、アニエスは顔を赤くする。状況が状況だけに、昔の癖が出てしまった。

アニエスを見て、仕方がないなとでも言いたげに苦笑いを浮かべていたドミニクだったが、すぐに表情を険しくさせシモンたちへと向き直る。

「だが、宰相である俺には罪人を捕縛する権利はある。シモン殿、近衛が来る前に申し開きがあるなら聞いておこうか」

「……本当に憎らしい男だ。僕が欲しかったものをすべて奪っていく」

「本当に欲しいものがあるなら正々堂々手に入れるべきだろう。姑息《こそく》なことばかりやっているから足をすくわれるのさ」

「ハッ……」

シモンの顔が醜く歪む。

元が整った顔立ちをしているだけに、憎しみと怒気に染まった表情は酷く恐ろしいものに見えた。

並の令嬢ならば怯えて後ずさっていたところだろう。だがアニエスはあえて一歩前へと進み出る。

「貴様をクリスティアネ様の婚約者になど絶対にさせない！」

その言葉にシモンは目を見開いてから、歪な笑みを浮かべた。

その不気味さに、アニエスは身構える。

「ははっ……君の行動原理はいつも姫君だな……だからこそ、あの小娘を泣き喚《わめ》かせたかったと言ったらもっと怒ってくれるか？」

「なっ!!」

怒りで視界がブレる。今すぐ殴りつけなければいけない。二度とそんなことを言えないようにしなければ。

激情がアニエスの冷静さを奪った。

普通ならば気がつけたはずなのに、視界を横切った影を見逃してしまっていたのだ。

「アニエス!!」

「えっ！」

ガンッと嫌な音と同時に、大きな身体がアニエスに覆いかぶさる。

見れば、ドミニクがアニエスに覆いかぶさるようにして気を失っていた。

その背後に先ほど逃げたはずのもう一人の男が棒を持って立っていたのだ。

「しまっ……ドミニク！　ドミニク！」

「アニエス。君のまっすぐなところは魅力だが、あまりにも馬鹿正直すぎるんだよ」

シモンは何がおかしいのか、腹を抱えて笑い転げていた。

だがアニエスはそれどころではない。自分を庇い殴られたドミニクの身体を抱きしめ、必死にその名前を叫ぶ。

自分のせいだと真っ青になりながら傷を確認すれば、ドミニクの後頭部が鮮やかな血に濡れていた。

ぬるりと生暖かい感触に心臓が嫌な音を立てた。

「い、いやぁぁ!!」

「いい悲鳴だ。本当に君はいい。さあアニエス、選ぶんだ。ここで夫が殺されるのを見るか、僕と一緒に来るか」

ドミニクを抱きしめるアニエスを見下ろすシモンの瞳は愉悦に染まっている。

楽しそうに口元を歪める姿はもはや怪物に見えた。

「っ……!!　ドミニクになにかしたら、八つ裂きにしてやる!!」

「なら素直に僕と来るんだね。君が僕のものになるところをそいつにも見せてやろう。どうせそのつもりだったんだ」

「なっ……離せっ！　離しなさいっ!!」

どこにいたのか、ドミニクを殴打した男やアニエスを拘束した男とも違う男たちがシモンの背後から現れる。

彼らはぐったりとしたドミニクをアニエスから引き離して抱え上げ、暴れるアニエスの口を塞ぎ、あっという間に縛り上げて同じように担ぎあげた。

「さあ行こうかアニエス。君たちにお似合いの場所があるんだ」

本当に心から楽しそうなシモンの笑顔を、抵抗する術を失ったアニエスはただ睨みつけることしかできなかった。


二人が運び込まれたのは王城からそこまで離れていない小さな屋敷。

目隠しをされていたため、正確な場所はわからなかったが運ばれていた時間やわずかに見えた景色からアニエスはおおよその場所を把握していた。

かつて城下町の警備を担当していた彼女にとって、貴族街は馴染み深い場所だ。

(もっと郊外に行くかと思ったけど……逆に厄介かもしれない)

この地区はあまり高級な住まいは多くなく、主に別邸やタウンハウス的な使われ方をしている屋敷が多い。

普段から住んでいるのは使用人や囲われの愛人ばかりで、アニエスはおろか宰相であるドミニクの顔を正式に覚えている者は少ないだろう。

助けを求めてドアを叩いても、招き入れてくれるとは限らない。

似たような家や路地が多く、よしんばここから逃げ出したところで、地図が頭に入っていないアニエスたちではすぐに追いつかれてしまうだろう。

てっきり別々に監禁されるかと思ったのだが、アニエスとドミニクは同じ部屋に押し込められた。

楽しそうな様子だったシモンは屋敷に着くなり何かしらの報告を受け、慌てた様子で王城に戻って行った。

去り際にこちらを見た瞳にはじっとりとした執念のようなものがこもっており、アニエスは背中に冷たいものが流れるのを感じていた。

(なんとかしてあいつが戻ってくる前に逃げないと)

逃げられないようにと手首と足首を縄で結ばれているし、口も布を噛まされている。

ドミニクも殴られて意識を失っているというのに、同じように拘束されてアニエスのすぐ横に横たわっていた。

(せめて彼の手当てを……ああもう、情けない!!)

もっと冷静に行動して周りを見ていればドミニクを巻き込まずに済んだかもしれない。

今になって思えば、シモンがあれほど喋っていたのはアニエスたちの注意を引くためだったのだろう。

最初、同じ手を使われて拘束されたくせに、怒りに目がくらんで警戒をおろそかにしてしまった。

ドミニクは文官だ。騎士として訓練を積んだ自分がしっかりするべきだったのに。

「ううっ」

瞼が熱くなって涙が溢れそうになる。でも泣くのは違う。ここで泣くような弱い存在にはなりたくないとアニエスは唇を噛んで涙をこらえる。

ドレス姿で床に転がされているため、酷く寒い。少しでも体を冷やさぬように体を丸めてみるが、縛られているためうまくいかない。

情けなくて申し訳なくて、このまま消えてしまいたくなった。

「アニエス」

悲しすぎて幻聴まで聞こえてきた。

「大丈夫か、しっかりしろ」

丁寧なことに優しい声はもう一度聞こえてくる。それどころか、馴染みのある手が優しく背中を撫でている気さえした。

もしかしたら、今の自分は眠っていて都合のいい夢を見ているのかもしれない。だが、何もかもがあまりにもリアルで。

（え……？）

「ようやくこっちを見たな。しっかりしろ、解いてやるから」

何故か両手両足共に自由になっていたドミニクがアニエスの背中を本当にさすっていた。

驚いて叫びそうになるアニエスの口元に手を当て、静かにのジェスチャーをする。

大きく頷いて静かにしていると、どこに隠し持っていたのか小さなナイフでアニエスの身体を拘束する縄を切ってくれた。

口の布も外してもらい、自由になる。

「ドミニク……！」

小声で名前を呼んで、その体にすがりつく。

殴られた衝撃で気を失ってしまった彼が心配で心配でしょうがなかった。聞きたいことはたくさんあるが、間違いなく無事であることをアニエスは触って確かめたかった。

「大丈夫だ……君も、大事ないか？」

「うん……うん……」

必死に抱きしめあってお互いを確認する。

さっきまでは絶対に泣くまいと思っていたアニエスだったが、ドミニクがこうしてちゃんと無事でいる嬉しさに涙を溢れさせた。

しばらくそうやって抱きしめあって落ちついた後、アニエスはあの場では話せなかった、シモンたちから聞き出した話をドミニクに伝える。

シモンがアニエスを愛人にしたいと口にしたことを伝えると何故かドミニクの顔から表情がすべて抜け落ちたが、アニエスは構わず最後まで事実を淡々と述べた。

「ドミニクは、何故あの場に？」

「君の顔を見ようとクリスティアネ様の部屋を訪ねたら、庭園に行ったと聞いてな。捕まっている姿を見た時は肝が冷えたぞ」

「……油断しました。本当に情けないです」

「今の君は、何の武器も持たないただの女性だ。相手が本気になれば、どんな危害を加えることだって可能なんだ」

「はい……」

それはこれまでドミニクが何度もアニエスに伝えてきたことだ。危ないことはするな、一人で行動を起こすな、と。それが何故だったのか身をもって体験し、アニエスは身体を震わせた。

「申し訳ありません……ご忠告いただいていたのに」

「謝ってほしいわけじゃない……でも、間に合ってよかった……」

ドミニクが再びアニエスを腕に抱きしめる。温かくたくましい腕の中に身を寄せ、アニエスは目を閉じた。

「ドミニクのせいです」

「ん?」

「あなたが私を甘やかすから……私は随分弱くなってしまった気がする」

この腕の頼もしさを知ってしまったから。己を鍛え傲らずに騎士としてクリスティアネを守ることが自分の道だと信じていたのに。

今のアニエスにとって一番大切なのは、ドミニクになってしまっていたことにアニエスは気がついてしまった。

あの時シモンに怒り狂ったのも、ドミニクの努力を台無しにしようとしていたのが一番許せなかったのだ。

そして、ドミニクが殴られた瞬間に痛感した。

もう自分は、心の底からドミニクに惚れてしまっているのだと。

「アニエス……」

「……こんなに心配させておいて、ナイフを隠し持っているなんて卑怯ですよ」

「いざという時のために仕込んでおくのは当然だろう」

「私には帯剣を許さなかったじゃないですか」

剣さえあればこんなことにはならなかったと、半ば八つ当たりのように告げれば、ドミニクが小さく笑った。

「君でも根に持つんだな」

「持ちますよ！　私だって戦えるんです」

「知っているさ。でも俺は君に剣を持ってほしくなかった。それは君の腕前を信じていないからじゃない、君を守りたかったからだ」

「……？」

で見つめてくる。

何を言っているのだろうと首を傾げたアニエスを、ドミニクが眩しいものでも見るような瞳

大きな手がアニエスの頬を撫でる。優しい指先が輪郭を辿り、紡ぐべき言葉に迷い震えている唇を撫でた。

見つめてくる瞳が切なげで、アニエスの胸まで苦しくなってくる。

「君は俺にとっての光であり、最上の花であり、何よりも大切な人だ。争いから遠ざけ、二度と危険な目に遭ってほしくなかった。だが、そのせいでこの事態を招いたことは深く反省している」

「……あの……？」

「あの時、君が他の男に捕まっている場面を見て冷静になれなかった俺の判断ミスだ。近衛が来るまで待てば、こんなことにはならなかったのに」

語るその言葉は、まるでドミニクもアニエスと同じ気持ちだったと伝えてくるように聞こえる。

そんな都合のいいことがあるはずがないと、アニエスは何度も目を瞬いた。

「アニエス」

名前を呼ぶ声は、はちみつのように甘い響きを含んでいた。

近づいてきた顔に応えるように目を閉じれば触れるだけの優しいキスが与えられる。

そのキスは初めて交わした誓いのキスとてもよく似ている気がして、アニエスは何故だかもう一度泣きたい気持ちになった。

「ドミニク……あっ！」

名前を呼び返し、今度は自分からキスをしようとしていたアニエスは動きを止めて目を丸くした。

てっきり無事だと思っていたドミニクの額に血が滲んでいたのだ。

「怪我、怪我の手当てをしなければ！」

「大丈夫だこれくらい」

「大丈夫ではありません。些細な傷でも手当てをおろそかにすれば戦況に響きます。万全を期すべきです」

「……本当に君はいつも君らしい」

アニエスは先ほどまで二人の口を塞いでいた布を拾い上げ、ドミニクの頭に巻き付ける。少々衛生面が気になったが、そこまで汚れていなかったし止血ができれば十分だろう。手際よく頭に布を巻いていくアニエスにされるがままになっていたドミニクだったが、不意に声を上げて笑い出した。

「ドミニク？」

めったに笑わないドミニクが笑っているのが不思議でアニエスがその顔を覗き込めば、ドミニクもまたアニエスを柔らかな眼差しで見つめていた。

「こうやって君に手当てをされるのは二度目だ、と思ってな」

「二度目……？」

結婚してからそんなことをした記憶はない。ならば近衛騎士時代のことだろうかと思って記憶を手繰《たぐ》るがそんな事態はなかったはずだ。

では、いつだろうとアニエスはドミニクと見つめあったまま必死に考える。

「……あの日もこんな風に薄暗い場所で君は俺に手当てをしながら説教をしていたな。怪我を甘く見るな、と」

「…………あ」

おぼろげな過去の記憶が今に重なる。

ずっと昔、たしかにドミニクと同じような黒髪の男性の手当てをしたことがある。

その人は額に傷を負っていて、今のように頭に包帯を巻いてやったのだ。

手当てを拒む男性に、怪我を放置して酷いことになったら後悔する、甘く見るなと説教をしたのも思い出した。

「あなた……あの時の……？」

「そうだよアニエス。俺はずっと昔、騎士見習いだった君に救われた憐れで情けないただの男さ」

＊＊＊

「ちょっとあなた。こんなところで寝ていたら風邪をひきますよ」

肩を掴まれ乱暴に揺すられたせいで、胃液が逆流しそうになりドミニクは目を開けた。

先ほどまでどこかの酒場にいたはずなのに、あたりが真っ暗で一瞬自分はとうとう死んでしまったのではないかと錯覚する。

「ぐ、ああ……？」

なんとか目を開け周囲を見回せば、ようやくここが外だと理解できた。しかも今のドミニクは地面に転がっているらしい。

その無様さに笑い出したくなっていると、肩を掴んでいる誰かの手が再びドミニクの身体を揺らした。

「うわ、お酒臭い。とりあえず座りましょう、よいしょっと……」

それが女性の声だと理解したドミニクは商売女の類だろうかと、ぼんやりと視線を向けた。

(女騎士、か？)

予想に反し、ドミニクを引き起こしたのは騎士装束に身を包んだ女性だった。

(巡回の騎士か……面倒だな)

身元を尋ねられたら何と答えるべきかと考えながら、ドミニクは同時にどうでもいいとも思う。

名家と呼ばれるヘンケルス家に生を受け、跡継ぎとなるべく努力していた日々の記憶にはもはや虚しさしか感じない。

早世した父に代わり当主となり、自分を信頼してくれる国王陛下や家のためにと身を粉《こ》にして働いていたのに、与えられたのは裏切りと孤独だった。

ドミニクの両親は政略結婚だった。彼らがうわべだけの夫婦だったことは幼い頃から理解していたので、父親が死んでも涙ひとつ流さない母親のことを冷酷な人だと思ったことはあったが、恨むほどではなかった。

母親のことを気遣う余裕がなかったのも事実だ。若い身の上で伯爵家の当主となり役目をこなしつつも、まだ幼く自分の置かれた状況を理解せぬ弟を守り育てなければと責任感で必死だった。

ドミニクが陛下の下で務めを果たすようになった頃、母親が突然若い愛人に入れあげ始めた。

身元も不確かな画家崩れの若い男は母親の財産目当てだと誰の目にも明らかだったが、夫を亡くした寡婦の火遊びだと周囲は特に口を出さなかった。彼らは母親の行いが、寂しさを埋めるための慰みだと気がついていたのだろう。

だがドミニクは、若さもあり母親の行いを許せなかった。

今すぐ愛人との関係を清算するようにと忠告した。幼い弟に醜い姿を見せないでほしいと。

意固地になった母親はドミニクの忠告に逆らうように幼い弟と愛人を連れ、地方の別荘へ小旅行に出かけてしまった。そしてその道中、滑落《かつらく》事故に巻き込まれ全員が命を失った。

（もう俺には何もない）

必死に努力してきた何もかもが無駄になった思いだった。

怒りをぶつけるべき相手も守るべき相手もなく、ドミニクには真っ暗な世界に置き去りにされたような虚しさしか残っていない。

国王たちをはじめとした同僚の高官たちはドミニクに同情的だったが、醜聞を煽るような者たちも少なくなかった。

酒に溺れる他に己を保つ方法がなく、かといって屋敷で酒を呷れば使用人たちから過度に心配される日々。

夜の街で安酒に溺れるしか、ドミニクにはやりようがなかった。

女騎士はそんなドミニクの傷心など知る由《よし》もないといった態度で、酒の臭いに顔を歪め細い指先で顔に触れてくる。

ちりちりとした独特の痛みに、自分が怪我をしていることにドミニクはようやく気がついた。

「やめろ……俺に触るな……」

怪我などどうでもよかった。いっそ、このままここで死んでもいいとすら思っている。

自暴自棄に沈む感情を無理矢理に引き上げられたことがとても苛立たしく、目の前の女騎士に今すぐどこかに行ってほしくてたまらない。

「傷の手当てをするだけですから、大丈夫ですよ。痛くしませんから」

だがあちらも仕事である以上、引き下がる気はないのだろう。

去る様子はなく、それどころかどんどんとドミニクとの距離を詰めてくる。宥めるような口調に無性に腹が立って、その腕を跳ね除けてしまった。

「違う……こんな傷、放っておけば治る」

放っておいてほしいと再び床に沈みかけた身体を、思いがけないほどの力強い腕が引き止める。

「小さな怪我でも放置すれば酷いことになるんですよ、甘く見ちゃだめです。ちゃんと手当てしないと」

まるで幼子を叱る母親のような口調に、ドミニクは息を止めた。

かけひきも裏もないまっすぐな言葉が驚くほどに胸に沁みる。

顔を上げてその女騎士の顔を見れば、まだどこか少女めいたあどけない顔立ちだったことに動揺がこみ上げ、酒に沈んでいた意識が一気に浮きあがった。

抵抗を止めたことに気をよくしたのか、女騎士は驚くほどの手際のよさで傷の手当てを始めた。小さな指先がわずかに触れる感触はくすぐったくて落ちつかない。

「……物好きだな、君は」

「仕事ですから」

何故かその返答にドミニクは胸がチクリと痛くなった気がした。

当然の回答なのに、仕事でなければ彼女は自分に構うことなどなかったのかと考えると息が苦しい。

(どうしたんだ俺は)

目の前で揺れる女騎士の髪はふわふわで触れてみたいなどと思ってしまった。自分の身体から発せられる酒の臭いとは別に、草原に咲く花のような優しい匂いが鼻をくすぐった。それが目の前の女性から発せられているのだと気がついたドミニクは、名状《めいじょう》しがたい感情に思考を支配されることになってしまう。

突然自分の中に湧いた感情が何かわからず、ドミニクは戸惑ったまま目の前の女騎士を見つめ続けていた。

手当てが終わったらしい彼女が立ち上がると、優しい匂いが離れていくのが何故か名残惜しくてドミニクは慌ててその手を掴んでしまった。

「どうしました？　心配しなくてもちゃんと送って行きますよ」

女騎士はその手を振り払うことはなく、ふわりと微笑みドミニクの手をさすってくれる。その温もりに、ドミニクは不覚にも泣きそうになった。

酒に酔ったせいもあったのだろうが、これまでずっと胸の内に抱えていた悲しみや苦しみや恨みが噴出して醜い塊《かたまり》となり喉からせりあがってくる。

「……俺に帰る場所なんてない」

「そんな身なりをしていて家なしだなんて信じませんよ。何があったか知りませんが、駄々をこねずに帰りますよ」

「嫌だ!!」

どうして信じてくれないのだと、癇癪を起こした子どものようにドミニクは叫んでいた。

それでも女騎士の手を離すのだけは嫌で、彼女にしがみついたまま震える声で訴えるような想いを口にする。

「大事なものは全部だめになった！　これまでの努力は無駄だったんだよ!!　何も、もう何も残ってない……」

母の葬儀の場で「彼女はただ寂しかっただけだったんだ」と親族の誰かがドミニクに言った。

まるで責めているかのようなその言葉はドミニクの胸を深く抉った。

ならどうすればよかったのか。

家を存続させるため、国のために必死だったドミニクの苦労を誰も支えてくれなかったではないか。

なのにどうして享楽に溺れた母親の死の責までドミニクが負わねばならぬのか。

可愛い盛りの弟という肉親を失ったドミニクの寂しさはどう埋めればいいのか。

「もう何もかも台無しだ……何も……何も残ってない……」

女騎士の身体にすがったまま、気がつけば涙が溢れていた。

情けない、みっともないと思いながらも、隠し通せないほどに心が引きちぎれて、このまま消えてなくなりたくてたまらなかった。

「つらかったんですね」

背中に女騎士の手が添えられたのがわかった。

自分の手よりも小さく細い指が、赤ん坊をあやすようにとんとんと丸まった背中を叩き、ゆっくりと撫でさすってくれる。

「とてもつらい思いをしたんですね。いいんですよ、泣きたい時は泣いたって。顔は見ませんから、今のうちにいっぱい泣いてください」

泣いていい、なんてこれまで誰もドミニクに言ってくれたことはなかった。

貴族として嫡男として当主として宰相として、人の上に立つ人間としていつも自分に厳しくあれと説かれ続けてきたのに。

甘く優しい女騎士の言葉に、涙が止まらなくなる。

「今はつらいかもしれないけど、頑張って生きていればきっといいことがあるはずです。大切なものだって増えていくはずです。そしたら、その時は今度こそ守れるように強くなればいいんですよ」

柔らかな声と背中を叩く穏やかなリズムに心のざらつきが取れていくようで、気がつけば自然と涙が止まる。

心が驚くほどに軽くなっていく。

緩く顔を上げれば、女騎士がドミニクを見つめているのがわかった。

まっすぐに未来への希望に満ちているような緑色の瞳があまりにきれいで、心臓が変な音を立てて脈打ち始める。

「……強く？」

「そう、強くです。今は力不足でも、努力をすればきっとなんとかなります。たとえだめでも、努力した時間は必ず自信になります。私も、大切な人たちを守るために努力して、今ここにいるんです」

微笑む顔に迷いはなく、眩しいほどの純粋さが滲み出ている。

(きれいだ)

これまで社交界でたくさんの美女と呼ばれる女たちをドミニクは間近で見てきた。

彼女たちは見た目こそ美しくても、その笑顔の下に様々な思惑を隠し持っている。

だが、目の前にいる彼女の笑みには嘘など欠片もない。

その美しさが、凍えるドミニクの心に春の日差しのごとく温もりを与えていくのがわかった。

「大切なものを守るための努力を怠ってはいけません。じゃないときっと後悔するんです。私は、後悔なんてしたくない」

返事すら忘れ女騎士に見惚れているドミニクに彼女は言葉を続ける。

きっとそれは彼女の矜持《きょうじ》であり誇りとも呼べる信念なのだろう。

「あなたは今、ちゃんと生きているじゃないですか。生きているなら諦めちゃだめです。どんなにつらくても悲しくても、生きているなら生きなくちゃ」

トドメのように『ね』と少女めいた笑みを向けられ、ドミニクは今すぐ彼女の前に膝をついて愛を乞いたい衝動にかられた。

生まれて初めて誰かを恋しいと感じた。

彼女という太陽さえあれば、自分はこの先もきっと生きていけるという激情が身を焦がす。

それなのに、酒が回った舌はうまく動いてくれなかった。これまで何千と学んできた言葉があるはずなのに、彼女に紡ぐべきものが一片たりとも思い浮かばない。

(だめだ……今告げても)

初恋の衝撃で取り戻した理性が、こんな体たらくで愛を口にしても笑って受け流されてしまうだろうことを教えてくれる。

「とりあえず、一度、警備騎士団の休憩所に行きましょう。朝まで休んで帰れば安全ですから。大丈夫、今日はたくさんお仲間がいますから、きっと楽しいですよ」

情けないとは思いながら、彼女に支えられるようにして歩き出す。

触れている部分の温もりや柔らかさが落ちつかなかったが、同時に幸せで、ドミニクはされるがままにしていた。

道中ずっとまっすぐな理念を語る彼女への愛しさで胸がいっぱいになる。

彼女の理想通りの男になるため、すべてを覚えておこうと必死だった。

休憩所で彼女と別れたドミニクは翌朝すぐに屋敷に戻り、心配していた使用人たちにこれまでの態度を詫び、これからは心を入れ替えると謝罪した。

そして人を使い、その女騎士がアニエス・フレーリッヒという辺境に領地を持つ貴族令嬢であることを突き止めたのだった。

「アニエス……」

名前を口にするだけで、胸の奥に甘い何かが広がっていく。

アニエスには恋人も婚約者もいないという情報を知り、密かに拳を握りしめた日もあった。

身体を鍛えることも始めた。

宰相としても力をつけ、いつ再会しても恥ずかしくないようにすべてに対する努力を惜しまなかった。

そして、あの日の感謝と交際の願いを告げに会いに行こうと思っているうちに、そのアニエスが近衛騎士として王城に配属されたことを知ったドミニクは動揺のあまり愛用のペンを壊してしまった。

手が届くほど近くにアニエスがいる。

ドミニクが人生で初めて神の采配に感謝した瞬間だった。

近衛となったアニエスと過ごす時間は何もかもが新鮮だった。本気で自分に食ってかかる態度が嬉しいのに覚えてくれてもいないことが腹立たしくて複雑で。

すぐにでも告白して恋仲になりたかったが、肝心のアニエスは幼い王女に夢中で色恋沙汰には興味がない様子なのがまるわかりだった。

権力を使って手に入れるのは簡単だったが、ドミニクが欲しいのはそのままのアニエスで無理に手折《たお》りたいわけではない。

逆にあの性分ならば、そう簡単に誰かに先を越されることはない。

ゆっくりと囲い込んで、時が来たら手に入れようとドミニクは心に決めた。

しかし、純粋で人を疑わないアニエスの美しさに気付いてしまう男も少なくなかった。

アプローチをしている男がいると知れば裏から手を回し他の女をあてがったり、配置替えをしてアニエスから遠ざけていた。

自分の姑息さが時に情けなかったが、アニエスを他に奪われるのは絶対に許せなかった。公爵家の嫡男であるシモンは最も厄介な相手で、アニエスを女として求めずに騎士として近衛から引き抜きたいなどという遠まわしな勧誘をしてくる巧妙さが腹立たしかった。

同時にクリスティアネの婚約者の座を狙っているというのも不愉快極まりない。

本気で王女を愛しているのならまだ理解できた。だが、シモンの目的は王家に入ること。公爵家の地位を固めるためだけに、少女の純情を平気で踏みにじろうとするなど、許されることではない。

何より、セーガース公爵家はもはやこの国にとって害悪と呼べるほどの存在に成り下がっていた。権力に溺れ、黒い噂にまみれる彼らをドミニクは排除したくてたまらなかった。

そのためにはクリスティアネとウルリッヒを婚約させるのが一番手っ取り早い。お互い隠しているが、二人が想い合っているのは間違いないのだ。アニエスもそれを望んでいる。公爵家が権力を持つことも防げる。

一刻も早くすべてをまとめ、アニエスに求婚できる状況にするために必死だった。

そんな焦りが、あの事件を引き起こしたのかもしれない。

公爵家が裏で手を回し、国王と宰相のドミニクを同時に王城から引き離した隙に起きた、王女のお茶会への不審者乱入事件。

狙いはウルリッヒだったのに、アニエスがその責任を引き受ける形で職を辞したことで解決させてしまった。

知らせを受け、ドミニクが急いで帰国した時にはすでにアニエスは故郷に帰った後。

その時感じた絶望は、父や弟を失った時以上のものだった。

「何故引き止めなかった！」

感情をぶつける相手が違うとわかっていながらも、ドミニクは報告に来たウルリッヒに掴みかかっていた。

「止められるものなら止めたかったさ！　だが、アニエスが決めたんだ……」

「お前と姫様のためにな」

「……」

「クソッ」

アニエスが何故そんな決断をしたのかなど、考えなくてもわかった。

クリスティアネに心酔するアニエスは、その名誉だけでなく恋心も守りたかったのだろう。

そして上官であるウルリッヒのことも。

彼女が大切に思う相手の中に自分がいないのは当然なのに、それが歯がゆくて虚しくて。

これまで行動を起こさなかった自分が情けなくて許せなかった。

「君は馬鹿だ、アニエス」

家族のために騎士となり、主のために騎士の道を捨てたアニエスが憎らしく、それ以上に愛しくてどうにかなりそうだ。

あの眩しい笑顔がもう一度見たくてたまらなかった。

「絶対に逃がさない」

どんな手段を使っても連れ戻す。

今度は絶対逃がさないし、手に入れてみせるとドミニクは決意したのだった。

＊＊＊

「あの時の……あれが、ドミニク？」

アニエスは呆然と呟く。

鮮やかに蘇ったのは、今の今まで本当にすっかり忘れていた小さな事件。

騎士学校を卒業してしばらくの間、アニエスは城下町の治安を守る巡回の仕事を必死にこなしていた。

城下町には様々な人が集まる。

高貴な人、金持ち、商人、何かに敗れて落ちぶれた人。

裏路地で倒れている酔っ払いを手当てして、休憩所に運んだことは一度や二度ではない。

だが、ドミニクが語った過去に該当する男性のことは今でもはっきりと覚えていた。

真っ黒な髪は伸び放題で顔かたちはわからなかったが、着ていた服が妙に高価で商人やただの貴族とは少し違って見えたことや、口にした絶望があまりに真に迫っていて胸を刺したからだ。

父を亡くした頃の弟たちに重なったというのもあって、随分と親身な言葉をかけたのを覚えている。

あの翌日、休憩所を訪れた時にはすでに男の姿はなかったが、担当者から朝方に自力で帰っていったと教えられたこともあり、無事に帰ったのだろうと安心した記憶がある。

それでも時折気になって男を拾った路地を覗き込んでみたこともあったが、それ以来見かけることはなく、きっと立ち直ってくれたのだと思っていたのに。

「ああ。母と弟が死んだ頃だ。何もかもが嫌になって自暴自棄になっていた。屋敷で酒を飲もうとしたら執事に隠されてな。金を抱えて安い酒屋をはしごしていた」

「まあ……」

「足をもつれさせ、もうこのまま野垂れ死ぬのも悪くないと思っていた。そんな矢先だったよ、君に引き起こされたのは」

その時のことを思い出したのか、ドミニクが肩を揺らして笑っている。

「あの時の君はまだ少女と呼べるような顔立ちだったのに何事かと思ったよ。勇ましい甲冑《かっちゅう》に身を包んで、酔っ払いの男をたった一人で介抱し、説教までした」

「……やめてください」

指摘されると急に恥ずかしくなってアニエスは頬を染める。

あの頃は騎士になれたことへの誇りと、早く立派になりたいという必死さや、未来への理想に満ちていた。

男に語った言葉も、随分きれいごとだったと今ならわかる。

「君は忘れていたかもしれないが、あの日の出来事で俺は目が覚めたんだ」

「……え……？」

「君のまっすぐな笑顔に心を打たれたと言ったら陳腐かもしれないが、あの日、俺に笑いかけてくれた君のおかげでもう一度、生きてみたいと思えた」

戸惑うアニエスの腰にドミニクの手が回り、そっと引き寄せられる。

いつもとは逆にアニエスの胸にすがるように顔をうずめたドミニクの腕が震える身体を強く抱きしめた。

「俺はあの日からずっと君に恋い焦がれていたんだアニエス」

「え、ええええ」

ここが敵地であることを忘れてアニエスは素っ頓狂な声を上げた。

そんな馬鹿な話があるかと目を白黒させていると、ドミニクが不服そうな顔をして見上げてくる。

「……本当に気がついていなかったのか？　俺にこれだけ愛されて？」

「だって閣下が言ったんじゃないですか！　お互いのために雇われてくれって……だから、私は……お役目だと……」

「たしかにそう言ったが、そうでも言わないと君は俺と結婚しなかっただろう」

う、とアニエスは言葉を詰まらせる。

もしあの場で「雇いたい」とは言われず愛を告白されていたら、絶対に逃げ出しただろう。

「一緒に過ごせばすぐに気がついてもらえると思っていたんだが……流石に悲しい。いくら国のためでも、俺は愛してもいない女を抱いたりなんかしない」

「あ、愛っ……！」

頬が痛いほどに熱くなり、涙まで滲んでくる。都合のいい夢を見ているのではないかとアニエスが狼狽えていると、ドミニクが困り果てたように泣きそうな顔をした。

「愛しているアニエス。軽蔑するかもしれないが、城下町で騎士として頑張る君をいつもこっそり見ていた。明るい笑顔で街の人たちを大切にする君を見ているだけで、宰相としてふんばることができた。そんな君が近衛として城に来た時は本当に驚いたよ……権力に近づくことで変わる人間が多い中で、君はいつまでも眩しいままで……」

身体に回された腕の力が増し、二人の距離がさらに縮まる。

アニエスもまた行き場を失くしていた腕をドミニクの肩にそっと乗せた。服の上からでもわかるしっかりと鍛えられた身体は、あの日助けた痩せこけた男とは別物で、彼があの日からどれだけ努力したのかが伝わってくる。

「すぐにでも口説きたかったが君は殿下に夢中で、いつも俺を仇のように睨んできて……結構傷ついたんだぞ」

「あれは仕方がないじゃないですか、閣下が……」

「閣下じゃない、ドミニクだ。やっと君に名前を呼んでもらえる立場を手に入れたんだ、頼むから名前で呼んでくれ」

「ドミニク……」

「うん」

「……ドミニク」

ドミニクの頭を抱くようにしてアニエスもその体をしっかりと抱きしめ返す。

あの頃、ドミニクに抱いていたのはただの尊敬だけだった。異性だとか特別な感情はなかった。自分がこんなすごい人の隣に立つなんて想像もしたことがなかったからだ。

「殿下が無事に婚約したら、何が何でも手に入れるつもりだった。それがまさか俺がいない間に辞めて領地に帰るなんてな。絶望なんて言葉では足りないほどだった」

「……そんなに」

「しかも君の母が、結婚相手を探しているという噂を聞いた時は死ぬほど慌てたぞ。俺が宰相でなければ、どこぞのうだつのあがらない貴族に君を奪われていたかもしれない」

「私のことがいいだなんていう奇特な男はドミニクくらいのものですよ」

「馬鹿な。近衛時代からも君に求婚したいという男は山のようにいたんだ。俺がどれだけ話を潰したと？　あのシモンだって……」

「えええぇ……」

知らない話ばかりで混乱しながらも、ドミニクが自分にそれほど必死だったという事実を知ってアニエスは頬が緩むのを止められなかった。

そんなに長い間、想われ守られてきたのかと思うと胸が苦しいほどに締め付けられて、息がうまくできなくなる。

「あの男は事あるごとに君を欲しがった。公爵家専属騎士として雇いたいとな。まったく、あの家の兄妹は揃いも揃って近衛に執着して……腹立たしい限りだ」

「……守ってくれていたんですね」

「そんなかっこいいものじゃない。ただの独占欲だ。立場を利用して、君の未来の選択肢を全部奪った狭量な男さ。絶対に君を他の男に渡したくなかった。成長して美しくなっていく君に触れたくて触れたくてどうにかなりそうだった……俺が、怖いか……？」

「まさか」

アニエスは小さく首を振ってドミニクにしがみつく腕に力を込める。

愛した人にここまで言われて嫌だと思える女がいるだろうか、と。

「嬉しい……私はあなたに優しくされて大切にされて、こんなに幸せな生き方があるのかと初めて知りました。あなたが私に触れるのが、演技や使命感でなければどれだけいいかと……すき……好きですドミニク……」

気がつけばアニエスはぼろぼろと涙を流していた。

もっと早く言葉にしたかった。想いを伝えて、本当の夫婦になりたいと言いたかった。

でも、そんなことをして情けない女だと切り捨てられるのが怖くて。

「アニエス……愛してるよアニエス」

ドミニクもまたアニエスを強く抱きしめてきた。

背中や髪を撫でてくる大きな手の温かさに、また涙が出そうになる。

お互い、本当に不器用で遠回りしてしまった。

これまでの日々があったからこそ、ここまで強く想い合えるようになったということも理解できた。

きっとこんな形でなければ、アニエスはドミニクの想いを知ることも、彼に恋することもなかっただろうと。

抱きしめあった腕を緩め、額をくっつけて見つめあう。

切なげに自分を見つめてくるアイスグレーの瞳があまりに愛しくて、アニエスは自分からその唇に軽いくちづけを落とした。

「くそ……可愛いことを……こんなところでなければ今すぐ君を押し倒しているのに」

「ふふ」

唸るドミニクの姿にアニエスは笑い声を上げる。

今度はドミニクの唇が下からすくい上げるようにしてアニエスの唇を奪う。

溶けるような熱いキスに応えながら、アニエスは心から愛される喜びを感じていた。

「……さて、名残惜しいがそろそろ行くか」

「え？」

「俺が何の策も講じず捕まると？　安心しろ、すぐに迎えが来る」

不敵に笑うドミニクの笑顔は、宰相として采配を振る時と同様に隙のないものだった。

その笑みの意味をアニエスが理解したのはほんの数分後。

何かが壊れるような音が響いて、地面が揺れた。正確には揺れたように錯覚するほどの騒音がアニエスたちが囚われている部屋に近づいてくるのがわかる。

シモンたちが戻ってきたのかと身構えたアニエスだったが、外側から扉を壊して室内になだれ込んできたのは懐かしい顔ぶれ。

「閣下！　アニエス！　ご無事で何よりです!!」

かつての仲間たちの勇ましい姿に、アニエスは大きく目を見開いたのだった。

「助けを呼んでいたのなら、早く教えてくだされればよかったのに」

恨みがましく呟きながら、アニエスはドミニクにじっとりとした視線を向ける。

怪我の手当てを終えた二人がくつろいでいるのは、城の奥にある賓客用の部屋だ。

大きな騒動に巻き込まれた二人を案じ、国王陛下が特別に鍵を開けてくれたらしい。

ドミニクの頭の傷は大したことはなく、数日もすれば落ちつくと言われアニエスは心から安心していたが、色々と秘密にされていたことへのわだかまりは消えていない。

「君があまりに可愛いからそれどころじゃなかったんだ」

さらりと口にされる甘い言葉にアニエスは顔を赤くして唸る。

ドミニクとはこんなに軽々しく言葉を発する男だったろうか、と。

軽く睨みつけていると、ドミニクは肩をすくめる。

「いつ来るかわからない助けに君をやきもきさせたくなかった。まさかあんなに早く来るとは……君は本当に慕われているな」

シモンたちの隠れ家に突入してきた騎士たちのほとんどは、アニエスの元同僚であり同期たちだった。

犯人たちはちょっと不憫なほどに叩きのめされており、流石にやりすぎではないかと思ったほどだ。

驚きで固まるアニエスを腕に抱いたまま、ドミニクは落ちついた様子で騎士たちに指示を出していた。

ようやく我に返って離してほしいと訴えたが、その願いは叶えられなかった。

周囲から生暖かい視線を向けられるという居たたまれない時間を過ごしたことを思い出し、アニエスは頬を膨らませる。

「捕まっているのにやけに落ちついているなとは思ったんです」

振り返ってみれば、ドミニクは囚われの身とは思えないほどに冷静だった。

いつも冷静かつ合理的な行動しかしない人だとは思っていたが、まさか自分すら駒として使うだなんて。

「ずるい」

「悪かった。だが、君が味方が来ることをまったく知らない、という態度をとれるとは思えなかったのでね」

「ぐ……」

意地の悪い笑みを浮かべたドミニクの言葉に、アニエスは唇を噛んだ。

(前もこんなことがあった気がする)

城に無事に帰ってみれば、泣き腫らした顔のクリスティアネが二人を出迎えてくれた。その横には同じくどこか情けない顔をしたウルリッヒが。

二人がしっかりと手を握り合っている姿を目にしたアニエスは、ドミニクの手を強く握りしめたのだった。

「何もかもあなたの計画通りだったんですね」

「あの男があんな姑息な手段に出るとまでは考えていなかった。一応は警戒しておいて正解だった」

ようやく落ちつき、いったい裏で何が起こっていたのか話を聞けた。

豪華なソファでお互いにもたれるようにして身体を預け合いながらアニエスはドミニクの言葉に耳を傾ける。

アニエスたちを部屋に押し込め城に戻ったシモンは、計画を前倒ししてクリスティアネの食事に例の薬を混入させようとしたらしい。

ことを急いたのはクリスティアネが花祭り当日まで養護院や修道院の慰問に巡ることが決まり、城には戻らないという嘘の情報を伝えたから。

アニエスはまったく気がつかなかったが、庭園には複数の密偵や近衛騎士が隠れていたらしく、ドミニクはわざと誘拐されたのだ。

「まさか殴られるとは思っていなかったがな」

「……無茶しすぎです」

「君ほどではないさ」

嘘の情報に踊らされたシモンは薬の入った食事を作ったところで捕縛され、怒り狂ったウルリッヒに叩きのめされた。

殺されると思ったらしいシモンは尋問される前に自分から悪事のすべてをペラペラと打ち明けたそうだ。

その内容を聞かされたアニエスは開いた口が塞がらなかった。

シモンはことをなした後、クリスティアネを餌にしてアニエスのことも薬を使い自分の愛人に据える準備をしていたのだ。そして二人を人質にウルリッヒとドミニクを傀儡《かいらい》にするか排除するという計画を立てていたらしい。

「あいつの頭の中はどうなっているのでしょうか」

「最初はウルリッヒと君が密かに面会しているのをいいことに、君たちがただならぬ関係だという噂をばらまこうとしていたそうだ。俺に嫉妬させ、仲たがいを狙っていたらしい」

「はぁ!?」

予想もしていなかった言葉に、アニエスは目玉を取り落としそうなほどに目を見開く。

「君があいつと二人きりで会っているのは殿下のためだと俺は知っていたが、悪辣なやつというのはどんな些細なことでも利用しようとするものさ」

「……すみません」

二人きりになるなと言われていた理由を理解し、アニエスは小さくなる。

ドミニクはそんなアニエスにもう謝らなくていいと優しく声をかけ、その髪を撫でた。

「君たちが仲の良い上官と部下だったのは有名だからな。君の結婚相手がウルリッヒではなく俺だったことに驚いた者も多かったそうだ。それを利用しようと考えたんだろう。まあ、俺が二人で会うなと言ったのは嫉妬半分だ。気にするな」

さらっととんでもないことを口にするドミニクをアニエスは信じられないものを見る顔で見つめる。

彼が嫉妬してくれていたのだという事実に、これまでの色々な態度の真実を見た気がして、心臓がぎゅっと苦しくなった。

「公爵家には以前からきな臭い話が山のようにあった。シモンが使っていた男たちは、殿下のお茶会に侵入した連中と同じ手合いで間違いがない。それに、殿下に使おうとしていた薬は、以前から社交界で若い令嬢たちを酷い被害に遭わせていたものと同じだったこともわかっている。調べれば、まだまだ叩く余地がありそうだ」

楽しそうなドミニクの顔に、アニエスは苦笑いを返すしかない。

これまで公爵家はレストラダムの中で我がもの顔で利権を貪ってきた。

陛下はクリスティアネの治世になるまでには連中をどうにかして排除したかったらしく、これまでずっと水面下で動いていたのだ。表だってシモンの求婚を退けなかったのは油断させるため。

「どうして話してくださらなかったのですか」

「君に話したら、もっと無茶をしそうだったからな。それに、危険な目に遭わせたくなかったんだ」

「ドミニク……」

ドミニクの腕がアニエスの肩を抱く。

熱のこもった大きな手が、労わるように腕を撫で腰を引き寄せた。

「君が誰よりも勇敢で気高いことは知っている。だからこそ、君を危険から遠ざけたかった」

「……甘やかしすぎです。私、そんなに弱くないんですよ」

「だからこそだ。だからこそ、俺は……」

腰を抱く腕に力がこもり、アニエスの身体を軽々と抱え上げると膝の上で向かい合わせになるように抱き上げられた。

真正面から見つめてくるドミニクの視線は真剣そのものでアニエスはうまく息ができなくなる。

「愛している。君がいたからこそ俺はここまでこれたんだ。無理矢理に君を妻にした自覚はあるが、君が何を言っても絶対に手放せそうにない」

「ドミニク……言ったじゃないですか、私もあなたが好きだって。最初はたしかに戸惑いましたけど、あなたと一緒に過ごした日々は私にとっても何よりも愛すべき日々です。どうか、雇われなんかじゃなく本当の妻にしてください」

「元より、俺はそのつもりだ。君は俺にとっての最愛だよ」

見つめあったまま唇を重ねる。そのまま入り込んできた舌にアニエスは一瞬身体を固くしたが、ドミニクの瞳があまりに必死だから拒めなかった。

抱きしめていた腕が這い回って、アニエスのドレスをゆっくりと解きにかかる。

「あ、だめ……ここじゃ……」

「鍵はかけてあるし、呼ぶまで誰も近づくなと言ってある。殿下だって来られないさ」

本当に憎らしいくらいに策士だと悔し紛れにアニエスが呟けば、知らなかったのか、とドミニクが笑いながら細い首筋に歯を立てた。

肌を撫でる熱い息も、身体をとろかす指先も、何ひとつ拒めず気がついた時にはすっかりと服をはだけさせられ、アニエスはドミニクの上で喘いでいた。

露出した胸を両手で包むように優しく揉まれながら、先端を甘く吸い上げられる。舌がくるくると硬くなった尖りの側面を辿るように舐めてから、歯先でかりかりとこするように甘噛みされる。もう片方の先端も、親指と人差し指ですりすりとこすられて、ひっきりなしに甘ったるい声が出てしまう。

「とても甘い……すごくいい匂いだ……」

「だめ……きたないからぁ」

朝からずっと走り回っていたし、さっきまで監禁されていたのだ。あちこち汚れた身体を舐めたり嗅がれたりするのは恥ずかしくてたまらない。

恥じらうアニエスの表情すら楽しんでいるのだろう、ドミニクは舌や指の動きを弱める気配はない。

「んんっ……噛んじゃいやっ……そんな強く吸わないで……」

「どうしてだ？　こんなに硬くして必死に胸を押しつけて……もっとしてほしいんだろ？」

「ヒッ、ああんっ！」

胸の形が変わるほどに五本の指で強く揉まれる。先端だけではなく、どこを触られても気持ちよくて何も考えられなくなっていく。

膝が震えて体を支えられなくなったアニエスがドミニクの両脚をまたぐように腰を落とせば、ズボンの中で硬く主張している熱がお腹を抉った。

自分からそれに甘えるように腰を擦り寄せると、ドミニクがどこか焦ったように呻き、アニエスの下着の中に指を滑り込ませた。

「ひんっ……!!」

「そんなに欲しい？　とても濡れている」

「あっあ、ゆび、ゆびが……」

下着の中は自分でもわかるほどにぐっしょり濡れていた。慣れた動きでアニエスの中に入り込んできた指が内壁を抉り、かきまわす。

胸を吸われながら体の内側を暴かれ、アニエスは全身を赤く染めて身体を震わせる。

同時に弱いところばかり責めたてられ、身体がどんどん高まっていくのがわかった。甘い悲鳴を上げながらアニエスはドミニクにすがりつく。

だがあと少しというところで無情にも指が引き抜かれ、胸も解放されてしまう。

「あ、なんでぇ……やっ」

中途半端なところで放置された寂しさにアニエスが潤んだ瞳で恨めし気に見つめれば、ドミニクがごくりと喉を鳴らした。

荒っぽい動きで自分のズボンの前をくつろげ、猛り狂っている己の雄を取り出す。

「君ばかりずるいだろ……俺も君でよくなりたい」

「んんっ……」

何度か手でしごいて鋭さを増した先端がすっかり蕩けたアニエスの蜜口に押し当てられる。

ちゅくちゅくとキスをするように焦らされた後、ゆっくりと二人の身体が繋がっていく。

反り返った雄槍がアニエスの柔らかな蜜路を突き進み、弱い場所ばかりを刺激した。

「やあっ、だめ……！　おっきぃ……なんで……くぅぅん……」

ずんずんと浸食してくる熱はいつも以上に硬くて大きくてアニエスを乱した。

座ったままなのに激しく突き上げられ、振り落とされないように腰の動きを合わせるのに精

いっぱいになって、アニエスはドミニクの首に腕を回して必死にすがりつく。

服を乱しただけの淫らで情けない恰好のまま、必死にお互いを貪る。

これ以上繋がれないのがもどかしくて腰を擦り付けて荒々しくキスをしながら舌を絡めた。

荒い呼吸といやらしい水音だけが響いて、部屋の中に熱気がこもる。お互い汗でびっしょりで、アニエスはドミニクの顔に張り付いた髪を指先で優しくかきあげる。

「好き……あなたがすきっ……」

これまで我慢していた分、アニエスは必死で言葉を紡いだ。

ずっと前からもうアニエスの心はドミニクに傾いていた。好きで好きで愛しくて、彼のためなら何でもできると思えるほどに恋い焦がれて。

同じ気持ちで、いや、それ以上に想っていてくれたことが嬉しくて。

「アニエス……アニエスっ……」

「ひっあああんっ!!」

身体の最奥を突かれ、アニエスはひときわ甲高く叫ぶ。

全身を痙攣させ、抱きしめあって。お腹の中に注がれる熱のせいで、そこからとろとろに溶けてしまいそうだった。

繋がった場所から溢れる滴りが服を汚していくのがわかったが、離れられなかった。自分の中でびくびくと震えるドミニクの雄が愛しくて、思わずきゅうと締め付けてしまう。

「あっ！」

「っ……おい……」

「ちがっ、あああんっ‼」

唸ったドミニクがアニエスの腰を掴んで、器用にも繋がったままころりとソファにその体を押し倒した。

腰を掴まれ、身体を揺さぶられ再び抽挿が始まっていく。

「ひっ、ああっ、ドミニク……だめっ、きもちいいっ……」

「俺もだ……ああ、こんなにきゅうきゅう締め付けて……くそっ……二回目なのに……」

「んんっ……」

必死にお互いを求め合いながらアニエスは目がくらむような幸せに包まれていた。

エピローグ

花祭り当日。王城の大広間には色とりどりの花々が所狭しと飾られていた。

すべての窓や扉は開け放たれ、そこから差し込む明るい日差しと暖かな風が花の香りを一層強くしていた。

広間の中央を歩く美しい少女は真っ白な薔薇を模したドレスを身にまとい、皆に笑いかけている。

薔薇の精霊かと見紛《みまが》うばかりの美しさと気高さに、周りの人々はうっとりと頬を染めて見惚れていた。

その少女の前に一人の騎士が膝をついた。その手には彼女が身にまとうドレスと同じ、真っ白な薔薇が一輪だけ握られている。

「クリスティアネ様。どうか……」

薔薇を差し出しながら騎士が告げた言葉に少女は泣きながら頷き、薔薇を受け取った。

その様子を見つめる周囲の視線は温かく、中には涙を浮かべている者さえいる。

「ううっ……よかった……よかった」

「泣きすぎだ」

ドミニクから差し出されたハンカチで目元を覆いながら、アニエスはえぐえぐとしゃくりあげていた。

ウルリッヒの求婚を受け入れたクリスティアネの美しさは花にたとえるのだって難しいほどに輝いている。

ずっと願ってやまなかった光景が目の前で繰り広げられていることに感動せずにどうすればいいのだろうか。

「ありがとうございます……ほんとうに……」

「俺は別に何もしていないさ。あいつが覚悟を決めた。それだけだ」

そんなことを言いながらも、ドミニクがウルリッヒの抱える問題を解決するために奔走してくれたことをアニエスは誰よりも知っている。

かつて滅んだ帝国の血を引くウルリッヒの義姉の出自について、ドミニクは大胆すぎる方法で解決させた。

なんと義姉の祖母は『帝国貴族がレストラダム出身の乳母に手をつけて産ませた娘だった』という過去を捏造したのだ。

貴族に弄ばれた乳母が自国に逃げ延び産み落とした少女はひっそりと成長し、この国に根付いた。しかも孫娘は伯爵家の嫡男に見初められ、幸せに暮らしている。

それは人々の憐憫《れんびん》と感動を誘う話で、たとえその体に帝国貴族の血が流れていたとしても誰も後ろ指を指さないだろう。

帝国貴族に蹂躙された記憶のある他国もその物語には同情的で、今のところ非難の声は届いていない。

「死人に口なし。出自を誤魔化させてしまうことは悪いと思っているが、孫娘のためなら許してくれるさ」

「そうですね……」

ウルリッヒの義姉の祖母は、ずっと子孫たちの行く末を案じていたという。きっと理解してくれるはずだ。

「公爵家の男たちが複数の女性に薬を使って乱暴を働き、他国に売り渡していたという騒動もこの美談をうまく押し上げてくれたよ。公爵家の悪事を暴いた立て役者のウルリッヒは英雄だ。二人の結婚を阻める者はもういない」

「なんだか腹が立つくらいに都合のいいまとめ方ですよね」

「不服か？」

「ちっとも。感心を通り越して、尊敬していますよ」

シモンが捕まったことをきっかけに、これまで公爵家が裏で行ってきたありとあらゆる悪事が大量に噴出し、セーガース家は爵位を剥奪され取り潰されることが決まった。

アニエスたちが捕らえられていた屋敷は公爵家が女性たちを商品にするために使っていた場所だった。アニエス以外にもたくさんの女性たちが囚われており、あの騒動でその全員が無事に救出された。

彼女たちは国により手厚く保護され、今はクリスティアネが支援する養護院で暮らしている。

その行いは公爵家の悪行以上に国内に浸透し、慈愛に満ちた次代の女王に国民は熱い視線を向けていた。

「ほんとうに……よかった」

アニエスはそっとドミニクの肩にもたれかかりながら、幸せそうに寄り添うウルリッヒとクリスティアネを見つめる。

渡された薔薇を大切そうに抱きしめる姿は一生この目に焼き付けておきたいと思うほどに美しかった。

「では、次は俺の番だな」

「え？」

隣にいたドミニクが、先ほどのウルリッヒ同様にアニエスの前に膝をついた。

どこに持っていたのか、取り出したのは一輪の青い花。星のようなその形が愛らしい。

今日のアニエスはクリスティアネの白が少しでも際だつようにと青いドレスを着ていた。くるりと回れば星のように広がるスカートの美しさに周囲がうっとりするほどの仕立ては、ドミニクの手配によるものだった。

それが、差し出されたその花を模したものだということは疑いようもない。

どこまでも用意周到な夫の計らいに、アニエスは胸がいっぱいになった。

「愛しているアニエス。これからも永遠に俺と共に生きてくれ」

愛を乞うその声に迷いはない。まっすぐな情熱と真実がアニエスの胸を打つ。

震えるその手で花を受け取れば、鼻孔をくすぐる優しい花の香りに瞳が潤んだ。

名前も知らぬ花だったが、そこに込められた意味は愛だとすぐにわかる。

「私もあなたを愛しています。どうかこれからも一緒に生きてください」

「もちろんだ」

アニエスは愛しいドミニクの腕の中に飛び込む。

仲睦まじい宰相夫婦の戯れに周囲は頬を染めながらも、幸せそうな二人の笑顔にうっとりと見惚れたのだった。

番外編　蜜月旅行

「ドミニク、海ですよ海！」

初夏の日差しを受けてきらめく海面の美しさを見つめ、頬を紅潮させるアニエスの愛らしさに頬が勝手に緩んでしまう。

初めて見る海に向かって走り出しそうな彼女の腰をそっと抱いて引き寄せれば、形の良い唇がツンと尖ったのがわかった。

「どうして捕まえるんです？」

「走り出しそうだったからだ」

「いくら私でもそんな慎みのないことはしません！」

吊り上がった眉に機嫌を損ねてしまっただろうかと一瞬焦るが、アニエスはそれ以上怒ってくることはなかった。

それどころか腰に回した腕を解かず素直に身を預けてくる。頬を掠める柔らかな髪の感触と優しい香りに胸がいっぱいだ。

今日のアニエスはドレスではなく品のいいワンピースを身にまとっており、いつもより少しだけ幼く見えた。

「どうだか。君は油断するとすぐに自分の立場を忘れるからね」

少しだけ意地悪く伝えれば、アニエスは頬を膨らませた。

子どもじみた仕草が可愛くて、ドミニクは緩みそうになる口元を己の手で隠した。

（愛らしい）

長年の片想いをようやく成就させ、アニエスと名実共に夫婦になって一年が過ぎた。

始まりは強引なまでの契約結婚からだったが、様々な困難を乗り越えたおかげで愛し合う関係になれたことは幸運としか言いようがないだろう。

ドミニクにとってアニエスは人生で最も大切にすべき宝だ。片想いをしている間も好きでたまらなかったが、共に暮らし始めてからも愛しい気持ちは募るばかりで上限が見つかりそうにない。

そっと周囲を確認すればぴったりと身を寄せあった二人に気を遣ってか護衛や使用人たちは目線をそらしてくれている。くちづけのひとつでもしていいだろうかと不埒なことを考えていると、ドミニクの腕の中でアニエスが身をよじった。

「自分の立場くらい心得ています。私は宰相である夫に同行している妻ですよ。ドミニクの評判を落とすようなことをするものですか」

任せておけといわんばかりの表情を浮かべるアニエスは、恐らくドミニクが持て余している欲求に欠片も気がついていない。そんなところが愛おしくもあり、憎らしくもあり。

「それは頼もしい」

そう口にしながら、ドミニクはアニエスの唇に軽いキスを落としたのだった。

海に臨む国、サールット。レストラダムとは交易を通じ友好な関係を築いている。サールットはレストラダムとは違い、とても歴史が長い国だ。かつて帝国が大陸で権勢を振るっていた時代、何度も侵略の危機に瀕したという。だが、海の民であるサールットの国民は決して屈せず独立を貫いてきた。

レストラダムにとっては見習うべき手本であり、頼もしい先輩でもある。

そんなサールットにドミニクはアニエスを伴いやってきていた。目的はサールット王太子の結婚式への参列だ。

「サールットの王都は本当に華やかですね」

レストラダムとは雰囲気の違う街並みにアニエスは感嘆の声を零す。先ほどの海を見た時と同じように、素直な感情を隠そうとしない横顔は少女のようにも見えた。

「あまりはしゃがないでくれよ。護衛たちも困る」

「はっ！　すみません！」

慌てて表情を引き締め背筋を伸ばすアニエスの動きには、まだ騎士時代の癖が色濃く残っていた。そんなところも愛おしいが、あまり甘やかすのもよくないと考え、ドミニクはアニエスの手を取り自分の腕へと絡めさせる。

「せめてもう少し夫婦らしく振る舞ってくれ。せっかくの新婚旅行なのだから」

新婚旅行、という部分を少しだけ強調して口にすればアニエスの頬が赤くなる。

そう。今回の訪問は二人の新婚旅行も兼ねていた。

きっかけは、ようやく婚約式を終えたクリスティアネ王女の一言だ。

『アニエスとドミニクは結婚してからずっと働き詰めですね。二人で出かけたという話を全く聞かないのだけれど、大丈夫なの？』

その問いかけにドミニクは思わず固まった。

結婚当初、一応は新婚休暇を堪能した。が、それ以降まとまった休日をとることもなく、夫婦して何かと忙しい日々を過ごしている。

たまの休日は家でのんびりと過ごすか、せいぜい馬で遠乗りに出かけるくらいだ。着飾ってどこかに行くというのは、仕事以外では記憶にない。

「まいったな……」

ドミニクにしてみれば家に帰ればアニエスがいるという夢にまで見た生活を送れているので何の不満もない。

が、アニエスはどうなのだろう。

クリスティアネの指摘を受け周囲に話を聞いてみたところ、世の夫婦は二人で散策や歌劇、夜会などに参加しているという。考えてみれば結婚から始まった関係なので、世の恋人たちがするような甘い思い出は皆無だった。

アニエスの性格から考えて不満があればすぐに伝えてくるとは思うが、変なところで頑固な彼女が実は我慢している可能性も否めない。

愛想を尽かされる心配はないと信じているが、少しでもしこりを残したくないのは惚れた弱みだろうか。

焦ったドミニクはアニエスをどこかに誘おうと考えたものの、机に積み上げられた仕事が邪魔をする。誰が悪いと言えば結局はドミニク自身が悪く、行き場のない怒りを書類にぶつける日々。

そんな折、まさに天啓とも言うべきタイミングで届いたのが、サールットからの招待状だった。

使者として一番相応しい立場なのはクリスティアネだが、過保護な騎士隊長が愛しの王女殿下を国外に出すことにいい顔をしないことはわかっていた。

婚約は済ませたとはいえ、正式な結婚式をあげているわけではない。国外で変な横やりを入れられでもしたら一大事だ。

愛しい女の心変わりを疑うわけではないが、危うい場所には行かせたくない。

その気持ちが痛いほどわかるという建前の元、ドミニクは自分がアニエスと共に参列すると提案したのだ。

遅すぎる新婚旅行も兼ねてと素直に口にすれば、許可はすぐに下りた。

むしろそういうことならゆっくりしてこいと、特別休暇までついてくる始末。

おかげで余裕を持った行程を組むことができ、市街を散策する時間もとれている。

「でも、驚きました。新婚旅行だなんて」

「嫌だったか？」

「嫌ではありませんけど」

ほんのりと頬を赤くしてドミニクの腕にしがみついてくるアニエスは、やはり可愛い。

その表情から珍しく彼女が照れているのが伝わってきて、ドミニクは自分の選択が間違っていなかったことに胸をなでおろす。

公私混同が過ぎると怒られるのではないかと心配していたが、杞憂に終わったようだ。

「今日は一日自由に過ごしていいことになっている。君が行きたいところがあればどこにでも連れて行く」

「護衛の皆さんを困らせるのではありませんか？」

ちらりとアニエスが視線を向けたのはサールットの騎士たちだ。賓客であるドミニクたちの護衛として身の回りについていてくれている。

「我々のことはお気になさらず」

教育が行き届いた彼らは二人の邪魔をする気はないらしい。流石だと感心しながら、ドミニクは愛しい妻に微笑みかけた。

「……」

観念したらしいアニエスは小さなため息をひとつ零すと、すぐにいつもの勝ち気な笑みを浮かべドミニクを見上げてくる。

「では、遠慮なく」

心を決めたら決して揺るがないアニエスの眩しさに目を細めながら、ドミニクはまるで姫に忠誠を誓う騎士のように「ご随意に」と腰を折ったのだった。

サールルットは交易で栄えているだけあって、レストラダムでは見たことのないような品々が店先に並んでいる。物珍しさや何に使うのだろうという疑問がつきないのは二人同じようで、少し歩いては立ち止まるを繰り返す。

どの店もドミニクたちが異国からの客人だとすぐにわかるらしく、使い道やその由来などを丁寧に教えてくれた。そのたびにすぐに店員と打ち解けてしまうアニエスの人なつっこさが誇らしくなる。

国に持ち帰れば有効に使えそうな物もいくつか見つけることができたので、帰国前に交易を希望するリストを作るのもいいかもしれない。特に先ほど見かけた魚を乾燥させて作った食品は通常の料理以外にも軍の携帯食としても重宝できそうだ。定期的な輸入を検討してもいいかもしれない。

「お仕事のことを考えているでしょう?」

「!」

考えを見透かされたような言葉に驚いて足を止めれば、こちらを悪戯っぽい顔で見上げているアニエスと目が合う。明るい緑の瞳に映る自分のしかめっつらにドミニクは低く呻いた。

「……すまない」

妻のために観光するつもりだったのに、いつのまにか頭が仕事モードになっていたことを反省しながら謝れば、アニエスが肩を揺らして笑い声を上げる。

「別に怒っていませんよ。ドミニクらしいな、と思っただけです」

「俺らしい？」

「ええ。どんな時でもドミニクは我が国のために何が最善かを考えてくださってます。私はそんなあなたを誇らしいと思っていますよ」

心からそう言ってくれているのがわかって、ドミニクは胸がいっぱいになった。

アニエスはいつだって自分の欲しい言葉をくれ、認めてくれる。

それがどれほどまでにドミニクにとって嬉しいことなのか、アニエスにどうすれば伝わるのだろうか。

「アニエス……俺は……」

何か気のきいたことを言わなければと口を開きかけたその時、ドミニクを見つめていたアニエスの視線が何故か逸れて後ろに向かったのがわかった。

緑の瞳が鋭く細まる。

その凛々しい表情に、彼女が近衛騎士として剣を振るっていた頃の姿が重なる。

「そこのお前！　何をしている！」

アニエスのよく通る声が響き、その場にいた全員が動きを止めた。

ドミニクの横をすり抜け駆け出すアニエスを視線で追いかければ、その先で小さな女の子が男に手を引かれているのが目に入る。

一見すれば親子だが、よく見れば女の子が嫌がっているのがわかった。

「やだよぉ！　放して！」

涙に濡れたか細い悲鳴に、護衛の騎士たちも走り出す。

「放しなさい!!」

「な、何だぁ!?」

駆け寄ってきたアニエスに女の子の腕を掴んでいた男は一瞬怯むが、彼女が貴婦人の装いをしていることから大きな脅威とは思わなかったらしい。下品な顔でアニエスを睨みつけると地面につばを吐き捨て何らかの悪態をついているのが遠目にもわかる。

ドミニクは頭に血が上るのを感じた。腹の奥がふつふつと煮えたぎるような怒りがわき上がってくる。あの男を叩きのめさなくてはならない。そのためには何をすればいいか。

頭の中で一気に策を巡らせ、行動に起こそうと動き出したが。

「い、いでで！」

「放しなさいと言っている！」

ドミニクが男に加えるべき制裁を決める前に、情けない声を上げながら男は地面に膝をついた。アニエスが男の腕をねじり上げたのだ。

男はわけがわからないという顔でアニエスと掴まれた腕を交互に見つめていた。

その気持ちはわかる。

今のアニエスは完全な貴婦人の装いだ。それなのに大の男が腕一本で押さえつけられ、悲鳴を上げさせられている。

駆け寄って男を取り押さえた騎士たちも目を丸くしてアニエスを見つめていた。

「大事ないか、アニエス」

「ええ。それよりも、この子が……」

アニエスは先ほどまで男に腕を引かれていた小さな女の子の傍らに躊躇いなく膝をつく。ワンピースが汚れることなど一切気にしていない。

「大丈夫？　お父さんか、お母さんは？」

「う、ううわああん」

女の子はアニエスに優しく話しかけられたことで安心したのだろう。大きな声で泣きじゃくり、その胸元にしがみついた。

「大丈夫。もう大丈夫だからね」

アニエスは女の子を安心させるように何度もその頭を撫で、優しい声で大丈夫と何度も言って聞かせる。

その光景に過去の自分が重なり、ドミニクは喉がつかえたような気持ちになった。

アニエスの優しさはドミニクだけのものではない。きっとこの先も、彼女は弱く守るべき存在を見つければ、先ほどのように何の躊躇いもなく駆け出してしまうのだろう。

その志を愛しく誇らしいと思うが、それ以上に腹立たしくも感じる。

もっと自分を大切にしてほしい。

そして、自分《ドミニク》だけを見てほしい。

「は……」

湧き上がる独占欲に苦笑いしながら、ドミニクもアニエスに倣い地面に片膝をついた。

そして女の子を抱きしめているアニエスごと包み込むように抱きしめる。

「ドミニク？」

「無事で良かった」

「ふふ……私があの程度の男に負けるとでも？」

「負けるとは思っていない。だが相手が武器を持っていたら？　近くにいないだけで仲間がいたかもしれない。君やこの子が危険だった可能性はいくらでもあるんだぞ」

指摘すると、アニエスは「あ」と声を上げて気まずそうに苦笑いを浮かべる。

「あはは」

「まったく……」

「ごめんなさい」

素直に謝ることができるアニエスのまっすぐさが、ただ眩しい。

きっと彼女から自由を奪えばこの眩しさは失われてしまうだろう。

それはドミニクの願いではない。

だったら、アニエスが助けたいものごと守る力を手に入れればいい。

そのためにドミニクはたゆまぬ努力を続け、今の地位を確固たるものにしたのだから。

かつてのアニエスがくれた言葉通り、大切なものを守るための力を得たと、今なら胸を張って言える。

「さあ、その子の親を探そう。きっと心配しているはずだ」

「はい！」

笑顔を浮かべるアニエスを見つめながら、ドミニクは愛しげに目を細めた。

＊＊＊

「あ〜〜楽しかった！」

アニエスは自分の半分ほどもある大きな熊のぬいぐるみを抱きしめたまま、ベッドに寝転んだ。後に続くドミニクの腕には大小様々な箱が抱えられており、なかなかの大荷物だ。

二人に用意された客室は随分と豪華で、サールットがどれだけレストラダムを重要な国と位置づけてくれているのかが伝わってくる。これは、今後もしっかりとした交流を続けなければいけないなと考えながら、ドミニクは荷物を机の上に置く。

あの後、女の子の両親は無事に見つかった。友達と遊んでいる最中に道に迷ってしまった女の子を、男は道案内するふりをして連れ去ろうとしていたらしい。血相を変えた両親が迎えに来た瞬間、女の子は泣きじゃくりながらその腕に飛び込んでいった。

そして女の子を連れ去ろうとしていた男の正体は、なんと組織的な誘拐グループの構成員だったことも判明した。以前から目を付けていた組織の一端を捕まえることができたと、アニエスとドミニクは護衛の騎士たちに深く感謝されたのだった。

そんな騒動から始まった観光であったが、アニエスは異国を十分に堪能した様子だった。いろいろな店や名所と呼ばれる場所も見て回ることができた。

だが、買った物と言えばほとんどがお土産ばかりで、アニエス自身が欲しがったのは彼女が今抱えている大きなぬいぐるみぐらいのものだろう。

「今日からはこの子と寝ます」

「……それは承服しかねるな」

上着を脱いだドミニクは、ベッドに腰掛けるとアニエスの腕からぬいぐるみを奪い取りソファへと放り投げた。

「ああっ！　私のドムが！」

「もう名前をつけたのか？」

自分以外を腕に抱いているだけでも気にくわないのに、早々に名前までもらったぬいぐるみに大人げなく嫉妬の視線を向ければアニエスは声を上げて笑う。

「いいじゃないですか。昔から憧れだったんですが、大きなぬいぐるみ」

「随分と可愛い憧れだな」

「うちの領地は田舎でしたからね。大きなぬいぐるみなんて絵本の中の夢物語だったんです。実際に売っていると知ったのは父が死んだ後でしたし、本物を目にしたのは騎士になってからでした。流石に騎士の恰好であんな大きなぬいぐるみは買えません」

微笑むアニエスの顔に浮かぶ優しい笑顔に、ドミニクの胸がぎゅっと締め付けられる。

彼女はいつだって自分を後回しにしてきた。それなのに、そのことを誰のせいにもしないし恨んでもない。いつだって最善を尽くし前を向いて生きている。

こみ上げてくる愛しさのままにドミニクはアニエスを引き寄せ腕の中に抱きしめた。

今日のアニエスは始終楽しそうで、ぬいぐるみを抱きしめた瞬間の微笑みはあどけない少女そのもの。こんなことなら、もっと二人の時間を作ればよかったとドミニクは後悔に打ちのめされていた。

「他には？」

「え？」

「他に、やりたいことはないのか、と聞いている」

質問の意図がわからないのか、アニエスはきょとんとした顔で小首を傾げてこちらを見つめていた。その無防備な表情さえも愛しくて、何だってしてやりたくなる。

「君の憧れはすべて俺が叶える」

「ドミニク……」

アニエスの手が、そっとドミニクの背中に回される。

甘えるようにしがみついてくる柔らかく温かな愛しい妻の感触にドミニクはずっとしていた我慢をやめることにした。

「愛してる」

返事を待たずにくちづけて、その胸元に手を伸ばす。

コルセットを身に着けていないせいで、手触りのよい生地のすぐ下にある柔らかな膨らみをすぐに捉えることができた。包み込むように優しく揉んでいれば、先端が硬くなっていくのがしっかりと伝わってくる。

自分なしではいられないように、じっくりと仕込んだ体は素直に快楽を拾ってくれる。

布越しに尖りを摘まんで優しくこすれば、魅惑的な感触が指先を楽しませる。

「んっ、んんっ」

鼻にかかった甘い声に拒まれていないと確信して、ドミニクはアニエスの体を仰向けに押し倒す。

キスから解放すれば、アニエスはとろんとした瞳でドミニクを見上げてくる。

ドミニクから与えられるものを素直に受け入れるその姿に雄を刺激され、なけなしの理性が両手を挙げる。

「んっくぅう……！」

ドミニクの雄を受け入れる瞬間、アニエスはいつも泣きそうに瞳を揺らす。

それが、これから与えられる快楽に対する期待だと知っているドミニクは、焦らすのも忘れて一気に根元まで雄槍を埋め込んだ。

シーツから背中を浮かせたアニエスが助けを求めてくるように伸ばした腕を引き寄せて、ドミニクは自分の肩へと誘う。

覆いかぶさりながら律動を開始すれば、アニエスはそれに合わせて砂糖菓子のように甘い声を上げた。

「あっ、ああっんんっ」

繋がった部分からドロドロに溶けて、このままひとつになってしまうんじゃないかと錯覚してしまう。柔らかく濡れた蜜路をもっと味わいたくて大きく腰を揺らせば、アニエスの肌に浮かんだ汗が滑り落ちてシーツを濡らす。

しどけなく開いた足を抱えるようにして持ち上げ、繋がりを深くする。

「あ、あっ、どみに、くぅ」

名前を呼んでくる声は泣きたくなるくらいに愛らしい。

もっと聞きたくて、わざと乱暴に腰を揺すれば、生まれたての子猫みたいに鳴くものだから手加減をすぐに忘れてしまう。

顔を寄せて何度もついばむようなキスを落とす。

額に浮かんだ汗や目元に浮かんだ涙を舌で舐めとれば、緑色の瞳が困ったように小さくなるのがわかる。

どれだけ抱いても抱き足りない。

抱けば抱くほどに、もっともっとと欲求が深まって、まるで底なし沼だ。

「アニエス」

同じくらいに求めてほしい。口に出せない願いの代わりに名前を呼べば、熱に蕩けていた目が大きく見開かれて、それから嬉しそうに細くなる。

「好きですドミニク」

「っ……」

一番欲しい言葉をもらい、ドミニクはうっかりと暴発しそうになってしまった。

動きを止めてこらえたおかげで危機は脱したが、アニエスにはそれが伝わってしまったらしい。

我慢しないでとばかりにひときわ強く締め付けられて、ドミニクは低く唸った。

「君はどうして……いつだって俺の欲しいものをくれるんだ？」

真っ暗だったドミニクの世界を照らしたのも、未来への希望をくれたのも、全部アニエスだ。きっとこれからも、アニエスがドミニクにたくさんのものをくれるのだろう。

「ふふっ……どうしたんです、可愛い顔をして」

「君が、あまりに眩しいから」

「もう……きゃうっんっ」

反撃とばかりに最奥を突けば、アニエスが喉をそらした。

甘えるように肩を掴んでいた手が背中に回り、小さな爪を突き立ててくる。

その心地よい痛みに、ドミニクは自分の雄が限界まで膨れ上がるのを否応なしに自覚した。

「愛してるアニエス。永遠に君だけだ」

「あっ、ああっ」

余裕をなくして腰を振れば、アニエスが離れまいと必死にしがみついてくる。

柔らかな腕から伝わってくる深い愛情に、ドミニクは涙を滲ませながらアニエスの最奥にたっぷりと情欲を注ぎ込んだのだった。


翌日。ドミニクとアニエスの二人は結婚式に参列していた。

サールットの王太子に並ぶ花嫁は輝いていたが、ドミニクは『アニエスの方がずっときれいだ』という感想しか浮かばなかった。

当のアニエスは、目の前で行われている結婚式を敬愛する王女のものと重ねているのか涙目だ。きっと本番では介添人の役目を果たせなくなるくらいに泣くのだろう。

愛情深く、優しくまっすぐなドミニクの宝物。

彼女の夫という立場を得ることができた幸運を絶対に逃がさないと誓いながら、ドミニクはハンカチを差し出した。


ドミニクとアニエスの帰国後。

新婚旅行に出かけた二人が、これまで以上に仲睦まじく過ごしていることに気がついた貴族たちの間で「サールットに新婚旅行に行くと幸せな夫婦になれる」というジンクスが流行し始めることになる。その流行は市井《しせい》にまで広がり、思いがけず二国の交流を深めることになるのだが、それはまた別のお話。

書き下ろし番外編
アニエスの里帰り

春風に混じる大地の匂いに、アニエスは故郷に帰ってきたことを実感していた。

生家であるフレーリッヒ家の領地は、国境付近ということもあり農地ばかりの田舎だが、アニエスにとっては全てが誇りだった。

開け放った馬車の窓からは青々とした一面の畑がよく見える。

「ドミニク、見てください。あの風車小屋は私が修理したんですよ」

指さす先に見えるのは、丘の上に立つ赤い風車小屋だ。

近衛を辞して領地に戻ったアニエスは、領民たちと共に壊れていた風車小屋の修繕をしたのだ。崩れかけていたレンガを積み直したり、色あせていた屋根を塗り直したりなどしたのは、懐かしい思い出だ。

「君が？」

向かいの席に座っていたドミニクが驚いた顔をして窓の外に目を向ける。

「すごいな。本当に君は何でもできるんだな」

「田舎ですからね、ここは。何でもできないと生きていけないんです」

「そうか」

夫であるドミニクは歴史ある伯爵家の生まれなので、田舎の暮らしが想像できないのだろう。

アニエスが語るこの土地での暮らしは王都しか知らないドミニクにとって、驚くことばかりなのが伝わってくる。

話を聞いてくれる姿からは田舎暮らしを見下したり嘲るような気配はなく、むしろ関心だったり尊敬の色が濃いのがくすぐったい。

宰相という地位にありながらも、ドミニクは決して立場で人を見ることはなく、平民たちの暮らしへの理解も深い。

そんな態度をアニエスはいつも好ましく思っている。

「あ、我が家が見えてきましたよ」

風車小屋を通り過ぎしばらく走っていると、懐かしの我が家が見えてきた。

ヘンケルス家に比べれば小屋と呼んでも差し支えのないほどの小さな屋敷だ。

「あれが君の……」

ドミニクがどこか眩しそうに目を細める。

その横顔を見つめながら、アニエスはふふっと小さく笑ったのだった。

「今回は付き合っていただきありがとうございます」

「気にするな。俺たちの結婚も急だったことだし、よい機会だったよ」

今回の里帰りは、アニエスの弟が婚約した知らせを受けたことがきっかけだった。

手紙では頻繁にやりとりしていたものの、なんだかんだと忙しさにかまけてドミニクとアニエスの家族が直接会う機会を逃がしていたこともあり、一緒に行こうということになったのだ。

そうこうしていると馬車が屋敷の前に止まる。

馬車のドアを開ければ、待ち構えていたようにぞろぞろと見慣れた顔ぶれが屋敷から出てくるのが見えた。

「アニエス！」

「お母様」

胡桃色のワンピースを着た母スレアが早足で駆けてくる。

アニエスは慌てて馬車から降り、抱きついてくるスレアを受け止めた。

久しぶりに母親と再会する喜びに胸がぎゅっと詰まる。

「まあまあ、こんなに立派な奥様になって！」

「そうかしら？」

「言葉遣いまで大人っぽくなったんじゃない？」

「えええ」

嬉しそうに話しかけてくるスレアの表情に、アニエスもつられて笑みを浮かべてしまう。

スレアはアニエスの姿を見つめ、満足げに微笑んだあと、その背後に目を向けた。

「アニエス、ええと、そちらが」

「ええ。彼が私の夫、ドミニク・ヘンケルスよ」

「はじめまして、フレーリッヒ夫人。直接のご挨拶がこんなにも遅くなって本当にすみません」

上品な動きで頭を下げるドミニクに、スレアが目を丸くする。

「そんな！　宰相閣下ともなればお忙しいのは当然です。本来ならばこちらから王都を訪ねるべきでしたのに」

恐縮しきったスレアに、ドミニクが緩く首を横に振る。

「大切なお嬢様をもらったんです。挨拶に来るのは当然です」

「まあ！　お嬢様！　アニエスがお嬢様！」

「お母様！」

どうしてそこで驚くのだと頬を膨らませるアニエスを余所に、スレアとドミニクは楽しげに話しはじめてしまった。

「姉上」

なんだか納得がいかないと口をへの字にしていると、懐かしい声に呼ばれた。

「ウェルフ！　キリアンも！」

振り返った先にいたのは、弟のウェルフとキリアンだった。

ウェルフはアニエスの二つ下。キリアンは九つ下。

子どもの頃からやんちゃばかりで、何かと手を焼いた可愛い弟たちだ。

とはいえ、すでに二人ともすっかり青年の出で立ちになっており、その成長ぶりに眩しささえ感じてしまう。

「お元気でしたか姉上」

スレアそっくりの顔で微笑むウェルフに、アニエスも笑顔を返す。

「ええ。ウェルフも。そして婚約おめでとう」

「ありがとう」

恥ずかしそうに笑うウェルフの表情に、彼の婚約が幸せに満ちたものであることを察する。

相手は隣の領地を治める子爵家のご令嬢で、アニエスは知らなかったがウェルフとは幼い頃から何度か顔を合わせた仲らしい。

生真面目で誠実なウェルフが見初めた女性なのだから、きっと素敵な人に違いないとアニエスは信じている。

「領主の仕事はどう？　落ちついた？」

「まだまだですよ。ですが、義兄上《あに》が手を貸してくださったおかげで随分と運営が安定しました」

ドミニクはアニエスとの結婚に伴い、フレーリッヒ家に手厚い支援をしてくれていた。

その中の一つが、領地運営に長けた人材の派遣だ。

先代領主である父は病で急逝したため、母であるスレアが長く領主代行をしていたが、アニエスの結婚を機にウェルフが領主となった。

若く経験の浅いウェルフを助けるため、ドミニクは優秀な指導者をこの土地に寄越してくれていたのだ。

おかげで領地の経営状況はとてもよいと手紙でも知らされていた。

「よかったわ」

「義兄上のおかげです」

夫を褒められアニエスは鼻が高くなる。

「キリアンはどう？　うまくやっている？」

「まあまあかな」

おどけるように肩をすくめるキリアンに、アニエスはきゅっと眉を寄せる。

末っ子であるキリアンは、見た目こそアニエスにそっくりだがわりと自由人で努力を嫌う性質があった。

もしキリアンが長男だったらアニエスとスレアは胃を痛めていたことだろう。

キリアンもまたアニエスの仕送りで貴族学校に入学し、数年経った。

今は学校に通いながらウェルフを手伝っていると聞くが、正直不安でしょうがなかった。

「お母様やウェルフに迷惑をかけていないでしょうね」

「大丈夫だよ姉上。キリアンはうまくやってくれているよ。キリアンのおかげで、新しい特産が生まれそうなんだ」

「そうなの？」

驚きに声を上げれば、キリアンが得意そうに腕を組んだ。

「貴族学校の友人からいろいろと情報を仕入れてね。うちの領地で採れる薬草が王都ではわりと高値で売れるんだ」

「へぇ……」

「うまくいけば栽培もできそうだから、きっと皆の暮らしもよくなる」

「今は販路の安定を図ってるんだよ」

ずっと子どもとばかり思っていた弟たちの成長に、アニエスは胸がいっぱいになるのを感じた。

「盛り上がっているようだな」

「義兄上！」

「はじめまして！」

スレアとの話が終わったらしいドミニクの登場に、ウェルフとキリアンがわっと沸く。

目を輝かせて話を聞いてもらおうとする姿は微笑ましい。

彼らにしてみればドミニクは頼れる義兄であり、本来ならば会話することも叶わない宰相という雲の上の人物なのだから当然だろう。

大切な夫が皆から歓迎されている光景に喜びを噛み締めていると、昔から仕えてくれている家族同然の執事が渋い顔で「そろそろお屋敷にお入りください」と声をかけてくる。再会を喜ぶあまり、つい立ち話に興じてしまった気恥ずかしさにみんなで苦笑いしながら屋敷に入り、会話を楽しんだのだった。

夕食は地元の食材を使った、アニエスにしてみれば懐かしいメニューばかりだった。都育ちのドミニクの舌に合うだろうかと内心ではひやひやしていたが、彼は始終「おいしい」と口にして家族や使用人たちも満面の笑みを浮かべていた。

食事の後はスレアに領地の状況を聞かされたり、弟たちから一緒に飲もうと誘われたりとなかなか落ちつかず、二人が客間のベッドにたどり着けたのはすっかり夜も更けた頃だった。入浴を済ませ寝間着に着替えてベッドの縁に二人並んで座ると、ようやく人心地ついた気分になる。

「すみません、騒がしい家族で」

帰省に付き合わせてしまっただけではなく、自分の家族のせいで疲れさせてしまった申し訳なさにアニエスがしょげていると、ドミニクが気にするなと背中を撫でてくれる。

「楽しかったよ。君がどうしてそんなにまっすぐなのかがよくわかった」

「どういう意味ですか？」

「仲がよく、皆がお互いを信頼しているのが伝わってきた。とても温かくて居心地がよい」

幸せそうに笑ったドミニクは、うーんと背伸びをしてそのまま仰向けにベッドに倒れ込んだ。

どこか子どもっぽいその仕草が珍しくてアニエスが目を丸くしていると、伸びてきた手によって身体を引き寄せられる。

たくましい身体に優しく抱きしめられ、大人しく身体の力を抜く。

生まれ育った家にドミニクがいて、こうやって抱き合っているという事実が落ちつかなくてくすぐったい気持ちだった。

「君の家族は素晴らしい」

噛み締めるような声に、何故か泣きたくなる。

妻となったアニエスを除けば、ドミニクに家族と呼べる者はもう誰もいない。

父は彼が成人してすぐに亡くなり、母と弟は宰相になってすぐに事故死してしまった。

あまり詳しく聞いたことはなかったが、ドミニクと両親の関係はあまり良好ではなかったという。

その分、年の離れた弟を可愛がっていたというから、その弟が死んだときは本当に悲しかっただろうと思う。

親族ともいろいろあって縁を切ってしまったこともあり、アニエスと結婚するまでのドミニクはずっと孤独だったに違いない。

「ドミニク」

「何だ？」

「ここにいるのは私の家族ですが、あなたの家族でもあるんですよ」

「……！」

ドミニクが息を呑んだのが伝わってきた。

背中を抱いていた腕に力がこもる。

「本当に俺は得がたい妻を得たようだ。ありがとうアニエス」

「私こそありがとう、ドミニク」

きっとドミニクが見初めてくれていなければ、こんな幸せは訪れなかっただろう。

ドミニクはいつもアニエスに出会えたことを幸せだと口にするが、アニエスにしてみればドミニクに愛され結婚できたことこそが生涯において一番の幸運だと思う。

「愛してるわ、ドミニク」

「アニエス……」

熱っぽく名前を呼ばれ顔を上げれば、柔らかなくちづけが与えられた。

何度か優しく触れあったあと、形を確かめるようについばまれる。

身体を抱き留めていた腕がするりと降りて、寝間着の上から身体の線を辿りはじめた。

心地よい感触にうっとりと蕩けかけていたアニエスだが、ここが実家の客間だという事実を思い出しカッと目を見開く。

「だ、だめです」

上の階には家族がいるし、控えてくれている使用人の多くは子どもの頃から世話になっている者たちばかりだ。

いくらいい大人になったからといって、夫との行為を知られるのは恥ずかしいどころの話ではない。

慌てて起き上がり、いつのまにか半分ほどはだけられた寝間着の前をかき合わせれば、同じく身体を起こしたドミニクが物欲しそうに眉を下げる。

「だめか？」

愛しい夫の頭に、ぺたりと垂れた犬耳の幻影が見えた。

(うっ……ずるい)

普段とは違い、どこか可愛らしいドミニクのおねだりに、アニエスは羞恥心が飛んでいきそうになるのを感じた。

この帰省のために連日忙しくしていたのを知っているし、その間はなんだかんだとお預けだった。

ちらりと視線を落とせば、ドミニクの下半身がすでに反応しているのが見える。

欲情してくれているという事実に、お腹の奥がきゅんと痺れた。

「嫌なら……」

「い、嫌なわけないでしょう！　でも、お母様たちが、いるし……」

恥ずかしい、とか細い声で呟けばドミニクの腕が伸びてきてアニエスの腰を抱いた。

抵抗する間もなくそのままくちづけられ、荒々しく口内を貪られた。

「んっんんっう……！」

口の中に入り込んできた舌が縦横無尽に粘膜を舐め回す。

唾液をかき混ぜられ吸い上げられるだけで、腰から下がずんと重くなった。

「ふっ……あ、何、で」

「君があまりに可愛いから我慢できなくて」

目元をほんのりと赤くし、はぁ、と獣じみた吐息を零すドミニクに見つめられ、アニエスはくぅと子犬のように鼻を鳴らした。

可愛いのはあなたのほうだと叫びたいのに、口を開いたらそれ以上に変なことを口走りそうでぐっとこらえる。

「優しくするし、こうやって口を塞いでいてやる」

「んっ……」

唇を食むようにくちづけられ、声を吸い上げられる。

寝間着をかき合わせていた手からするりと力が抜けてしまう。

それを見逃さなかったドミニクは、音も立てずにアニエスの素肌に手を伸ばした。

ほんのりと汗ばんでいる肌を指先で撫でられ、結婚してから膨らみを増した胸をやわやわと揉まれる。

痛いほどに尖った乳首を指先で撫で回される感覚がたまらなく切なくて身をよじるが、腰を抱いた腕が逃がしてくれない。

くちづけをされたまま膝の上に座る体勢にもちこまれ、ドミニクの長くて形のよい指がアニエスを翻弄する。

あっという間にグズグズに溶かされて下半身が濡れていくのがわかった。

「んっ、んんっ」

呼吸がままならない苦しさと、与えられる快楽に蕩かされて鼻声までが甘くなっていく。

すがるようにドミニクの肩に手を伸ばした。

「はっ……アニエス」

「あっ、えっ、だめ……！」

唇が急に解放され抱きかかえ上げられる。

腕に抱かれたままベッドに倒れ込むと、ドミニクがアニエスの首筋に鼻先を寄せ、肌を滑りながら胸の間に顔を埋めた。

すうっと匂いを嗅がれ、恥ずかしさにアニエスが首を振るが、ドミニクは止まらない。

べろりと胸の膨らみを辿るように肌を舐められ、虐められてぷっくりと熟れた先端を口に含まれる。

「んんっ」

慌てて両手で口を塞いだアニエスの姿に、ドミニクは満足げに目元を緩めると、ちゅうっときつく吸い上げてきた。

前歯で擦るように甘噛みされ、舌先で転がされる。

ざらついた指先が乳房を揉み、熱い吐息が濡れた肌を撫でる感触が怖いくらいに気持ちよくて、アニエスはぽろぽろと生理的な涙を流しながら子どものように首を振って声を抑え込む。

散々にアニエスの胸を味わって満足したドミニクがようやく顔を上げたときには、アニエスは息も絶え絶えだった。

涙で濡れた目で睨みつければ、ドミニクが汗で額に貼りついた前髪をかき上げながら不敵に微笑んだ。

「君があまりに可愛いから、つい」

うっとりと囁いたドミニクは、アニエスの片足を掴み軽々と持ち上げてしまう。

そしてあろうことか、足の間に顔を埋めはじめたのだ。

「えっ？　まって……んんぅ！」

アニエスは再び自分の口を掌で覆うことになった。

しとどに濡れている下着の上から舌先であわいを舐められる。

布が肌に貼りつく感触に腰をよじるが、足を抱え込まれていて逃げられない。

「んっんんっ、んー！」

やめてほしくて声を上げるも、ドミニクは一向に動きを止める気配がない。

口を塞がなくてはいけないせいでろくな抵抗ができないでいると、するりと下着を脱がされてしまう。

子どもっぽく足をばたつかせてみたが、敵うわけもなく無防備な秘所を吐息がくすぐった。

「んっ！　んんぅ……!!」

聞こえてくる水音にそこがどれだけ濡れているかがわかり、耳が熱くなる。

熱く長い舌が秘唇を辿り、充血した花芯を舐めた。

勝手に上下する腰のせいで、ドミニクの顔に恥丘を押しつけてしまう。

足を閉じることができなくなると、蜜口にゆっくりと指先が入り込んでくる。

弱点を知り尽くしている手が、容赦なくアニエスを追い詰めていく。

「っ……んっ、んっーーーーーーーーー！」

何度も高みに押し上げられ、アニエスは悲鳴を噛み殺すので必死だった。

どこを触られても甘ったるい声しか出なくなって、ようやくドミニクが顔を上げた。

濡れた唇を乱暴に手の甲で拭うと、まだ着たままだった寝間着を脱ぎ捨てる。

結婚してからより一層鍛え上げられた身体はうっすらと汗ばんでいた。

「はぁ、ばか……どみに、くの、ばか……やさしくする、って」

「酷くはしていないだろう？」

そういう問題ではないと文句を言いたかったが、アニエスは喋ることすらままならない。

仰向けに倒れているアニエスの身体を、ドミニクは軽々と抱え上げる。

そしてあぐらを掻いた自分の身体をまたがせるように誘う。

「あっ、うそ……」

「口を塞いでおいてやると言ったろう？」

貫かれる予感にアニエスが待ってと叫ぶ前に、キスされる。

硬く猛った切っ先が泥濘を撫でる。

そしてそのままドミニクの上に座るようにして一気に根元まで挿入されてしまった。

「〜〜〜〜〜〜〜〜〜〜〜〜！」

甘い痺れが頭のてっぺんまでつきぬける。

(だめ、これだめっ)

声を上げられないせいで快楽を逃がせず、全身どこを触られても達してしまいそうだった。

ドミニクはそんなアニエスを労るようにゆっくりと突き上げてくる。

優しくするのは今じゃないと叫びたくなるほどの緩慢な動きで攻められ、アニエスはドミニクの肩に爪を立てた。

目の前のアイスグレーの瞳が、嬉しそうに緩むのが見えて腹が立つ。

根元まで咥え込まされた状況で最奥を撫でるように腰を回されると、頭の中が真っ白になった。

苦しいのに気持ちがいい。気持ちがいいのに苦しい。

抽挿の水音と、お互いの押し殺したような吐息だけが客間に響いていた。

アニエスはドミニクの首に腕を回し、すがりつくしかできなくなる。

「っ……すまない」

「えっ……あうっ！」

急に唇が解放され、新鮮な空気が肺を満たす。

ぼんやりとしている間にくるりと繋がったまま身体をひっくり返され、枕に顔を埋めるような体勢でうつ伏せにされる。

まさかと思った時には、ドミニクが腰使いを激しくさせた。

「んっんっ、んんっ」

根元まで突き込まれる度、ドミニクの腰がアニエスの尻を押しつぶす。

汗ばんだ皮膚がくっついて離れる感触は普通ならば不快なはずなのに、どうしてか心地よくもっとくっついていてほしいとさえ思う。

「はっ、は……アニエス、アニエス……」

激しい吐息混じりにアニエスを呼ぶ低い声が背中から聞こえる。

高まった体温のせいでお互いの体臭が混ざり合い、鼻をくすぐった。

首筋を撫でる雫は彼の汗だろう。

枕に口を埋めながらも視線を泳がせれば、シーツに押しつけられたドミニクの拳が見えた。

きつく握りしめられた拳とたくましい腕には血管が浮かんでおり、彼の興奮を伝えてくる。

世界で一番好きな男が、自分を必死で貪っている。

その事実にお腹の奥がきゅうっと収縮してしまう。

「くっ……そんなにしめないでくれ……」

「んっううう」

ドミニクも苦しいだろうが、アニエスももう限界だった。

早く終わりにしてくれないと、場所も時間も忘れてみっともなく喘いでしまいそうだ。

自分からドミニクの動きに合わせて腰を揺らめかせれば、大きな手が腰を掴んだ。

「っ！」

ずんと根元までたたき込まれる。

身体が揺れるほどに激しく揺さぶられ、アニエスは声にならない悲鳴を上げた。

低く唸ったドミニクが、背中に倒れ込んでくる。

ずっしりとした重みは苦しいが心地よく、そのまま二人で呼吸が整うまで重なり合っていた。

ようやく落ちついたのか、ドミニクが身体を起こし、半分ほど萎えた雄槍をゆっくりと引き抜く。

埋まっていたものがなくなる喪失感に身体が震えてしまう。

「大丈夫か？」

抱き起こされ、優しく頬を撫でられる。

甘ったるい倦怠感のままにドミニクの胸にもたれたアニエスは、つんと唇を尖らせた。

「……大丈夫に見えますか？」

「……すまない」

素直に謝られると文句が言いにくい。

正直、最後のほうはアニエスもかなり乗り気だったし、特殊な状況のせいかすごくよかった。

まだつま先まで痺れている気がする。

「今日だけですからね。明日はだめですよ」

滞在は四日間の予定だ。つまり夜はまだ二晩ある。

もし明日もまたこんな風に抱かれたら身が持たないし、家族に合わせる顔がないと訴えれば、ドミニクが神妙な顔をして頷いた。

「君の家族に嫌われるのは嫌だからな。我慢する」

我慢て何だ、我慢て。

そうツッコミを入れたくなったが、本人が妙に真剣なせいでアニエスは苦笑いするしかない。

「もう」

アニエスはドミニクにぎゅっと抱きついたのだった。


翌朝。

朝食の席で家族と顔を合わせたアニエスは昨晩のことを思い出し落ちつかない気分になったが、幸いなことに誰からも何も言われなかった。

メイドたちからは温かな視線を感じたが、気にしないことにした。

ドミニクはいつものごとく平然とした態度で周囲に接していたので、そういえばこの人の二つ名は「氷の宰相」だったなと、アニエスはなんだか懐かしく思ったのだった。

結婚してからのドミニクは、氷どころか甘いミルクのようにアニエスに接してくるものだから、過去のことをすっかり忘れていたことに気がつく。

(不思議なものね)

かつてはあんなに険悪だった関係から、実家で家族として食卓を囲むまでになったなんてと今更な事実を噛み締めていると、食事を終えたスレアが声をかけてきた。

「お父様に挨拶に行くんでしょう？　馬車を用意しましょうか？」

今日の予定を思い出しアニエスは慌てて思考を切り替える。

「馬で行くわ。ドミニクもかまわないわよね」

父の墓は屋敷から少し離れた小高い丘に建つ、教会の裏手にあるのだ。

馬車で行けなくはないが、久しぶりの領地だし馬で走りたい気分だった。

事前に話してあったこともあり、ドミニクも快く頷いてくれる。

「ゆっくり領地を見て回りたいですし、馬をお貸しいただけると助かります」

「わかったわ。準備させておくわね」

スレアも反対する様子はなく、むしろどこか嬉しそうに頷く。

久しぶりの遠乗りだとわくわくしていると、弟たちが肩をすくめたのが見えた。

「姉上。久しぶりだからといって義兄上を困らせないように」

「そうですよ。馬を走らせすぎて落ちないでくださいよ」

「お前たち！」

からかい混じりの声をかけてくるウェルフとキリアンを叱りつければ、彼らはまるで幼かった昔のようにいたずらっぽく顔を見合わせ笑ったのだった。

訪れた教会は昔とちっとも変わっていなかった。

長く伸びた草が風に揺れる音は、まるでアニエスたちの訪問を歓迎しているかのように聞こえる。

父の墓はよく手入れされており、家族が頻繁に訪れているのがよくわかる。

（もしかしたら領地の皆も来てくれているのかも）

アニエスの父はとても真面目で温厚な人だった。

家族からだけではなく領民からもよく慕われており、亡くなったときは皆が悲しみの涙に沈んだくらいだ。

「お父様。アニエスが帰ってきましたよ」

道すがら摘んできた花を墓石の前に供える。

父は売るために育てられた花よりも、野に咲く生命力に溢れた花を愛している人だった。

「この人が私の夫、ドミニクです。なんと王都で宰相を務めている立派な人なんですよ。素敵でしょう？」

自慢げに胸を反らしていれば、隣に立っていたドミニクが一歩前に進み出て墓石の前に片膝をついた。

そして誓いを立てるときと同じように、片手を胸の前に押し当てる。

「ご挨拶が遅くなりました。ドミニク・ヘンケルスです」

静かに頭を下げる姿は神々しくすらあって、アニエスは見蕩れてしまう。

「あなたのご息女は、俺にとって女神のような存在です。彼女をこの世にもたらしてくださったことに、心から感謝します」

「ちょ……」

何を言い出すのかとアニエスが目を丸くするが、ドミニクは止まらない。

「アニエスがいたから今の俺はあります。この先、何があっても愛し守り続けると誓うので、どうか結婚をお許しください」

許すも何もすでに結婚しているし、父は天に召されている。

だが言葉だけでも礼儀を尽くそうとしてくれているのが伝わってきて、アニエスは胸がいっぱいになった。

この人と結婚してよかった。

彼を選び、愛してよかったと心から思う。

不意に強い風が吹いた。

供えた花が風に舞い上げられ、花びらがアニエスとドミニクに降り注ぐ。

「……！」

ここにいない父がまるで二人の結婚を祝福してくれているような気がした。

ドミニクを見れば同じ気持ちだったのだろう。

驚きに目を見開きながらも、優しく微笑んでいる。

無言のまま手を繋ぎ、もう一度、父の眠る墓石に向き直った。

「お父様。私、本当に幸せです。これからもずっと幸せだと思います。だから、これからも見守ってくださいね」

繋いだ手に力を込めれば、ドミニクもまたしっかりと握り返してくれた。

きっとこの先、何があっても彼と一緒なら大丈夫だから信じていてね。

そう心の中で父に呼びかけながら、アニエスは隣に立つドミニクに微笑みかけたのだった。

ロイヤルキス文庫 more をお買い上げいただきありがとうございます。
先生方へのファンレター、ご感想は
ロイヤルキス文庫編集部へお送りください。

〒102-0073　東京都千代田区九段北3-2-5　5F
株式会社Jパブリッシング　ロイヤルキス文庫編集部
「マチバリ先生」係　／　「上原た壱先生」係

✦ロイヤルキス文庫HP✦ http://www.j-publishing.co.jp/tullkiss/

Royal Kiss more

宰相閣下の溺愛に雇われ妻は気づかない

2024年9月30日　初版発行

著　者　マチバリ

発行人　藤居幸嗣

発行所　株式会社Jパブリッシング
〒102-0073　東京都千代田区九段北3-2-5　5F
TEL　03-3288-7907
FAX　03-3288-7880

印刷所　中央精版印刷株式会社

ISBN978-4-86669-705-5　Printed in JAPAN